人生のピース

朝比奈あすか

双葉文庫

人生のピース

朝比奈あすか

双葉文庫

人生のピース

もくじ

第一章　友達と同じ人生は歩めない

まさか、と思った。ぎゅうっと力をこめて目をつむる。もう一度あけたが、やっぱりだ。ぼやけてる。メダカの卵がぼやけている。

ベランダから部屋に戻り、スマホでインターネットに接続した。検索サイトに「老眼」と打ちこみ、続けて自分の年齢を書こうと「三」と入れたとたん予測変換がズラリと並ぶ。

老眼　三十代
老眼　三十代で
老眼　三十代から
老眼　三点寄り目
老眼　三点
老眼　三半規管

いやいや、こんなの調べている時間はない。今日は「朝活」の日だった。潤子《じゅんこ》は首を小さくふり、画面を閉じた。最近、なんでもスマホに頼りすぎる。ちょっと気になることをすぐ検索してしまうから、知らず知らずに時間を無駄にしている。「習慣が人をつくる」とみさ緒《お》が言っていたのを思い出し、軽く反省した。

ひとり暮らしのベランダに置いたビオトープ鉢の、ホテイアオイの根にくっついたメダカの卵を採るのが、大林《おおばやし》潤子三十四歳の毎朝いちばんの作業だ。

ネットショップで衝動的に購入してしまったビオトープセットの、「付属品」のメダカたちだったが、春先になると卵を産んだ。

ネットで調べると、卵は放っておくとすぐに親メダカに食べられてしまうから、見つけ次第より分けたほうが良いとのことである。それで、採った卵を入れるための水槽を、ネットで買った。面倒くさい作業だが、琥珀《こはく》色のちいさなちいさな卵を見つけるのは、宝探しのようで、ちょっと楽しい。

思いつきで、勤め先の食品会社の、自分が所属する広報部が運営している社内掲示板の「譲ります！」コーナーに「メダカの卵、差し上げます」と出してみた。すると、子持ちの社員を中心に、ちらほらと問い合わせがあり、分けてあげたら喜ばれた。会社の上層部に「ビオトープ女子」とキャラづけされて声をかけられたりと、社内営業的にもプラスに働いている。

そんなわけで今朝も卵を採ろうとしたのだが、昨日まで鮮明に見えていた卵のつぶつぶが、ふんわりとぼやけて、ちゃんと見えなくなっていた。こんなことは初めてだ。

「いや、老眼、それはないとは思うけど」

ぶつぶつ呟きながら急いで着替えて、あわただしく家を出る。今日の卵採集は諦めた。

ひと月に一度、早朝からやっているハワイアンパンケーキの店で、中高時代の親友ふたりと朝活をする。今日がその日だ。

待ち合わせは七時だが、少し早めにお店に到着した。すでに児島《こじま》みさ緒が席についていて、コーヒーを片手に英字新聞を読んでいる。遠目に、いかにも「できる女」風を醸《かも》しているのがおかしくて、スマホの静音カメラでこっそり撮影した。小学四年から同じ塾に通い、都会のミッションスクールに進学してから中高六年間、毎朝共に満員電車にもまれた。気ごころ知れすぎていて、英字新聞を読んでいる姿には面白みしか感じない。

潤子が近づくと、スリットの入ったタイトスカートの足を組み替え、英字新聞を雑にたたみながら、

「おはよ」

と、みさ緒は短く言う。

広告代理店の営業職に就いているみさ緒は、非常に、なんというか、意識が高い。朝活も彼女が言い出した。ただまんじりと女子三人で甘いものを食べに集まるのもどうなの、と言って、半年前にこの集まりを「朝活」と呼ぶことにした。この手の張り切った提案をしてくるのが、まさにみさ緒のみさ緒たるところだった。

もうひとりのメンバーである水上礼香《みなかみれいか》は現役の国語教師なので「『まんじりと』の使い方

がちょっと違うと思う」と指摘した。みさ緒はまったく気にしない。彼女の中ではいつだって向上心と負けず嫌いが変な化学反応を起こしている。中学入学早々、「言語力を高めたいからしばらく五、七、五のリズムで会話しない？」と言ってきたのも彼女だし、「あたしの欠点を二十個挙げて」と詰め寄ってきたのは高校一年生の夏休みだったか。「思い込みが、少し強い……かな」「周りを見ずに突っ走ることが、たまにある、とか」潤子は言葉をなるべく丸くして一つ一つ挙げたが、みさ緒は勝手に不機嫌になり、最後は怒ってしまった。

そんなみさ緒の提案ゆえ、月に一回、朝の早い時刻に、三人の勤務場所の真ん中にあるこの店に集まって朝活をしている。毎回ひとり十分間の持ち時間を使って、前月の朝活からのひと月の間に気になった物事や感じたことについてトークしようというのも、みさ緒主導で決まったことだ。友人の前で、改まって一定時間、話し続けるというのは、会議でプレゼンする以上の地獄。十分間はきつすぎて、五分にしようと変えた。最初こそ、トークテーマも時事だの外交だの言っていたが、潤子と礼香のブーイングにより自由に決めていいことになり、結局、今はほぼ雑談と化していた。

「そういえば礼香が、なんか怪しげなこと、言ってたよね」

潤子が言うと、みさ緒の表情にかすかなさざ波が立った。しかしそれをすぐに収めて、

「なんだろうね」とそっけなく言う。

おとといい礼香から、〈あさって大事な話をするかもしれん。〉というLINEがあった。

〈何それ。気になる。さわりだけでも聞かせてよー。〉

潤子が返すと、

〈「さわり」って「話の最初の部分」だと誤用されることが多い。〉

〈本当は「話の聞かせどころ」っていう意味。〉

〈事前に聞かせどころを全部書いちゃうわけにはいかんなあ。〉

〈というわけで、今日はここまで。〉

と、四文にわたっての返事が来た。礼香のノリに慣れている潤子は動じず、

〈気になって眠れない。ヒントだけでもちょうだいよー。〉

と反応したけれど、

〈人生の一大事です。以上。〉

ぴしゃりと返された。

グループトークなので、今朝までにみさ緒もそのやりとりを見ているはずだが、何ら反応してこないあたり、気になって仕方がないのだろうと潤子には分かった。

「もしかして、彼氏ができたっていう報告じゃないかな」

試しに潤子が言ってみると、みさ緒がメニューリストから顔を上げ、つまらなそうな表情で、

「それが『人生の一大事』？」

と訊いてくる。

三人の中でみさ緒だけ、男と暮らしているが、彼女は同居人の森《もり》の話をあまりしない。漏

れ聞く限り森は典型的な「だめんず」なので、まったく羨《うらや》ましくはないが、それゆえみさ緒が自分の男性経験値をひけらかす節《ふし》を見せるともやもやした。

「でもあの子、彼氏いたことないでしょ。そりゃ、一大事じゃないの」

潤子が言うと、

「いやー、礼香に限って、男はないな」

みさ緒が失礼なくらいにきっぱりと言った。

「それより潤子はどうなの、何だっけ？　自動車会社の広報の人、進展はあった？」

問われて潤子は、なんのことだっけ？　という顔をつくる。実をいえば、この一週間というもの「自動車会社の広報の人」のことで頭はいっぱいだった。

以前、会社から派遣されて参加した広報セミナーで名刺を交換した彼、羽賀雅哉《はがまさや》と月に一、二度会う仲になったのはここ最近だ。はっきり交際を始めたわけではないが、このあいだワインバーに行った時、店を出てから地下鉄まで手をつないだ。ほんの十分足らず、手をつないだまま、ゆっくりと歩いた。そして、地下鉄の駅で、ここから逆方向に別れるという数秒間、ふたりは見つめ合った。人目がなかったら、きっとキスしていた。

潤子は分かっている。これはもうただの友達ではない。でも、焦っちゃいけない。自分は今、彼からのもうひと押しを待つべき時なのだ。だって、あの「手つなぎ」は、どちらからともなくと見せかけて、やっぱり羽賀からのリードだったのだから。手をつなごうなんて、あの時の自分は、少しも考えていなかった。恋愛対象なのかどうかを、見定めている最中だった。でも、大人の恋愛は、こんなふうに始まってしまうのだ。

顔が少し長い羽賀は、見た目だけで言えばそれほど好みではない。だけど、瞳のかたちが素敵だし、背も高い。ときめかないが、生理的に受け付けないわけではないといったレベルだ。恋心のボルテージが低い分、自分が上に立っていると、潤子は感じる。それはとても心地よいことだった。羽賀は手をつなぎたかったのだ、自分と。そして、手をつなぐという行為は身体的接触の入口であり、羽賀はきっと、それ以上のことを自分に対して期待しているに違いない。問題は、自分のほうにある。もっと羽賀にときめくべきだということだ。三十代もなかばに近づき、心をときめかせる筋肉のようなものが衰えつつあるのかもしれない。手をつながれて、驚きはしたが、二十代前半に初めて男と付き合った時の、そして手をつないだ時の、心臓がぶっつぶれてしまいそうなあの感覚はなかった。それはちょっと悲しいことだけど、心臓がぶっつぶれるくらい好きで好きで追いかけまわしたいくらい夢中になったその彼には、一年もせずに浮気された。恋心に振り回されず、このくらいの冷静さを保ちながら、段階を追って距離を詰めてゆくというのが、三十四歳の自分と三十六歳の羽賀にとっては、ふさわしい進展なのだろう。……というようなことを、あの日以来、潤子はぐるぐると分析し続けていた。

「……でも、転職するとか、留学するとか、そういうのはあるかもしれないね」

「え?」

みさ緒の言葉に現実へと引き戻される。

「礼香のことだよ。留学だったら、ちょっと寂しいか」

そう言われ、潤子は羽賀を頭から追いやり、

「いいじゃん、遊びに行こうよ。ヨーロッパだといいな」

「でも、礼香って国語の先生だよね。留学はないか」

「あの子、中学ん時、フラ語選択してたじゃん」

「じゃあフランスか」

「それ、いいね、行こう行こう」

好き勝手なことを話しながらも、みさ緒も自分も、ぎりアラサーの自分たちの人生のイベントにおいて、まず第一に考えうるであろうあのワードだけは必死に避けていた。爆弾を投げつけるような思いで言ってみようかとも思ったけど、やっぱりやめた。礼香に限って、それだけはないはずだ。

中高時代、礼香は文芸研究部に所属していた。文化祭で純文学系の詩集のようなものを慎ましやかに販売していた礼香だったが、その実、彼女の本業は二次小説の執筆だった。ハリー・ポッターとドラコ・マルフォイがヨーロッパサッカーリーグのツートップとしてライバル視し合いながら練習に励むも、怪我をしたハリーを放っておけないマルフォイ、やがてお互いに惹かれ合う心は止められず……といった内容の。他にも、ホームズとワトソン、アッシュ・リンクスと奥村英二といった組み合わせのものもあったと記憶している。漫研の先輩が挿絵をつけたりして（美少年たちが裸で戯《たわむ》れる挿絵に少女潤子は耳まで赤くした）、表紙

に「R18指定（but 作者は15歳☆）」と変な注釈をつけた「三華月麗華《みかづきれいか》」こと礼香の小説は、高等部でひそかに高値で取引されているという噂まであった。

そんな礼香だが、学校一の美少女なのだった。おそらく中学受験などせず地元の学校にそのまま進学していれば、異性から高い評価を受けるなか、自信を持ってコミュニケーション能力を磨けたであろうが、女の園《その》で二次小説作家として生き抜いた結果、彼氏いない歴三十余年を更新している。

とはいえきれいな礼香は、大学ではまさかのミスコン出場を果たしたりもした。そんなもの断るだろ、と思ったのだが、純粋培養ゆえうっかり舞台に立ってしまった礼香は、最後にはウエディングドレスまで着て、「趣味は読書です」と言っていた。どんな本を読むのかと訊かれて、「オスカー・ワイルドとかコクトーとかラディゲとか……あ、三島がデビュー前に書いたものも好きです」と答える礼香に、司会者は「難しい本を読んでるんですねー」と感心顔で返していた。

まさかとは思ったが、美女が多いと有名なJ大学で「ミス」に輝いてしまった礼香である。その後は、すがすがしいくらいにモテまくった。教室を調べられ、講義前後に告白されたのも一度や二度ではないそうだし、大学のカフェテリアにいると「サインください」と近づいてくる学生がうようよ。勝手に写真を撮る輩《やから》もいたという。

理系学部しかない大学に通っていた潤子も、男女比が4：1の国立大学に通っていたみさ緒も、ミスJ大が親友だというだけでちやほやされ、どれだけ合コンの誘いを受けたか分からない。

だが礼香の根っこは環境によって変わることはなかった。オタクっぽいぼそぼそとした話し方はそのままだし、いつもエヘラエヘラしていて体を揺らして喋る——みさ緒や潤子も一緒にいると自然と喋り方が似てしまう——。男子と目を合わせられないし、メイクも下手くそ。たまに、みさ緒や潤子が、請われまくって断りようがなくなって仕方なく男子学生たちを礼香の前に連れていくと、彼女はとたんに挙動不審になり、原因不明の頭痛を訴え、帰宅してしまったりする。ちなみに、その年の準ミスJ大学はキー局のアナウンサーになり、数年前に美容整形外科医と結婚した。審査員特別賞だった子はお天気お姉さんを経て、フリーのキャスターになった。母校の国語教師となった礼香は、彼女の実家から徒歩で通える狭苦しいあの女子校に、今もひっそり通勤している。狭い校庭、プールもない、男もほぼいない。ほとんどの先生が女性だし、生徒ももちろん女子だけという、出会いのまったくない場所に。潤子は時々、自分たちが礼香という美女を、母校というやわらかい牢獄に閉じ込めているような気がして後ろめたささえ感じる。同時に、彼女の身に大きなドラマが起こりそうもないことに、奇妙な安堵も抱いている。

しばらくして、パンケーキ屋に礼香が現れた。

「おっ、主役が来た。さあさあ、礼香さん、お席温めときましたよう」

職場ではこんな話し方はしないのだが、礼香を前にすると、つい女子校時代の名残が出る。

「どうぞ、どうぞ」と、席を立って礼香に真ん中を勧める。すとんと座った礼香の様子がいつもと少し違った。

見る者を惹きつけずにはおかない、長いまつ毛に縁どられたかたちよい目をふるえるようにまたたかせ、彼女は、前置きもなくあのNGワードを放った。

「ワタシ、結婚することになった」

「WOW!」

とっさにみさ緒が叫んだので、慌てて潤子も、

「すごいじゃん。おめでとう」

と同じように続けた。不自然な間《ま》が空かなくてよかった。けど、感情が追いつかない。え、嘘、嘘でしょう、いや、まじか、しかし誰と。動揺して、心の整理がつかないでいると、

「しかし急な展開だね。先月は彼氏いない歴=年齢だったよね、礼香。何が起こったのか詳しく話して」

みさ緒が事務的な口調で急《せ》かしているので、彼女に倣《なら》って潤子も身を乗り出し、なんとか口角《こうかく》を上げる。

「驚かないでね……と言っても人が驚くのを止められないから、こんな前置きは何の意味も成さないんだが」礼香はエヘラエヘラと体を揺らして手を頭にやり、「実は、何を隠そう、国貞《くにさだ》先生に紹介してもらったんだな、これがまた」と恥ずかしそうに告げた。

「国貞って、あの国貞?」

潤子たちの女子校に、男性の教員は少なかった。いることはいたが、ロマンスグレーと禿《はげ》

の二択で、国貞は後者だった。

「あいつ、出世してナントカ部長になってんだよね？」

「入試担当広報部長」

「やだー、そんな会社みたいなことになってるわけ？　あの学校」

「少子化の時代だからね。学校も塾や保護者にアピールしないとならないんだろうね」

「国貞、昔っから喋りはうまかったよね。授業はたしかに面白かった」

「えー。わたし、化学は赤点だったなあ」

「今、偏差値どうなってんの」

「それがねー、ワタシたちん時よか、かなり上がっとるんですよ。最近は理系志望の子も増えて、おととし医学部進学コースなんてのを作りましたら大層好評で」

「あ、それ聞いた」

「医学部進学コースと英語特進コースでしょ」

「リケジョと帰国子女をごっそり抱え込もうって肚《はら》でして」

「なるほどー」

なんだかんだ言っても、中高の話をするのは楽しい。潤子は自分の母校に誇りをもっている。プロテスタント系のあの女子校は、そこそこの伝統、そこそこの進学実績。けれど、都心にある小さなキャンパスは、小学生の時に見学したいくつもの学校の中でいちばん可愛らしく、どこを切り取っても絵になった。石畳の道のあちこちにニオイスミレが咲く季節は、歩くだけで心が躍った。ボレロ風の制服といい、臙脂《えんじ》色の指定バッグといい、都内の女子中高の中でも、かなり個性的である。今も、電車の中で後輩を見かけると、話しかけたい衝動にかられる。そんな潤子にとって、母校で教鞭《きょうべん》をとっている礼香から中高の話を聞くのは楽しい時間だった。学校のことならいつまでもいつまでも話していたいのだ。結婚については、聞きたいようで、聞きたくない。

けれど、

「それで？　国貞がなんだって？」

みさ緒が屈託なく話を戻してしまう。

「やー、それがですね、国貞先生が親戚の若人《わこうど》を紹介してくれて、ワタシ、いわゆるあれ、お見合いとやらをさせていただき……」

「見合いかあ」

間抜けに語尾が伸びてしまう。そうか、その手があったのかと、ひそかに感心している。ヒミツの花園に閉じ込めておいたつもりが、花園の中に悪い虫の招き手がいた。それにしても、この美女と結婚できる幸福者はいったいどのようなプロフィールの持ち主なのだろう。

と思ったら、みさ緒が、

「もしかして、相手も先生？」

と訊いている。

「んー、先生というか、医者ですね」

「わ、すごいじゃん。エリートじゃん」

軽薄に言ってみたが、考えてみれば礼香の実家は病院なのだった。結局、結婚は家どうしのつり合いなのかと少し白けながら、

「勤務医？　開業医？」「何歳？」「どこに住んでるの？」「初婚？」

立て続けに質問するみさ緒と、それに答える礼香のやりとりを聞いている。礼香はいつもの調子で注釈やら言い訳やらをこまごまと挟みながら、一つ一つの質問に、エヘラエヘラと体を揺らしつつ嫌味なく答えている。

そう。嫌味がないのだ、礼香には。

育ちが良すぎるから。

潤子はそんなふうに考えてしまう自分を恥じている。とっくに乗り越えたはずの、中高時代の淡い格差感がよみがえってくる。

同じ中学高校の出身なのだから、育ちなんて、そんなに変わらない。みさ緒の親は熟年離婚したそうだが、父親は大学の教員だった。潤子の父は電機メーカーの役員である。世間的に見れば、医者のひとり娘の礼香と自分たちの間に、それほど大差はないだろう。じゃあ、このもやもやしたコンプレックスは何かといえば、多分に郊外育ちが原因ではないかと思う。

多摩地区の奥のほうから都心の学校まで一時間、満員電車に揺られて通った潤子とみさ緒に対し、礼香は徒歩で通学していた。潤子たちは雪の朝、長靴にレインコートで家を出るが、二十三区の道路は乾いている。礼香をはじめとする都会の子たちがローファーで通学するな

か、みさ緒とふたり、「長靴目立ちすぎ」「いかにも、山から下りてきましたって感じで地獄」とぶつぶつ言い合いながら歩いた。

あれから二十年近くが過ぎて、今や自分も都心で自活しているのだし、なんだかんだで毎日忙しく楽しくやっているのだ。親友が結婚すると聞いたからって、素直に喜べばいいだけだと、頭では分かっている。けど、心のどこかに小骨みたいなとげが刺さってしまう。礼香は筋金入りのオタクなのに、相手はそれを分かっているのだろうか。

いやいや、わたしには羽賀さんがいるじゃないか。そう思おうとしたけれど、ますます気持ちが沈んでいった。

最後のデート以来、羽賀からはあっさりとしたお礼のメールしか来ていない。あっさりした文面だったから、呼応させて、同じ濃度で返信をしたが、そのまま連絡が途絶えている。たしかに、手をつないだ。手には相性があるというけど、しっくり来た。お互いにそれは分かったはずだ。そのまま、ちょぴっと、キスっぽい雰囲気にもなった。

でも、自分はまだときめいてないし、羽賀からも何も言われていない。

このまま終わる可能性だって十分ある。たとえ始まったとしても、ゴールは遠すぎる。メールのやりとり、デートのお誘い、映画館、水族館、ショッピング、喧嘩して仲直りして、プレゼントを交換しあって、一泊旅行をして、さらにその先にプロポーズの「プ」の字が、果たして見えてくるのだろうか……。その長い長い行程を、美人は一挙にクリアしてしまう。

そんなことを考えて黙り込んでいると、

「あたしだったら断るかもなー、その縁談」

みさ緒が言うのが聞こえた。

潤子は、口元をひきつらせながら話す友の姿を見つめる。

「だって、国貞の親戚なんでしょ。てことは、その縁談にのったら最後、国貞ファミリーになっちゃうわけでしょう？　やだやだ、そんなの。無理だね」

みさ緒の後ろ暗い感情を、垣間見《かいま》た気がした。みさ緒もわたしと同じなんだ。喜んでいない。そう思うと、意外なくらいに、潤子の心は落ち着いた。

「嫉妬はいかんよ、児島くん」

しかつめらしく潤子は言った。みさ緒が眉をつりあげる。そう。嫉妬だ、嫉妬。わたしもみさ緒も嫉妬しているんだ、目の前の美しい親友が医者と見合い結婚することに対して。

みさ緒が眉を下げ、ちいさく息を吐いてから、ぺろりと舌を出してみせた。

「はーい、たしかに今、嫉妬した。するだろ普通に。だいたい礼香がいちばん最初に結婚するとか、ありえなくない？」

「ありえ、なくはない。美人だからね、礼香は。やっぱり顔なんだよ世の中は」

潤子に言われて、礼香が頬に手をあてる。美人は何をしても美人だ。

「どうなの、森くんとそんな話出てないの」

心の底で少し緊張しながら潤子は訊いた。たとえ相手が森であっても、ここでみさ緒に「実はあたしたちも……」なんて切り出されたら、立ち直れない気がする。

しかし、みさ緒はあっさり答える。

「無理無理、あんなの。昨日だって会社着いてから、万札抜かれてることに気づいたんだよ」

礼香の顔がみるみる曇る。潤子も、反応に困ってしまう。

「あのねえ、みさ緒。もう何度も言ってるけど……」

「分かってる。追い出した」

みさ緒と同棲している森には、こういうどうしようもないところがある。別れるべきだと何回言ったか知れない。みさ緒も何度か激昂して追い出しているのだが、気づくとまたくっついていて、共依存だと自己分析している。

「どうなの、潤子は。さっきはぐらかしたけど、あんたこそ、自動車会社とどうなってんの」

森への突っ込みを封じるためか、みさ緒がちょっと早口になって話を振ってきた。その後、何も進展していないことを話したくなくて、潤子はどうでもいいふりをする。

「いやー、どうだろうね。最近、わたし、すっかり枯れちゃってさ。ていうか、まじで今朝、目がかすんだんだよ……。で、ついスマホで検索したら、これだよこれ」

老眼　三十代
老眼　三十代で

老眼　三十代から
老眼　三点寄り目
老眼　三点
老眼　三半規管

「今やパソコンやスマホの見すぎで若年性老眼患者が急増してるらしい。わたし、やばいかも」

「何調べてんの」

潤子は言いながら、勤め先の広報部で向かいの席の橋田真知子《はしだまちこ》を思い出す。広報誌のゲラを確認する時、必ず老眼鏡を取り出している。あの人、いったいいくつなのだろう。中途入社なのでよく分からないが、立ち居振る舞いに貫禄がある。肌が光るようにきれいだし、必ずスカートで出勤しているあたりに、パンツに逃げている自分とは違う若さもある。

橋田だけでなく、前の部署や取引先にもアラフォーの女性と推測される先輩たちはたくさんいた。皆、肌がぴかぴかしているのだ。その美しい肌は、しかし十代二十代の、吹き出物も含めて何か中のものが弾け出しそうな感じさえする元気なものではなく、磨き上げたぬりのようなもののある、お金がかかっている肌だ。

まだ新入社員に毛が生えたくらいだった頃、彼女たちが面白おかしく話す加齢の話題に「お若いですよ」と返して白けられたのを思い出す。「若い人に若いって言われてもねえ」と苦笑いされたり、「ごめんねえ、気ぃ遣わせちゃって」と温度のない目で微笑《ほほえ》まれたり。結果、潤子が身に付けたのは、「驚く」という技だった。声に出すのならば、「へえ、そうなんですか！」であるが、声には出さない。無音で、それを言う。聴き手の驚きが伝われば、話した側は満足する。しかもその驚きには「お若く見える○○さんにもそんなことが起こるのですね」というニュアンスを込めることもできるので、総じて好印象を持ってもらえる。けれど、気づいた時には、そんなふうに先輩たちに気を遣う必要のないフェーズに入っていた。むしろ「若い人」に気遣われる年代になってきている。たまたま高齢化が進んでいる広報部に所属しているため、歳月をやり過ごしたままここまで来た。

「にしても老眼はないわ。早くて四十代って聞いたよ」

「でも四十歳とか、あっという間じゃん。あと五年でしょ。普通に誤差で三十四歳でも起こり得る気が」

「大丈夫大丈夫。平均寿命が延びてるから。今は四十っていっても昔と違うし」

「それね。うちの職場の先輩も四十過ぎてる人とかめちゃキレイなんだよね。いったい何が違うんだろう」

「食べ物かな？」

「グリーンスムージー的な」

「あとは運動？」

「ホットヨガ的な」

「いや、それじゃ痩せないって、うちの会社の美魔女が言ってた。三十過ぎたらアスリート並みに運動しないといけないって」

「炭水化物こそ体を錆《さ》びつかせるんだよ」

「それ、パンケーキ屋で言う？」

げらげら笑った。みさ緒とぽんぽん言葉を弾ませるのは本当に楽しい。頭が冴えざえとしてゆく。ばっちり化粧したみさ緒は十分若々しく、ほぼすっぴんの礼香にいたってはミスコンの時より美貌が増した。ふたりの姿は鏡となって潤子の心を広々と大きくする。自虐をしながらも、わたしたちは自分に自信を持っている。

「竹取物語」

そこに礼香が切り込んだ。

「何、急に」

「あのね、今、中一の古文でやってるんだけどね、竹取物語の『おじいさん』って、いったい何歳設定だと思う？」

「なに、それ、考えたこともない」

「四十歳だよ」

ハンマー投げのようにぶつけてきた礼香の言葉に、みさ緒が顔をしかめる。

「あんた、この話の流れで何言い出すの」

「授業でそう話すと、中一の生徒とか、『わあー、パパと同い年』なんて言うわけさ」

そこで礼香はコホンとひとつ咳払いし、

「結婚、いつかする気があるなら早く動いたほうがいいよ」

「は？」

潤子とみさ緒は口をまるくあけた。一瞬、本気でむかつきかけたが、

「結婚決まったとたん上から目線になる、あれだね」

「女の友情がもろいとは聞いていたが、ここまでとは」

ふたり一緒におーんおーんと泣き真似をすると、また面白くなった。こういう時にもみさ緒との息はぴったりだ。

しかし、礼香は笑わない。さらに追い打ちをかけてくる。

「こんな話、したくないけど、しておく。だって、今回のお見合いでワタシ、思い知らされたから。あちらさんのご家族は、ワタシとの結婚に猛反対なんですわ、今もまだ」

「え？」

「自由恋愛なら何歳になっても可能性はあるけど、見合いはどんどん厳しくなってまして。ワタシのケースだと、一回ご家族に断られて、けど国貞先生が本人に写真を見せて、どうにか漕ぎ着けたわけで」

思いもよらぬ発言をうけて、潤子とみさ緒はまばたきをした。目の前の美女が目を伏せ、長いまつ毛の影を目元に落としながら言う。

「あちらの親はもともと二十代が絶対条件だったみたいで、今もワタシに不満を持ってる」

「え。なんで」

「相手、年上なんでしょ？」

「バツイチなんでしょ？」

「それで、不満」

「ばっかじゃねーの」

「写真見て食いついてくるとか、やらし」

「こっちから振ったれ。そんなヘタレ医師」

こうなってくると、さっきまでのもやもやはふっとび、つい場末の飲み屋にいるみたいな言葉遣いになってくる。年齢という数字は、タブーだけど、周りじゃ誰も言わないけれど、やっぱり真実なのだ。おぼろげには分かっていたが、言葉に出してはっきり言われたのは初めてだったから、動揺した。

「やめとこ、やめとこ、こんな話。うわっ、まだ注文してないじゃん」

明るくみさ緒が締め括《くく》った。

ひとまず今日のところは結婚だの老眼だの、そういうのは封印することにした。パンケーキはふかふかして甘く、紅茶は英国の香りを漂わせる。

ふっと顔を上げると、店内はおばさんたちの女子校みたいな状態になっていた。

第二章　恋愛時代の終焉はいつ

平日に朝活をすると、出勤が始業時刻ぎりぎりになる。パソコンを立ち上げ、まずはメールをチェックする。他部署からの連絡事項や業務報告、取引先の広告代理店からの挨拶やお礼、そんなものに交じって羽賀雅哉からのメールを見つけた。タイトルは〈Re: 楽しかったです。ありがとうございました。大林より〉。

早速、読み進めていく。

〈大林潤子さま

おはようございます。丁寧なメールをありがとうございました。先日は、楽しかったですね。仕事が忙しくて、なかなか返事を差し上げられずにすみません。よろしければ今週の木曜日か金曜日にお時間をいただけませんか。ブルックリン風のバーに一緒に参りませんか。きっと気に入ってもらえると思います。羽賀〉

やった！

「大林さん」

部長の久良木《くらき》尚代《ひさよ》に呼ばれ、潤子は慌てて羽賀からのメール画面を最小化した。

「どうしたの、びくついて。デートのお誘いでも来た？」

からかい口調で図星を指され、慌ててごまかす顔を、向かいのデスクの橋田真知子に見られる。

「葛西《かさい》さんから原稿来た？」

久良木に訊かれた。広報部が制作しているWEBサイト『なつかしの味』のコーナーに、会社の「偉い人」たちに持ち回りで子どもの頃の思い出の料理について短い記事を書いてもらっている。今回は営業部長の葛西の担当で、原稿を待っているところだ。社長でさえ締め切りを守ったのに、葛西はすでに数日オーバーしている。

「まだ来てないみたいです。金曜日にも督促メールを出したんですけど、読んでないのかな」

と言いながら受話器を取り、内線で営業部にかけた。葛西は外回りをしてからの午後出勤だと言う。

「あの人いい加減だからね。しつこーい感じでメール書いといて。わたし、午後に会議で会うから、言っとく」

久良木が言った。

「お願いします」

去年部長が久良木になってから、広報部の雰囲気がだいぶよくなったと思う。ファッショナブルな女性が多い広報部の中で、久良木は大柄というよりはふくよかな体形で、小学生の息子を持つ母でもある。大きな花が咲くようにぱあっと笑うから、一緒にいると楽しくなる。以前は男性の部長で、橋田のような女性の先輩に気を遣ったりもしていたが、久良木の前だとなぜか素に近づける。

「ああ、そういえば、さっき下で弟くんに会ったよ」

　久良木に言われた。

「あの子可愛いよね。ごつい営業軍団の中にいると、ひとりだけ中学生が紛れてるみたいで、ちょっと大丈夫？って声かけたくなるよ」

「あれでもだいぶしっかりしたんですよ」

　やれやれ、というふうに、潤子は苦笑する。

「へえ、そうなんだ」

　弟といっても、もちろん本当の弟ではない。河北卓也《かわきたたくや》のことだ。

「大林さんが鍛えたんだよね」

「ま、それもありますけどねー。大阪と福岡でかなりやられたみたいで。たくましくなりましたよ」

「ふふ。ちょっと羨ましいな。わたしの頃は、ブラザー・シスター制度なかったから」

　潤子の勤める食品メーカーは、ブラザー・シスター制度というのを取り入れていて、新入社員にはＢＳ《ビッグ・シスター》かＢＢ《ビッグ・ブラザー》のどちらかがあてがわれる。若手社員が新入社員とペアになって、一対一で仕事の進め方や社内の細かな規則などを伝えてゆく制度だ。五年ほど前に始まったのだが、その初年度に潤子がBSとして河北を担当した。本来なら一年上の男性社員が請け負うことになっていたのだが、直前で盲腸になってしまい、急きょ潤子にお鉢が回ってきたのだった。

正直、最初は困惑した。六歳下の男性に始終くっついて仕事を教えるなんてどうなるのだろう。イケメンだと緊張を強《し》いられるし、体育会系も疲れるし。けれど、顔を合わせてみると、河北はそのどちらでもなかった。色白で、ほっそりとしているのに頰にはまるい肉がついていて、お稚児《ちご》さんみたいな雰囲気だ。文字通り、可愛い弟ができたような感覚だった。

しかし、筋《すじ》の良い新人ではなかった。正しい言葉遣いを知らず、細かいミスをポロポロ出すから同じ部署にいた潤子の先輩には疎《うと》んじられた。大事な連絡をし忘れたり、こっちの指示をきちんと理解できていない河北に、何度がっくりさせられたことか。よかったことといえば、遅刻ゼロだったことくらいか。細いわりに、健康優良児ではあった。

研修期間を終えると、河北は同期の中で誰よりも先に地方の営業所に転勤した。飛ばされた、といったほうが正確だったかもしれない。自分が評定を低めにつけてしまったせいかと少し申し訳なく思ったけれど、むしろ修業したほうがいいだろうとも思った。きっと修業中に辞めてしまうだろうなと乾いた思いで見送った。

その河北だが、地方の営業所から五年後には本社に戻ってきた。あちこちで鍛えられてきたからか、だいぶ見場《みば》が良くなっていたし、社会常識も身に付けて、表情が変わっていた。再会を祝して飲みに行くと、ごく自然に潤子に酌をした。成長したねえ、と潤子は目を細め、河北も河北で「先輩」と呼んで慕ってくる。堅苦しい職場ではないので、「先輩」付けする必要もないし、そんな呼び方をしてくる後輩は誰もいないのだが、そう呼ばれれば、なんとなくお姉さんになったような気がして、ひとりっ子の潤子としてはこそばゆい。

河北についての話題が途切れたまさにそのタイミングで、広報部に河北が入ってきたので、

「噂をすれば」

と、久良木と一緒に、笑ってしまう。

「なんですか。なんの噂ですか」

河北が困ったような照れているような笑みを浮かべる。

「君がしっかりしてきたねって、大林さんと話してたの」

「いや〜、それほどでも。あ、このあいだいただいたメダカの卵、孵《かえ》りましたよ」

「ほんと」

「可愛いですよね。名前つけました」

「え。名前？」

「ピッピとポッポです」

「そんな、鳩みたいな。だいたい、見分けつく？」

「それは……つかないです」

「君、メダカの報告しに来たの？」

久良木に言われ、河北はいえいえいえと早口で否定し、

「これ、葛西部長から預かってきました」

と、四つ折りされた紙を渡してくる。

「は？　まさかの……」

社長だってメールで原稿を送ってきたのに。

「はい。そのまさかです。まずいですかね。打ち直して送りましょうか」

「いい、いい、それはこっちの仕事だから」

ぺこぺこ頭を下げながら、河北が出ていった。おそらく葛西は移動中のタクシーで書きなぐり、先に会社に戻る河北に手渡したのだろう。紙を開いてみると、大らかそうな振る舞いとはかけ離れたちまちまとした丸文字が、びっしり並んでいる。でもワードで打ち直してゆくと、内容はなかなか面白かった。社長をはじめ、取締役の人たちの多くは子どもの頃に好きだった煮物や団子汁など、おふくろの味、ばあちゃんの味、とテイストがかぶった。その点、葛西はスパゲッティを挙げていた。大学入学で上京して、初めて訪れた食堂でスパゲッティナポリタンを食べた時、世の中にこんなに洒落《しゃれ》ていて面白い食べ物があるのかとびっくりしたということを、当時の学生街の様子と合わせて、生き生きと描いている。ちょうど『洋食屋さんのナポリタン』という新商品のパスタソースが出たばかりなので、うまいなと思う。

「どう？　葛西さんの原稿」

全文打ち終えて一息ついたところで、正面の橋田に訊かれた。

「なかなか面白いです」

「校正しましょうか」

「ありがとうございます。じゃ、今、共有フォルダに入れますね」

『なつかしの味』ＷＥＢに載せる原稿は、広報部の中の誰でもいいので、潤子以外もうひとりにチェックしてもらってからアップすることにしていた。橋田からＯＫが出たので、ＷＥＢに原稿をアップする。

「そういえば、さっき河北くんが話してたメダカ。あれ、卵って、まだ余ってる？」

と久良木に声をかけられた。

「余ってます余ってます。ていうか、毎日増産中なんで」

「少し分けてもらえたりしない？」

「もちろんです。息子さんに、ですか」

「そう。うちの子、このあいだ学校でメダカの飼い方を習ってきて、飼いたいって言いだして」

「明日の朝イチで採取してきますよ。あ、でも……」

言いかけて、潤子は黙った。

今朝、卵がぼやけて。

それはちょっと、ここで言うのはやめておこう。

「でも？」

「いや、なんでもないです」

潤子は笑顔でごまかした。ちょうど電話がかかってきたので話はそこで終わった。橋田や久良木の前で、三十四歳、老眼、という話はちょっと……。回避することにした。

帰宅した潤子はまっさきにコンタクトレンズを外し、化粧を落としてから、素《す》の目を洗眼薬で洗浄した。液体がしみるものの、洗い流された眼球がきりりとリフレッシュされた感はあった。コンタクトレンズより若干抑えた度数にしている眼鏡に替えると、家具や家電の輪郭が少しだけ柔らかくなる。

ぱちぱちまばたきをしてから、ベランダに出た。照明をつけて、もう一度、ホテイアオイを見てみる。

昼のうちにだいぶ食べられてしまったようで、卵はほとんど残っていなかった。

裏返して、細かい根毛のなかに一粒だけ見つけた。朝よりも、くっきりとして見える。潤子はほっとし、親指と人差し指で卵を摘まむ。良かった。老眼なんかじゃなかった。

こんなに小さくか弱そうに見えて、その実、指の腹が感じる卵は固太りしていて、内側からはち切れんばかりの生命力に溢れている。卵は指に吸いついて、落ちない。それをガラスの瓶の縁にそっとこすりつけるようにして落とす。

それから潤子は帰りのコンビニで買ったシードル缶を開け、ノートパソコンを開いた。会社のアカウントから自宅のアドレスに転送しておいた、羽賀雅哉のメールに返事を書く。

〈お誘いありがとうございます！　ブルックリン風のバーってどんなところだろう〜わくわくします！　気になります！〉

こんな感じでいいだろうか。

〈そういえば今朝、メダカの卵を採取しようとしましたら、ぼやけちゃって！　よもや老眼か⁉と焦りましたが、いえいえ、ただのかすみ目でした。〉

何書いてるんだ。

「そういえば……」からまるごと消した。羽賀の文章を読み返すと、仕事が忙しい云々と書いてあったので、

〈お仕事が忙しいということで、あまりご無理をしないでくださいね！　わたしはいつでもあいてますので、繁忙期が終わってから声をかけていただいてもいいですよ。〉

そう書いてみてから、卑下《ひげ》しすぎではないかと思う。向こうから誘ってきたのだ。

いろいろ考えたが、結局、こうまとめた。

〈お誘いありがとうございます！　ブルックリン風のバーってどんなところだろう〜わくわく〜。気になりますのでぜひとも！　ご一緒させてください！　木曜日でも金曜日でもどちらでも大丈夫です。お返事お待ちしています。大林〉

しかし、送信する段で、また指が止まる。かりにも老眼を疑う年齢で「わくわく〜」は恥ずかしすぎるかもしれない。「木曜日でも金曜日でもどちらでも大丈夫です」というのも人任せにしすぎではないか。選択肢を出されたら、どちらか選択して答えるのがビジネスの礼

儀だ。ビジネスじゃないけど。

また一から書き直す。

〈お誘いありがとうございます。ブルックリン風のバーに、ぜひご一緒させてください。金曜日ならあいてます。よろしくお願いします。大林〉

「よし。GO」

送信した時には一時間近くが経っていた。

入れ違いにスマホに河北からメールが来た。〈バッハ誕生！〉というタイトルだ。

〈帰宅したら、ポッポとピッピに加えて、バッハも生まれていました。ところで、会社のことで相談したいことがあるんですが、来週のどこかで会社の後、付き合っていただけないでしょうか。〉

相談って、いったい何だろう。まあ、何でもいい。オーケーの返事を短く書き送った。


ユニクロのブラトップという商品に出合って以来、潤子の人生からブラジャーはすっかり消えていた。

先日、ほぼ一年ぶりに、セットアップの下着を買った。クリーム色に臙脂色の刺繍が入った可憐なブラジャーとショーツ。通販サイトで選んだものだが、サイズに問題はなかった。羽賀とのデートの直後というタイミングで、インターネットで下着を物色することについては、ついつい「セール中だしね」と、呟かずにはいられなかった潤子であるが、商品が届き、身に着けてみると俄然テンションは上がった。これが女子力というものだろうか。見えないオシャレ。見せることになる可能性は、まあ、5パーもないのだが、手までつないだ男とのデートに、着用しすぎて繊維が伸びてしまったブラトップで行くのは、さすがに女を捨てすぎだ。

さらにはワンピースも購入しようか迷ったが、あからさまなモテ服を用意するのは自分らしくない気がして、かわりにレース地のスカートを買った。しかし当日になると、普段パンツ姿なのにこの日に限ってスカートというのが落ち着かない気がしてきて、結局は普段使いの服の中では最上級のパンツスーツで行くことにした。

露出を抑えたぶん、仕事終わりに化粧室では入念にメイクをした。特に、クマ隠しは十全にやった。スマホの美容サイトで検索すると、肌の色よりも少し明るめのコンシーラーを目の下にぼかし、さらにファンデーションの粉を指の腹でとんとんとつけるといいと、実演つきの動画があったので、その通りにやってみると、目元が明るくなった。チークをのせて、唇にもぽってりとグロスを塗る。

このあいだ連れていってくれたワインバーは隠れ家っぽい雰囲気の知る人ぞ知る店だったが、今回のブルックリン風のバーとやらは、駅から地下通路でつながっているビルの地下にあった。

スーツ姿の羽賀と、店の前で落ち合った。

潤子より二つ上の羽賀は、すらりとした体躯《たいく》で、顔が少し長い。毒舌のみさ緒には馬面《うまづら》と言われそうだが、まだ下腹が出ていないのだから、顔の輪郭くらいは大目に見なければなるまい。切れ長の目と、鼻梁《びりょう》の細さは潤子の好みだった。

「来てくれて、ありがとうございます」

羽賀はこんなふうに言う。紳士である。

店の中はうす暗く、ビルの地下なのに、あたかも倉庫の中を改造したふうに見立てて、天井の配線などがむきだしだった。片側に煉瓦《れんが》の絵が描かれ、酒樽《さかだる》を積み上げているイラストも描かれている。

「どうですか、この店」

席に着くなり、狭いテーブルごしに顔を寄せてきて、羽賀は訊いた。

「素敵なお店ですね」

と言ってみたものの、壁に絵を描くセンスは、ディズニーランドの行列待ちのスペースのようだと内心感じていた。いったい何がブルックリンなのか、そもそもブルックリン風がどんなものなのかが分からない。バーガーやサンドウィッチ、肉のグリル、パスタもピザもある。メニューだけ見れば、ファミレスのようだ。はっきり言って、うるさいし、落ち着かない。椅子に背もたれがない。

だが、

「実はここ、僕の友達がやってるんですよ」

と羽賀が言ったとたん、すべてのマイナスポイントが覆され、好感度の針は振りきれた。

「そうなんですか！」

「あとで紹介しますね」

「ぜひ！」

店がきらきらと輝いて見えてくる。客が多くてうるさいのも、繁盛していて良かったと、心から思えてくる。テキサス牛のバーガー、ターキーのサンドウィッチ、サラダ。頼んだものはどれも、まあそれなり、といった味だったが、十分だ。もともとバーガーやサンドウィッチで、それなり以上のものなんて、ほとんどあるまい。テーブルの狭さも背もたれのないのも、身を寄せ合うには最適だった。おまけに、羽賀が、

「このあいだから、大林さんのことばかり考えてしまってたんですよ」

と言ってくるではないか。

「え、そうなんですか」

潤子の声は裏返ってしまう。

「このあいだ、手をつないでしまって、嫌われたんじゃないかと思って悩んでいました」

キタ――――！

「そんなことないですよ」

手をつないだこと。ただそれだけのこと。それをきちんと二週間覚えていてくれて、しかもその事実にお互い翻弄されていたなんて。三十六歳と三十四歳。純粋すぎる自分たちに微

笑ましさといじらしさを同時に覚える。何を躊躇《ためら》っているのだろう。ここまで来たら、普通にお付き合いをスタートし、半年後にプロポーズ、そして誕生日前、ぎりアラサーのうちにゴールインできる。潤子は黒ビールをごくりと飲んだ。

「じゃあこれからも、こんなふうに業務時間外に会ってもらうの、大丈夫なんですね」

「ええ、もちろんです」わたしも羽賀さんのことばかり考えてましたから。そう付け加えようかと思ったが、のみこんだ。恋愛経験は決して多くはない潤子だが、これまで真剣にお付き合いした人はふたりいて、二十代前半と三十歳前後の二回である。その両方とも、男に浮気をされた。こちらの気持ちを見せすぎたせいで、安心されるのではないかとみさ緒に指摘されたが、森と離れられないみさ緒に分析されたくはない。とはいえ、思い当たる節はあった。

羽賀雅哉を最後の恋にするためにも、こちらの気持ちは小出しにする。

「広報の仕事としては僕は大林さんよりも後輩ですから、いろいろと習いたいと思ってるんですよ」

「いえ、そんな。わたしなんて若輩者《じゃくはい》ですし」

「たとえば宣伝部と違って、広報って予算がないじゃないですか。だから、うちの社はどうしても内向きの仕事ばかりになってしまってるんですけど、宣伝部と違う、広告の仕方もあるんじゃないかって、模索したいんですよね」

「はあ」

「僕、以前宣伝部だったじゃないですか。宣伝から広報ってコースは、うちの社ではままあることなんですけどね、すぐに広報の色に染まっちゃう。けど、思い出してみれば、広告ってパック売りにされていて、代理店がうまいこと捌《さば》いたりしてしまうんで、自分たちで自社の商品を広めてるっていう感じが持てなくて。せっかく広報に来たんで、代理店を通さない売り方を考えたいって思っていて、そのヒントが欲しくて、あちこちの広報マンにヒアリングしているんです」

だんだんと話の風向きが変わってきた気はしたが、仕事面で頼られているというのはとても嬉しかった。

「そうですよね。でも、今の時代だと、たとえば社内報で書いてもらったものを、一般ユーザーに読んでもらえる機会は作れますよね。うちの会社だと『なつかしの味』っていうミニコラムを会社の偉い人たちに書いてもらってるんですよ。ちょっと手を加えたりしてなんとか読めるものにしてから、何本かまとめてWEBにアップしてるんです」

「あ、それいいですね。でも、読まれてます?」

「最初は全然アクセスなかったんですけどね、今、社の開発部と協力して、『なつかしの味』を、うちが出してる調味料を使って再現して、そのレシピも同時に公開しているんですよ。そうしたら、だいぶアクセス数も上がってきて」

「すごいな。それ。大林さんの案なんですか」

「ええ、まあ」

「さすがだなあ」

「いえいえ、書いてくれる人がいないと成り立たないんで。今は、記事を書いてもらう前にいくつか料理を挙げてもらって、開発部と相談して決めてるんです。けど、中には頑固な人がいましてね。地元の猪《しし》鍋の料理とか、再現が難しいものを、『わしのなつかしの味はこれしかないんだ』って言い張ったり。まあ、専務なんですけどね」

「あはは」

羽賀が喉を突き出すようにして、高らかに笑ってくれるので、潤子もつられて笑顔になる。業種は違えど、同じ部署だから、理解が早くて、お互いに話したいことがするっと頭に入ってくる感じがする。「さすがだなあ」なんて。嬉しい。社内で評価されにくい今の仕事を、こんなふうに褒めてもらえると、ちょっと、じんとしてしまうほどだ。

「そろそろ偉い人たちがひとまわりしたんで、これからは若手社員や、ワーキングマザーの方々とかね、いろんな人たちに書いてもらいたくて。でも、若い人のほうが忙しくて、『社内報の原稿？　は？』っていうような顔されちゃうんで、頼みにくいんですよ」

「分かります。広報の大切さって、社内の人たちはあんまり分かってくれないですよね」

「そうそう。そうなんですよ！」

「でも、自分のなつかしの味のレシピを再現してもらえるなんて、実際嬉しいことじゃないですか」

「あ、やっぱりそう思います？　執筆してくれた人は、最初は面倒くさそうに期限ぎりぎりに書いてくるんですけどね、WEBで料理を再現してもらえると、すっごく喜ぶんですよ」

「試食の動画なんてあったらいいですね。原稿を書いた人に、開発部が再現した料理を食べてもらう、とか」

「あ、それいいですね。どんな調味料を使ったのか説明すれば宣伝になるし！」

たしかに名案じゃないか！　動画の撮影なら、それほど予算をかけずにできるだろう。どうせ料理は作るのだから、3分クッキングみたいに編集すればいいのだ。

「わあ、それ今度、提案してみよう」

潤子はうきうきして言った。

「よかったら、そのWEBアドレスをメールで教えてくれますか」

羽賀が興味深そうに訊いてくる。

「ええ、もちろんです。周りの人にも勧めてくださいね」

「レシピが載ってるなら、うちの奥さんも見たがるだろうな」

「ええ、ぜひ」

ぜひ？

何かを聞いてしまった気がして、潤子の頬は固まったが、目の前の同業の彼は、少し頬をあかくして、優しい目のままだ。

「楽しいなあ。大林さんと喋ってると、新しいアイデアがどんどん湧いてくる。どうしてだろう。どうしてだと思います？」

にこにこしながら子どものように無邪気に訊いてくる。条件反射的に「ええ、ぜひ」なんて言ってしまった手前、笑顔を崩せなくなってしまった潤子は、

「どうしてでしょうね」

と乾いた声で返事をし、もやもやした気持ちを黒ビールで喉の奥へ流し込む。だいぶぬるくなり、違う飲み物のようだ。すでにじわじわと、このビールと同じ色の感情が湧きだしている。そんな潤子の様子を窺うように柔らかく首をかしげながら、

「そうそう。大林さんにはマスコミ対応についても教えてほしかったんですよ」

羽賀が言う。

「教えることなんてありませんよ」

潤子は言ったが、羽賀は気にせず話し続ける。

「実は、前任がばたばたと地方に異動してしまったこともあって、小さな会社の担当者とはうまく引き継ぎできなかったんですよね。そういうところにも、これから挨拶回りに行こうと思っているんです。幸い、うちはたくさんの会社と付き合いはあるんですけどね、今はネットの細かいサイトで、僕が知らないようなところが若い人にかなり影響力があったりするんで、情報はどんどん更新しておいたほうがいいって言われるじゃないですか。もし、会っておいたほうがいい人や、おさえておいたほうがいい媒体があったら、教えてほしいなあ」

そう訊く瞳に狡《ずる》さもエロさも見当たらないことが、さらに潤子を苛立《いらだ》たせた。

「でも、食べ物と車じゃ、全然違いますからね」

そっけなく返すと、

「そんなことないですよ。車と食はよく似ているじゃないですか。日常のものである一方、マニアのいる贅沢品にもなりうる。いろんな媒体でいろんな宣伝の仕方があると僕は思います。自社の商品のいいところ、面白いところを、ちゃんと見つけていきましょうよ」

と真面目に諭され、げんなりした。

「そうかもしれませんね。けど、うちは同じ広報でもセクションがゆるく分かれてて、わたしは社内広報と総務がメインなんで、そういう華やかな仕事はしてないんですよ。うちの社では、マスコミ対応にはその道のプロがいますし」

橋田真知子の隙の無いメイク顔を思い浮かべながら言った。どれほど仕事がテンパってきている時も、皆がクレーム処理で部全体が殺伐としている時も、彼女の周りにだけはスタイリッシュな空気が漂っているように見える。常に立ち居振る舞いがおっとりしていて、余裕がある橋田だが、その実マスコミ対応を一手に引き受けていて猛烈に働いている。広報関連の情報は、表向きは部全体で共有することになっているが、時おり久良木の知らないルートでニュースに取り上げてもらえることもあり、「橋田人脈」には社内の誰もが一目置いている。

そういえば、と潤子は思い出した。橋田真知子には不倫の噂があった。どこかの金持ちと不倫しているとかいたとか。会員制のバーで初老の男にしなだれかかっているのを目撃した、というような。

さすがは橋田さん。やっぱ、不倫するなら会員制のバーですよね。ブルックリン風とかいう、ディズニーランドの待ちスペースみたいな場所の硬い椅子で一杯五百五十円の黒ビールなんかじゃダメですよね。ひとり頷く潤子の横で、

「その道のプロかあ、すごいなあ。やっぱり老舗《しにせ》の食品メーカーさんだと、代々そういう方がいて、マスコミに愛されてるんですね」

のんきな顔の羽賀が、夢見るように言っている。

「愛されてなんていませんよ」

「女性なんですか、その方」

「そうですよ」

「よかったら、今度一緒に飲みたいです」

「はい?」

なんて図々しいんだろう。思わずビールをぶっかけてやりたくなったが、あいにくたった今、飲み干してしまい空《から》である。

「無理ですよ、とても忙しい人なんで」

ことさら明るく、潤子は言った。

広報の世界で引き抜きが多いのは、豊富なマスコミ人脈を持っている人間がどの業種でも重宝されるからだ。何社もの広報を渡り歩いてきた橋田真知子が長年築き上げた人脈は、上司だって横取りすることはできない。彼女がその武器を手放すわけもない。ちょっと仲良く

なるくらいで、分け前にあずかることができると思ったら大間違いだ。

さすがの羽賀も、ようやく潤子の顔のこわばりに気づいたようで、微妙に笑顔が硬くなった。

と思ったら、

「図々しいこと、頼んでしまってすみません。いや、忘れてください。僕は大林さんとふたりがいいんです、こうして飲んでいるほうが楽しいですし」

と、頓珍漢《とんちんかん》なことを言う。さらに、椅子の縁についていた潤子の手に、自分の手を重ねてくるではないか。

潤子はゆるやかなしぐさでその手を払いのけて、「お手洗いに」と立ち上がった。このまま帰ってしまおう。強い気持ちでバッグを持ち、ひとまずはトイレに向かって歩きだした。コートのない身軽な季節で良かった。

しかし、あいにく女子トイレは個室一つしかなく、外の廊下で待つはめになる。なんて安っぽく、いまいましい店だろう。

トイレの待ち位置に立っていると、客席の奥のほうに羽賀が見えた。頭にぺたりとはりつくような猫っ毛の、ぬぼーっとした後ろ姿。

何が、「うちの奥さん」だ。さらりと言いやがって。

あなた、前回と今回の二度の食事で、明らかにわたしに粉かけてきましたよね。その気にさせようとしましたよね。否定しますか。否定できないですよね。もし否定するのならば、

——大林さんのことばかり考えてしまってたんですよ。

——会ってもらうの、大丈夫なんですね。

ああいう台詞、たとえば他社の広報のおっさんにも言ってるってことですかね。そういや、この間手ぇつないできましたが。さっきも手を重ねてきましたが。あれはなんですか。あなた、おっさんたちの手も握るんですか。

潤子はムカムカしながらトイレを使った。

ところが、である。手を洗ってから鏡を見ると、さっき怒りまくったせいだろうか、妙に冴えざえとした表情の自分がいるではないか。鏡に映る顔がいまいちな時となかなかな時があって、その差は世界でいちばん自分がよく分かっている。

なぜだろう。まさに今、最高級にきれいな顔なのだ。瞳が普段よりひとまわり大きくなり、ビールのせいか怒りのせいか頰が淡く紅潮し、輪郭は尖っている。ふむ、ふむ。バッグの中から化粧ポーチをとりだし、再度マスカラを丹念に塗った。そのうえでチークをはたき、リップグロスをのせてみると、
いい!

潤子の中に不思議な欲望が湧いてきた。羽賀にこの顔をしっかり見せつけて、惜しい女を逃したと思わせたくなったのだ。

席に戻ると、羽賀がにっこり微笑んで、

「さっきね、この店をやってる友達から、サービスで、大林さんに酵素シロップ入りのサン

グリアをもらいましたよ」

と言い、少し身を起こして潤子の椅子を引いてくれた。テーブルには小さなピッチャーにフルーツ入りのサングリアと、ガラスのコップがふたつのっている。

――ごめんなさい、仕事に戻ることになってしまったので、先に失礼しますね。と、橋田真知子風の優雅な物腰で言うはずだったのに、サングリアのきらきらした赤と「酵素シロップ」という言葉の響きに惹かれ、どうしたものだか、潤子は立ちつくす。

すると斜め後ろから、

「本日はありがとうございます。オーナーの伊藤《いとう》です」

と、少し掠《かす》れた低い声がした。羽賀の大学時代の友人だという、この店のオーナーだ。時代劇の将軍のような声と、清潔感のある笑顔のギャップが、いかにもなモテオーラを発していて、この手のきらきらした男に慣れていない潤子はつい気圧《けお》される。羽賀にはこういう友人がいるのか。ということは、学生時代はかなりイケてるグループに所属していたということか。

精一杯の社交力を駆使して、

「こちらこそ、美味《おい》しくいただいてます」

と微笑むと、オーナー伊藤は、

「なんだよ、まさヤン。こんなきれいな人だなんて、聞いてないぞ」

羽賀を冷やかした。さすがはサービスのプロだなと思って見ていると、

「さあ、どうぞ」

さっき羽賀が少し引いた椅子を、伊藤はさらに大きく引いて、潤子に着席を勧めた。なめらかな動作にNOとは言えず、つい腰をおろしてしまう。伊藤はそんな潤子を覗き込むように身をかがめ、ぴかぴかの笑顔で、

「大林さん、ですよね。まさヤンはこう見えて仕事できるし、責任感もある、なかなかいい男なんですよ。ぜひぜひ、今後もよろしくお願いしますね」

と言う。横で、羽賀は相好《そうごう》を崩して照れている。潤子は呆れた。伊藤という男は羽賀が既婚者だと知らないのだろうか。いや、知らないわけがない。大学時代からの友人だというのだから、もしかしたら結婚式にも呼ばれているかもしれない。

まったく、男というのはこういうところがあるのだ。男どうしつるむと、チームワークぶって友人を守るのだ。ふん、と潤子は鼻で笑う。女だったら同性が狡いことをしようとする時、咎《とが》めることこそあれど、こんなふうにいけしゃあしゃあと応援したりはしない。社会人としての倫理観があるからだ。少なくともわたしの周りの女性は皆そうだ。

「『よろしく』って言われても、羽賀さんは奥さんいますものね」

潤子は、肌がぴきぴき割れそうな愛想笑いで皮肉を言ってやった。

すると伊藤はきょとんとした表情を浮かべ、それから、「ああ」と頷いた。

「すみません、誤解させるようなことを言ってしまって。まさヤンから、ビジネス上での大事なアドバイスをくれる方だって聞いていたから、その意味で、ですよ。まさヤンが愛妻家

なのは、それはもう……」

伊藤の口ぶりは親切だったが、かすかな嗤《わら》いが滲んでいた。今、完全に、男をそういう目で物色することしかできない婚活女と思われた。潤子は赤くなる。伊藤に、羽賀のこれまでの発言や、手をつないできたことなどをぶちまけたい気がしたが、そんなことを言ったら、今度は哀れまれるかもしれない。こういう時、うまくギャグにして笑いを取るなんていう高等技術をもっているわけもなく、ただ曖昧《あいまい》な表情で笑うしかないのだった。

伊藤が去ると、羽賀は困ったような微笑みを浮かべて、

「なんだか、あいつが変なこと言って、ははは、気にしないでくださいね」

と言った。

気にしないでください？

気にするに決まってるだろ。原因を作ったのは、おまえだろ。

潤子はこの場に伊藤も呼んで、ちゃんと話しておきたい衝動にかられた。皆さん何か大きな誤解をされているようなのではっきりさせておきたいんですけど、わたしは羽賀さんに微《み》塵《じん》も恋愛感情を抱いていません。抱こうと努力しても抱けなくて、悩んでいたくらいなんです。それなのに、あろうことか羽賀さんはわたしの手を握り、「大林さんのことばかり考えてしまってたんですよ」と発言したんです。そのくせ、既婚者だというアナウンスをしてきたり、友人には「ビジネス上での大事なアドバイスをくれる方」だと言っているんですが、彼のちぐはぐな言動に非はないのでしょうか。

潤子が黙っていると、また何を勘違いしたのか、羽賀はぐっと潤子に顔を近づけてきて、完全にキメ顔である。

「もしかしてですが、妬《や》いてくれてます？」

「は？」

「変なことを聞いてしまって、ごめんなさい。でも、もしそうだとしたら、僕は嬉しいです」

「は？　は？」

「いいんですよ、大林さん。分かってくれてると思いますが、僕は大林さんのこと、最初から素敵だなって思っていました。僕はね、こういう時に、妻とうまくいってないとか、いずれは別れるつもりだとか、そういう言い訳をしたくない人なんですよ。妻は大事です。それは事実です。だけど、誰かにときめいてしまう気持ちも、僕にとっては大事なんです。この歳になるとお互い、仕事や生活はあっても、恋愛はなくなってくるでしょ。人生の中に、割り切って、トキメキを大事にする関係があってもいいって思うんですよ」

はー⁉

と叫びたい気持ちの一歩手前で、潤子の中に、おかしな潤子が生まれた。割り切って、トキメキを大事にする関係。興味深い。実に興味深い。いったいそれは……。

「契約的な関係ってことですか」

「え」

と羽賀は思いもよらぬことを言われたというような、新鮮な驚きに包まれた表情で、ぱちぱちと無邪気なまばたきをした。それから、あはは、と声に出して笑い、大きくかぶりを振って、

「いやだな、潤子さん。そんな、夢もロマンもないことを」

いつの間にか、「大林さん」が「潤子さん」に変わっている。

「僕は愛人とか不倫とか、そういう、一時代前のドロドロした男と女の関係をむしろ嫌悪したい人なんですよ。僕はただ、こうして潤子さんに時々会いたい。そして、ドキドキしたい。今も潤子さんが、すごくきれいだから、胸が高鳴っている」

「なるほど。なるほど」

いったいどうしたものか。きれい、と言われて、心のひだを、ティッシュのこよりでこちょこちょとくすぐられているような、変な感じがしてきてしまった。むかついているのに、にやけてしまうのを止められない。腹立たしいのに、席を立てない。それどころか、どういうわけだろう、目の前の馬面が、素敵とまではいかなくても、悪くないものに思えてくるではないか。

「僕は、潤子さんが厭《いや》がるようなことはしませんよ。たまにこうして会ってくれれば、それだけで……」

サングリアのグラスに添えていた手に、羽賀はそっと手を重ねてきた。潤子はビクッと身を竦《すく》めた。さっきの伊藤とかいう男にこの光景を見られたら厭だからだ。それなのに、「ビ

クッ」の意味を誤解されたようで、

「可愛いなあ」

と呟かれた。

可愛い？

潤子の脳がくらっと揺れた。

羽賀は、やわらかくのせているように見せかけたその大きな手の、親指と小指の腹にさりげなく力を入れる。壊れそうな大事なものを守ろうとしているようにも、逃げそうなものを離すまいと覆っているようにも取れる。いつの間にかもう片方の手は潤子の背に回されていた。潤子が観念して手の力をゆるめると、羽賀は重ねていた手をゆっくり動かし、そわりそわりと撫でてくる。まるで小さな女の子を、いい子いい子と甘やかすように。

「潤子さんがよければ、の話ですよ。僕は潤子さんの気持ちが向いてくれるのを待ち続けるだけですから」

やばい、と思った。潤子の手の甲は熱くなっていた。なんだろう、この感覚は。まるで船酔いのようだ、船に乗ったことはないけれど。ゆらゆらと脳が揺れていて、振り払いたいような、このままでいたいような、やばい、やばい。誰かの肌に触れるのは、先々週のあの手つなぎ帰り道以来である。そして、その前は……いったいいつだったろう。遥か昔すぎて思い出せない。

羽賀が何やら囁き続けているその吐息をすぐそばに感じながら、潤子は、記憶をたぐり寄せる。二十八歳から三十歳にかけて、男と、互いの家を行き交うような付き合いをしていた。会社の同期がセッティングした合コンで知り合った商社マンだった。「Newton」を定期購読していて、ボウリングが得意で、新聞に掲載されている数字パズルを毎週欠かさず解いていた彼は、潤子の出身校と伝統的に仲が良いとされる名門男子校の出身で、塾や学校といった狭い世界の共通の思い出話にも花が咲き、とんとん拍子で付き合うことになったのだった。三十歳を迎え、結婚するしかないだろうと半ば諦観《ていかん》していたところ、彼の浮気が発覚した。浮気されたことには腹が立ったが、すでにときめく心も薄れ、結婚への決め手にも欠けていたから、別れに際し、精神的にそれほどのダメージはなかったと記憶している。彼との付き合いの後半は、ほとんど体を重ねるようなこともなかった。

以来、丸五年間、人肌に触れることはなかった。

とはいえ、断続的に努力はしてきた。

きちんと婚活をしたほうがいいと礼香に言われ、みさ緒と一緒に苦笑いしてみせた潤子だったが、実を言えば、活動した時期もあった。

誰にも話してないが、三十二歳から三十三歳にかけて、結婚相談所が主催するパーティに二、三回、いや、正確には七回である、足を運んだのだった。

そして、そのうち二回は、「カップル成立」として発表された。

七回中二回というのが、打率として、高いのか低いのか分からない。番号札を胸につけ、軽食をとりながら順繰りにおしゃべりをし、質問タイムなんてものを経て、最後のアンケートで名前を書いた相手と「カップル成立」となったのだ。その場にいた三十名ほどの男女にぱらぱらと拍手をされ、全員の前で次のデートの約束をした。けれども、そのあとが続かなかった。いざふたりきりで会ってみると、一回目の男は話が続かなくて疲れ果てたし、二回目の男は自慢ばかりするうえ、飲食店の店員に対してあまりにも傲慢な態度を取るので辟易《へきえき》した。結果、どちらの時も、手を握ることも、次の約束をすることもないまま、尻切れとんぼのセイグッバイである。そうこうしているうちに半年間の会員登録期間を満了し、これも人生経験と嘯《うそぶ》きながら相談所を退会した。

「……どうですか、潤子さん」

羽賀に訊ねられ、はっとして顔を上げる。

澄んだ目がすぐそばにあった。ぐらりと心が揺れる。潤子の手は羽賀の手にすっぽりとくるまれている。

「このあと、よかったら、このあいだのワインバーに行きませんか」

羽賀に言われて、潤子はコクンと頷いている。

第三章　落としやすすぎる城に返事はこない

　ふと気づくと、頬が床のフローリングにぺたりとくっついていた。

　顔を持ち上げようとしたとたん、ズキズキ脈打つように頭が痛んだ。喉が渇いて死にそうだ。このままでは体が干《ひ》からびてしまう。それでいて、歯の裏からへどろのような生臭いにおいがしてくる。最悪だ。

　廊下の生温かいフローリングには唾液がとろりと垂れていた。ベッドまで数メートル。辿り着けなかったのか。コンタクトレンズを入れっぱなしのまま寝てしまったせいで、眼球がぱきぱきとひび割れそうに痛い。頬を床から引きはがし、四つん這いで、台所へと向かった。

　冬場なら、大変だった。こんな行き倒れみたいな状態で夜を明かしたら、あっというまに風邪をひいていただろう。最近、風邪をひくと長引くようになった。葛根湯《かっこんとう》を飲んだだけで治りはしない。ホント初夏でよかった。いや、「初夏」という爽やかな言葉の響きは自分をみじめな気分にさせるから、厭だ。

　顔を上げた潤子は、乾燥したコンタクトレンズの靄《もや》のかかった視界の中で、ほこりがチラチラとこまかく光っているのをぼんやり眺める。ここもあそこも拭きとりたい。いろいろ片

いたい。誰かに掃除をしてもらいたい。頭が痛くてたまらない。こんなにひどい宿酔《ふつか》い

は久しぶりだ。今何時かも分からない。のろのろと立ち上がり、冷蔵庫のドアを開けた。中に、一リットルの紙パック麦茶があった。口をつけてそのまま飲みたい衝動にかられたが、流しの横の水切りにちょうどグラスを伏せてあったので手にとった。

麦茶をコップに注ごうとしたが、コンタクトレンズの靄のせいで、なぜか注ぐ場所を間違えて床にこぼしてしまう。

拭かなきゃ……と思うと同時に、強い尿意を覚え、慌ててトイレに行った。

便器に座って、目の前の壁を見ているうちに、昨日からの自分の行為がひとつずつ思い起こされ、

「あああああ」

と潤子は叫んだ。

すべての記憶を排水溝に流してしまいたい。

ワインバーを出た時にはひどく酔っていた。店を出るなり羽賀にキスされた。いろんなことがどうでもよくなるような、不思議な解放感に満ち溢れていた潤子は、なぜかそのキスを受け入れた。「ふたりきりになれるところに行きましょうか」という常套句《じょうとうく》に、来たぞ来たぞと心の中で愉しむ余裕をふくらませながら、結局ついていってしまったのだった。なんてことをしてしまったのだろう。

彼は既婚者だ。しかも、そのことをさらりと宣言し、そのうえで遊ぼうとした卑怯な男だ。

朦朧《もうろう》とした頭の中に、みさ緒と礼香の顔が浮かんだ。

だめだ。あのふたりには話せない。

潤子は自分の生い立ちに関して小さな舌うちをする。教育熱心な親のもと私立中高から偏差値の高い大学に進んだ同級生たちは、なんだかんだ言って、お育ちのよい、堅気の娘なのだ。好きでもない既婚者と寝るという行為を、眉をひそめて糾弾《きゆうだん》してくる側の人たちだ。礼香はBL大好きなくせに自身の生き方はコンサバだし、みさ緒にいたっては不倫中の会社同期のことを、どれだけ悪《あ》しざまに語っていたことか。

あーあ、と思う。こういう時、突き抜けてビッチな友達がひとりでもいればよかった。「まじ？　ヤバー」と明るく罵《ののし》られたい。「何、まだ気にしてんの？」とげらげら笑われたい。

トイレから出て、着ているものを次々に脱いで洗濯機に入れた。全身が汗でぬるぬるしている。ひとまず熱いシャワーを浴びたい。

しかし潤子は給湯器のスイッチを入れるより先に、スマホを見る。昨日、LINEのアカウントを交換したのだ。すぐに返事をする気などないが、ひとまず羽賀からのリアクションを見たい。

真っ裸で見ている小さな画面に、しかし羽賀からのメッセージはなかった。かわりに後輩の河北からメールが来ている。来週早く上がれる日を問うている。そういえば、何か相談があると言っていたような。

潤子はスマホの画面を閉じた。返事を書くには疲れすぎていた。さっき床にこぼしてしまった麦茶を拭かなくてはならない。ひとり暮らし。誰も助けてはくれない。

週が明けて、月曜日の朝。潤子は向かいのデスクでパソコンに向かって仕事をしている橋田真知子に声をかけてみた。

「橋田さん、今日のお昼って、何してますか」

顔を上げた橋田真知子はパソコンと書類の隙間からこちらを見て、「え」とちいさく声を出した。変な質問の仕方だったかなと、潤子は思う。相手の予定の有無を訊いてから誘うより、最初に具体的な誘いを伝えて、それから判断してもらうほうが親切だ。自分が誘われる時はそう思うのに、誘う時は断られるのが厭で、つい遠まわしな訊き方をしてしまう。

「あの、一緒にランチ、行きませんか」

最初からそう言えばよかったのだ。

「行きましょう」

にっこりと、橋田は言った。

「十一時四十分に出ましょうか」

「そうですね」

潤子の会社は部署ごとに就業規則が違う。総務や営業事務は正社員でもタイムカード制だが、広報部員は就業時間を各自、事後報告することになっている。昼休みは、適当なタイミングで一時間ほど取ってよいのだが、ちょっと時間をずらすだけで、辺りの店が混んでしまう時間帯を避けられる。

十一時四十分、真知子と潤子は財布を持って、立ち上がった。ちょうど外回りの久良木が帰ってきたところだった。潤子ははっとし、真知子を見た。真知子が久良木に声をかけてしまう気がしたからだ。

しかし真知子は「お昼、行ってきます」とさらりと言って、広報部を出て行った。潤子はほっとし、久良木に一礼して急いで真知子のあとを追った。

「今日は中華なんだけど、いいかしら」

真知子が振り向いて言った。

「もちろんです」

と答えながら、今日は中華？　なるほど。今日は中華、今日はフレンチ、今日はイタリアン……とランチのスケジュールをひとりで組んでいるのかと、潤子はしみじみ感心する。ぜひ、そのスケジュールを教えてほしい。なんならそのスタイルを真似したいくらいだ。内勤の日、真知子はだいたいいつもこのくらいの時間にひとりでふらっと広報部を出て行き、小一時間後、またふらっと戻ってくる。弁当を作ってきている様子もない。ランチタイムの行動が謎に包まれていた。

すたすた歩く真知子のあとを追いながら、

「中華、お好きなんですか」

話の接《つ》ぎ穂になればと潤子は訊いてみた。

「好きなのよ。それに、彩華《さいか》は月曜日だけ女性限定の飲茶《ヤムチャ》サービスがあるの」

「彩華……」

「あ、近くの彩華に行くけど、いい？」

「もちろんです」

「今日は中華」どころか、行く店まで決めているのか。決めていたにしても、人と行くことになった以上、普通は「どこにする？」とか「何食べたい？」とか、せめて「彩華でもいい？」といった会話のワンクッションがあるものだと思うのだが、そんな無駄な気遣いをしないところもまた格好良く感じる。

ところで、おそらく真知子の言う「彩華」は、会社の入っているビルから五分ほど歩いた先にある外資系のホテル内の高級店だ。普段はまったく縁のない場所だが、一度だけみさ緒や礼香とそのホテルでアフタヌーンティーをしたことがあり、その時ちらっと前を通りかかった。黒っぽい壁と扉と、その脇にちいさく上品に書かれた「彩華」の看板。あの店構えだと、ランチでも軽く五千円は超えていそうな気がする。そんな店に、ローテーション組んで通っているのか。今日の持ち合わせを確認しておかなければと焦る。

真知子を誘ったのは、みさ緒にも礼香にもできない相談をするためだった。というか、ランチタイムの短い時間では相談までは行きつかないだろうから、相談のとっかかりを作りたい。ぶっちゃけ、仲良くなってみたいと思ったのだった。

考えてみれば、二年間デスクで向き合って仕事をしているのに、真知子のことをほとんど知らない。どうして今までこの人の魅力に注目せずにこれたのだろう。それどころか、会員制バーの話を聞いた瞬間に、アンタッチャブルな人のような気がして、むしろ避けていた。今はこんなに近しく感じる……。

それでなくても、同じ広報部にいても、マスコミ担当の真知子と、社内報づくりがメインの潤子は、仕事内容がずれているので、共同作業をすることがなかった。様々な会社の広報を渡り歩いてきた真知子は、転職して二年目のこの会社についても踏み台にするつもりじゃないかと見る向きもあり、社内にべたべたと付き合っている人間はいないようだ。

潤子は真知子が気になっていた。ラフな社風で、洒落っ気のない女子社員も多いなか、真知子はやや浮いている。胸元でゆるやかにカールした栗色の髪といい、常にとろみシャツ＋スカート＋パンプスという組み合わせで一切パンツを穿かないところといい、きめこまかいまつ毛エクステンションといい、社内で最も、男性が女性をどう見るかを知り尽くしているように思える。

真知子になら、既婚者と寝てしまった話をしてもいい気がした。というか、話すつもりで誘った。きっと理解してくれるだろう。「トキメキを大事にする関係」についても、納得してくれる気がする。心の割り切り方や、生活の仕方や。何より、推定年齢四十五歳の独身美魔女である真知子が、結婚や出産に対してはどのように考えているのかを、チラとでも聞かせてもらいたい。そして、できれば会員制バーとのあれやこれやを、いろいろと聞かせていただきたい。

「彩華に行ったことある？」

早足で歩きながら、真知子が訊いた。

「いえ。一度、行ってみたかったんですけど、なかなか敷居が高くて」

と言ってから、以前礼香に「敷居が高い」は本来、先方に不義理をしていてその人の家にあがりにくい状態を言うのだと教えられたことを思い出した。

「じゃあ、初めて？」

しかし真知子は細かいことは気にせず、潤子の意を汲んで訊いてくれた。

「はい。ラウンジでアフタヌーンティーをしたことはありますけど」

「あそこのラウンジ、ちょっと変わってていいわよね。大きな竹林があって」

「あれ、最初見た時、驚きました」

十年ほど前にこのあたりの再開発が一気に進んだ。これから行くホテルもその時建てられたもので、当初はマスコミにも取り上げられ、おおいに騒がれた。

ホテルのロビーフロア直通のエレベーターで一気に二十二階まで上がる。エレベーターは耳をキーンとさせることもなく、滑らかに上空へと客を連れてゆく。一度来たことがあるからもう驚かないが、このホテルのロビーフロアは四階ぶんくらいが全部吹き抜けになっていて、エレベーターの扉が開くなり唐突に運動場のように巨大な空間が広がっているのだ。黒光りする大理石のフロアには、大きな窓からの自然光がさんさんと注ぎ、真ん中に竹のちいさな林が作られている。

真知子はエレベーターから降りると、運動場の向かいにある彩華を目指し、まっすぐに歩いてゆく。一秒でも無駄にしたくないというような迷いのない足取りだ。かたや潤子は、ここ、いくらくらいするんだろ、とドキドキしている。もちろん、三十四歳にもなれば、財布の中には……。いや、今日に限って五千円しか入っていない。金曜の深夜にタクシー代を支払い、土曜に代引きでダース買いしたミネラルウォーターが届いて、日曜日は家で洗濯や仕事をしながらだらだらと過ごして、夜、近所のDVDレンタル店でアメリカの政治ものの連続ドラマをまとめて借りた。その間中、スマホでLINEのチェックをし続けたことは、あまりにも思い出したくない事実だ。結局、羽賀からの連絡はなかった。週末だから妻と過ごしているのだろう。連絡が来ても返事をする気はないのに、そう自分に言い聞かせているのに、それでも悶々とした土日になった。朝が来て、そのままばたばたと出社してしまい、今に至る。店の外にランチメニューらしき黒い冊子が置いてあったのを潤子はめくってみたかったのだが、真知子がすたすたと店舗の中に入って行ってしまったので、慌ててあとを追った。

狭くて暗い入口から入ると、視界がぱっと開けて、中は広々としていて明るい。全面のガラス窓の向こうに都会の景色が広がっている。

「わあ……」

店員に案内され、真知子と潤子は奥のふたり席に向き合って座った。

「このお店って、こんな開放的な店内だったんですね」

「中に入ってみないと分からないでしょ」

「最初は誰かに連れてきてもらったんですか」

例の会員制バーの男に連れてきてもらったのだろうかと内心で思いながら訊いてみると、

「自分で開拓したのよ」

当たり前のことのように真知子は言った。

「すごーい。こういうところだと、初めての時って、緊張しませんでした?」

「そうね。最初の時は電話を一本してみたわね。電話の出方で店の感じってだいたい分かるし、混む時間帯とか、ひとりでも予約したほうがいいかとか、担々麺の値段とかね。そういうの軽く訊いておけば安心だから」

「なるほど、担々麺が判断の基準なんですね」

おひとり様のプロは違う。感心しながらメニューをめくると、ランチのセットは千二百円、二千六百円、四千八百円。単品だと麺類は千円台から。月曜日は飲茶セットが付く。

「思ったよりリーズナブルですね。もっと、五千円くらいからかなって」

「そんなところに毎週行かないわよ」

「毎週来てるんですか」

「内勤の月曜日はここ」

「へえ……」

給仕の男性が丁寧に注文を取りに来て、真知子は担々麺を、潤子は千二百円のランチセットを頼んだ。

やがて料理が運ばれてくると、真知子は嬉しそうに頬を緩めた。スープにふうふうと息を吹きかける様子が可愛らしい。と思って見ていたら、ふわっと顔を上げ、

「わたし、担々麺が大好きなのよ」

秘密を打ち明けるように言う。

「そうなんですか」

潤子は嬉しくなった。「大好き」という表現がとてもとてもいいと思った。何かを「大好き」と、自分もはっきり言ってみたい気がした。

「だから担々麺を食べられそうなお店を見つけると、ひとまず行くの。会社から徒歩十五分以内の担々麺は食べつくしたわ」

「すごーい。じゃ、他のメニューは食べないんですか」

「まあ、そうね。たまには他のをって思っていても、メニューに担々麺があると、つい頼んじゃう」

「担々麺評論家になれますね」

「ふふ。うちの会社から徒歩十五分以内に限られるけどね」

「彩華、毎週来てるってことは、かなりのお気に入りなんですか」

「そうなの。ここの担々麵、このあたりじゃいちばん美味しいんじゃないかな。胡麻の風味が強くて、山椒《さんしょう》もふんだんに入ってる。月曜日はここで担々麵って決めてるの。飲茶もつくから。あ、でも、あんまり言いふらさないでね。人気が出て、混んでしまっても困るから」

茶目っ気たっぷりな口ぶりで、赤くぎらぎらとした麵を、いかにも美味しそうに、ずるずる啜《すす》る。黒い山椒がたっぷりのっていて、ぴりりと辛そうだ。一口食べてみる？　と聞いてこないところもいい。

潤子のランチセットは蟹《かに》とコーンの粥《かゆ》、烏賊《いか》と季節野菜の炒めもの、卵スープ、杏仁豆腐。月曜日なので飲茶——海老餃子と小籠包《ショウロンポー》——もついている。これで千二百円なら許せる範囲だ。というか、この眺めとこの雰囲気とこの皿数で、千二百円は安い。それに、とっても美味しい。化学調味料に頼らない、奥深いコクを感じる。

「あー、美味しかった」

細い体に似合わず、麵をぺろりと食べきった真知子は鼻の頭に汗をかいていて、なんだかキュンとあどけない雰囲気になった。

「食べるの早いのよ、わたし。まだ時間あるからゆっくりしてね」

ハンカチを取り出して、顔の汗をふきながら真知子は言った。店員が運んできたジャスミンティーのポットを手にし、ゆったりした動作で小さなカップに注ぐ。潤子のぶんも注いでくれた。

「はい」とカップを差し出しながら、

「何か、相談でもあるんでしょ」

と、潤子に訊いた。

「え」

「大林さんがランチに声をかけてくれるなんて、わたしがここに来てから、初めてじゃない。話したいことがあるんじゃないかって思って」

図星だった。潤子は少し赤くなりながら、

「いえ、ずっと声をかけてみたいと思ってましたけど、橋田さんはおひとりのほうがいいのかなって……」

と取り繕《つくろ》う。

「まあ、そうね。ビジネスランチも多いから、ひとりで食べたいって思うわね」

「じゃあ、今日は誘っちゃってすみません」

「そういうのやめて。厭だったら、いつも行く店に連れてこないわよ」

「あ、わたしのこと厭じゃないんですね。よかったー」

ことさら明るく、潤子は言った。女子中高の部活で、年上の先輩の心にふわっと入り込む術《すべ》は得ていた。真知子も嬉しそうに、ふふっと小さく笑っている。笑うと目じりに細かい皺が集まるけれど、頬はつやつやと光るような薔薇《ばら》色だ。どんなチークを使っているのか訊いてみたくなる。自然光があたっているのに、シミも見当たらない。定期的にレーザーをあてているのだろうか。美魔女とはよく言ったもので、いつも思うのだけど、この手の人種はまったく年齢が分からない。振る舞いや声の質は明らかに中年なのに、髪や肌といったパーツごとに見ると、どこにも粗《あら》がない。手を見れば分かるとか、首を見れば分かると言う人もいるが、分からないものは分からない。白く、ほっそりしていて、どこもかしこも滑らかだ。

「橋田さんて、なんだかいつも優雅ですよね」

「え？」

「こんなこと訊くのは失礼かもしれないですが、恋人とかって、やっぱ、いるんですよね？」

注意深く訊ねたつもりが、くすりと笑われた。

「なんだ、そんなこと訊きたかったの。てっきり、転職の相談かと思ったのに」

「転職？」

「違うの」

「違います、違いますよ。わたし、ただ、橋田さんともう少しいろいろお話しできたらなあって」

「女子会で噂するための情報収集？」

速攻で返され、うわあ、と潤子は赤面した。真知子は冗談のつもりだったようだけど、その言葉は存外に潤子の心を波立たせた。

「女子会」という言葉が微妙な響きを持つことに気づかされている。楽しげで、可愛らしい感じもする半面、三十四歳独身の「女子会」を軽い嘲笑をもって取り扱いたがる人もいる。目の前の橋田真知子にはそういう匂いがある。女子会の誘いをさらりと断りそうな人種。どこがどう、とは説明しにくいのだけれど。

「実は恋愛相談にのってもらいたいんです」

なんとか彼女に認めてもらいたくて、考えるより先に、そう言っていた。

「恋愛相談」

面白そうに真知子が目を見開く。

潤子はさらに言葉を重ねる。

「先日わたし、久しぶりに口説《くど》かれまして。でも、その人には奥さんがいるんです」

「あら」

「そういうの、ダメですよね」

「いいか、ダメか、で言ったら、そりゃあダメだと思うけど」真知子は一息ついてから、

「でも、どうしようもないことはあるわよね」

批判の色はない。やっぱり先輩は、みさ緒や礼香たちみたいなお育ちのよいモラリストとは違うのだ。

ほっとした潤子は、

「失礼かもしれませんが、橋田さんは恋愛経験豊富そうですし、どうしたらいいか、相談にのってもらえませんか」

と、さらに真知子の心に入り込もうとした。

「相談って言われても。だって、大林さん、その人にはまっちゃったんでしょう」

「いえ、はまってないです。そんなに好きじゃないんです。だけど、ヤッちゃったんですよ」

と、いかにも軽いノリでぶっちゃけた。

「寝たってこと？」

「まあ、そうなんですよ……なりゆきで」

努めて軽く言ってみたが、

「もしかして、社内の人間？」

真知子は顔をしかめた。表情がくしゃっとなったとたん、彼女は一気に老けた。

「まさかまさか」

潤子は慌てて否定した。

「仕事で会う人？」

「いえ」

「あら。だったらもう会わなければいいだけじゃない」

「やっぱりそうですかね」

「会わないでいられるでしょ。好きじゃないのなら」

「そうですね。別に会いたいっていうわけでもないんで。ただ、相手が『トキメキを大事にする関係』でいたいって言うんで、それもアリかな、と思っちゃいました」

「はあ？」

眉をつりあげた真知子の顔は、さらにまた老けてゆく。

「いや、その人に、『この歳になると、生活はあっても、恋愛はなくなってくる』って言われて、たしかにって思っちゃったんですよ。もう出会いもなくなってくるし、このままだと恋愛の反射神経みたいなものもどんどんなくなっていくし、あとはお見合いくらいしか。だから後腐れなく気楽に会える異性がいるというのも悪くはないかなと」

喋りながら潤子は、途中から自分でも何を喋っているのか分からなくなってきて、しどろもどろになりそうなのをごまかして笑った。

「賭けてもいいけど、その男は大林さん以外に体だけの相手が数人いると思う。もちろん奥さんとは別に」

「ええ？　そうですかね、でも全然かっこよくない人ですよ」

言いながら潤子は、やはり真知子は五十近いのではないかと思った。「体だけの相手」という言い方が古風だ。そう思って小さく笑ってしまったら、目の前の氷みたいな瞳が自分を捉えていた。

何か、怒らせるようなこと、言っただろうか？

たしかに真知子の言うことに思い当たる節も、ないわけではない気がしてきた。羽賀は、奇妙なくらい女に慣れていた。ワインバーでは終始潤子の背や腰に手をあてていたし、ホテルに着くまで、触れつづけていた。それは、いかにも獲物を逃さないといった渇きのようで、酔っぱらった潤子は、そんなふうに男から請われることを、心地よく感じたのだった。

考えないようにしていたが、実をいえば、少し傷ついたことがあった。事を終え、ラブホテルを出たのは、真夜中だった。午前二時か、三時か、終えた羽賀はシャワーも浴びず当然のように電話でチェックアウトした。その時点では、あまりの眠気に潤子の思考には膜がかかっていたため、深く考えることができなかった。ふらふらした足取りのまま、羽賀に抱えられるようにして、通りに出て、羽賀が呼び止めたタクシーにひとりで乗った。タクシーに遠回りされた気がするけど、苦情を言う気力もなく、いくら払ったのかもちゃんと覚えていない。

そんなことをつらつらと思い出してブルーになりかけたところに、

「大林さんて、まだ二十代だったっけ」

真知子の冷徹な問いかけが降ってきた。若く見えるという褒め言葉でないことはすぐ分かった。

「三十四です」

「意外にナイーヴなのね」

「ナイーヴ?」

「『ピュア』にしておきましょうか」

「ピュア、というと」

「逆の立場で考えてみたら、その殿方はずいぶん美味しい思いをしたんじゃないの。おうちに奥さんもいるくせに、試しにちょっと口説いてみたら、大林さんみたいな素敵な独身女性を、簡単にモノにできちゃったんでしょう」

「素敵じゃないですよ」

潤子はつい照れたが、真知子の目にそこ？　という軽い驚きが浮かぶのを見て、はっとした。

そうか。わたしは、褒められると無駄に舞い上がる。

真知子はすでに憐れむような目で潤子を見ている。

「『ナイーヴ』って、未熟って意味よ。大林さん、もっと自分のブランドを守りなさいな。本気で男をつかまえたかったら、そういうのは良くない。男は、落とせない城を落としたい戦士なんだから」

「名言ですね、それ」

「大林さんは城どころか、サービスのいいお店みたいじゃない」

「名言で傷つけるの、やめてください」

笑いながらも内心むっとして、

「そう言う橋田さんは、不倫の経験はないんですか」

潤子はずばり訊いてやった。

「ないわ」

返事が早すぎる気がした。ほんとですか？　会員制バーは？　いぶかしく思いながら彼女を見ると、

「騙されたことはあるけど」

と言う。

「え？」

「十年くらい前のことだけど、独身だと偽られて、深みにはまってから、別居中の既婚の子持ちだったって知ったことがある」

「むかつきますね、そんな嘘つかれて」

と言いつつ、それでは不倫の経験が「ない」というわけでもないじゃないか、と潤子は思った。

穏やかな表情で、真知子は、

「参考までにお話しするとね、その時わたし、弁護士事務所に相談したのよ。ちょうど、結婚詐欺のドラマをやってたのもあって、その男を訴えてやろうと思ってね」

と、話し出す。

「そうしたら、まずね、彼と肉体関係があったかどうかを確認されたわけ。そりゃあ、あったわよね、恋人だと思って付き合っていたんだから。で、既婚の相手との肉体関係をもった瞬間、わたしのしたことは『不貞行為』と認定されてしまうそうなの。あなたはすでに奥さんから慰謝料を請求される立場ですよ、って相談した弁護士からは、さらっと言われてね。

だけど、その男はわたしに独身だって嘘をついていたのだし、指輪もしていなかった。そこはすごく大事なところじゃない。つまり、こっちには不貞行為の認識がなかったのよ。それなら、男の詐欺だということを証明すれば、わたしにも慰謝料を請求する権利が発生するってことでしょう」

「そりゃ、そうですよ！」

心の底から潤子は同意した。

「ところが、弁護士に言われたのは、相手が既婚者であったとしても、なかったとしても、婚前に性交渉をしたっていうのが、裁判では悪印象になるっていうこと」

「え？ いまどき、そんなことあります？」

「いまどきって言っても、二十年近く前の話だからね」

あれ、さっき十年って言ったような。「?」マークが頭に浮かんだが、黙って聞くことにする。

「そのうえで、具体的に、不貞行為の期間が、男が独身だと嘘をついている間だけだったということを、こちらが立証しなくてはならないのよ。メールや日記や音声データは残っているかと訊かれたけど、そんなもの、あるわけないじゃない。不倫男が『僕は独身です』ってわざわざ表明するわけがない。向こうは独身って体《てい》で合コンに来てたから、こっちもそうだって最初から思い込んでいたのだもの。証拠なんて、一つもないのよね」

「うわっ……、めっちゃ狡いですね」

独身だと嘘をつく男と、既婚者だと宣言したうえで口説いてくる男と、どっちが狡いだろうか。どっちも狡いが、比較するならば、こちらに検討の余地をくれるだけ、宣言男のほうがましか。

「それからね、もうひとつの問題は、彼が既婚者であることを知ってから、肉体関係を一度でも持ってしまったら、もうこっちの負けだっていうことなの。そこは何度も確認されて、わたしは、弁護士には『もってません』って言ったけど、実際は、知ってからもなし崩し的に二、三回あって、『ああ、あの時……』って内心では分かってるわけ。裁判になれば、わたしは何ひとつ証明できないって、分かるじゃない。そうして、もし負けた場合、今度はわたしが彼の奥さんに慰謝料を払わなければならない立場になる。ありえないでしょ。お金だけの問題じゃないわよ。狭い業界だから、一度でも変な噂が立ったらおしまい。まっとうに働いている女にとって、既婚男性との関係は、リスクでしかない。そのことがよく分かったから、そういう恋愛をする時は、証拠をうまく取っておくこと」

真知子の語り口は、生徒を諭す教師のようにきびきびとして熱い。

潤子はうなだれた。

金曜の夜は、ただ、女として認められていることに舞い上がっただけだった。自分でもそのことを分かっていた。舞い上がらせてくれる相手を無下《むげ》にできなかった。礼香が結婚してしまうから。みさ緒には森がいるから。

自分のばかさに頭が痛くなってくる。

万が一、羽賀の奥さんに大騒ぎされて慰謝料を請求されたら、すべてを失うことになる。好きで好きでどうしようもない相手だったらまだしも、あんな卑怯な男のせいで。

潤子がよほど萎《しお》れて見えたのだろう。真知子が急に優しくなった。

「きつい言い方しちゃったけど、大林さん、わたしの友達、三十代後半でバタバタバタって、みんなまとめて結婚していったわよ。そういう、最後の駆け込みみたいな時期がこれから来るかもしれないわね」

「さっきの名言、トラウマになりそうです」

「城の話？　別に名言じゃないわよ。女たらしのタレントがラジオで言ってた言葉よ」

「じゃなくて、『サービスのいいお店』のほうです」

「あら、ごめんなさい。言いすぎたわね。変な店のことじゃないわよ」

「いえ、いいんです。考えてみたら、彩華だって、高層ビルの中にあるし、店構えはすごいし、高そうだし、最初はドキドキ緊張しながら入りましたけど、中を見れば、ああこんな感じなんだーって分かって、二度目からはずいぶん、楽になる。そういうことなんだろうなって思いました」

「そりゃ、そうよ。男は、中を見せちゃったら全部分かったような気になるんだから。なるべく店構えを素敵にして、期待させて、今日もお休み、明日もお休み、通《かよ》っても通っても入れてもらえない幻の店、何度でも通ってノックし続けたいって思わせるお店にならなくちゃ」

「はあ……」

「それ以前にね、『既婚者お断り』の看板を出しておかないといけなかったわね」

「分かってるんですけど、雰囲気に流されました」

「流されないように、足に『賢さ』の重しをつけておかないとね」

「また名言」

「自分の言動には責任を持たないと駄目」

「橋田さんは流されないんですか」

「わたし？　わたしのことは置いといて」

「恋してますか、今」

唐突に潤子が訊くと、

「やめてよね。それより、一つアドバイスをしておくと、不倫を立ち切りたいときは、相手の男に、この関係を親とか会社の上司とか、とにかく年配の誰かに相談したって言ってみることね。焦ったり慌てたりするのは仕方ないとしても、キレ出す男は最悪よ。それまで、支配できるってタカを括ってた証だから」

またかわされた。彼女は過去の話はしてくれても、現在の自分についてはうまくはぐらかす。ちょっと冷たい感じもするが、その視線も口ぶりも妙に色っぽく、さすがは先輩。落とせない城。こういう人を男は放っておかないのだ。かたや、女子会ばかりやって、同性の友人の前で弱みや悩みを茶化しながら打ち明ける習慣ができてしまった自分のような女。放っておかれるのも分かる。

……と、そこまで考えた潤子の頭の中に、天啓のようにひとつの考えが弾けた。

わたしって、実はめちゃくちゃ結婚に向いているのかもしれない。

このあいだのパンケーキ屋を思い出す。社会が動き始める平日の朝、これから出社するわたしたちと入れ違いに席を埋めていった中年の女たち。たぶん、あの人たちは、ほぼ既婚者だ。あの中に、真知子ほどきれいな人がいただろうか。否。真知子ほど色っぽい人がいただろうか。否。皆、ぷくぷくとした頬で甘い炭水化物を摂りながら、おばさん女子会を心ゆくまで楽しんでいた。同性の友人の前で弱みや悩みを茶化しながら打ち明ける習慣を楽しめる人たち。

結婚できるかできないかは、容姿ではない。

色っぽさでもない。

コツがあるとすれば、退屈をこわがらない勇気と、無駄な道へふらふら歩いていかない賢さか。真知子のようにサバイバルも辞さないタイプや、わたしのようにピュアなばかでなければ、たかが結婚、結婚ごとき、結婚程度のことは、だいたいできるのだ。

やはりもう一度、結婚相談所に登録してみようか。

ぼんやり思いめぐらす潤子の前で、真知子はすっくと立ち上がり、かたちのよい脚ですたすたとレジへ歩いていく。こちらが誘ったのに御馳走してもらったら申し訳ないと思って慌てて追うと、すでに別会計で、真知子が担々麺だけ支払っているところだった。銀行に寄ってから帰ると潤子が言うと、真知子も買い物があると言った。ふたりはホテルの前で別れた。

昼休みのあいだに、新着メールは七件来ていたが、私用のものは一件もなかった。

パソコンにもスマホにも、やはり羽賀から連絡はない。潤子からもしていない。

羽賀からのメールなど、来なくてもいいのだし、むしろ来ないほうがいいのだが、メールが来て、次の誘いが来て、それを断って終わらせたいというのが本音である。このままになったら、あたかもヤリ逃げされたことになってしまう。連絡を請うメールをしてみようか。向こうから誘わせて、それを断るのだ。

ダメだ、ダメだ。こういういじましい欲がまた、悪い方向に自分を走らせるのだということを、真知子から学んだばかりではないか。

潤子は溜息をついた。

男は、落とせない城を落としたい、か。

急に怒りが湧き上がる。

何が城だよ、何が店だよ、必死に生きてる人間を安易に譬《たと》えないでくれ。そういうの、楽しめる人種と楽しめない人種がいるんだから。

潤子は、すべてが面倒くさくなった。

結婚だ、結婚。

行き倒れて廊下に寝てしまっても誰も起こしてくれない、こぼした麦茶を誰も拭いてくれない、わたしが餌をあげなければメダカたちは死んでしまう。

やっぱり、結婚だ。礼香でさえ、決めたのだ。妥協すれば、絶対できる。

いてもたってもいられなくなり、潤子はスマホを持って、1フロア下の女子トイレに行った。システム系の部門のフロアなので、女子社員が少なく、いつも空《す》いている。ちょっと休んだり、こっそりストレッチをしたい時に最適なトイレなのだ。

二年前に登録した結婚相談所の電話番号が、まだアドレス帳に残っている。

衝動的に電話をかけると、

「はい。フローラル・マリッジ・コンサルティングでございます」

と華やかな声がした。スマホの画面には、以前登録した「結婚相談所」という名称がそのまま現れたけれど、どうやら二年のあいだに変わっていたらしい。少々気圧《けお》されながら、潤子は再入会のための面談予約をとりつける。とにかく早く動きたかったので、次の土曜日の午前中に予約を入れた。さらに、電話で勧められた『フリータイム無し・ゆっくり会話・30代限定 大人なマッチングパーティ』なるものに勢いで申し込みをしてしまった。

電話を切ると、どっと疲れた。

入会金は四万円（本当は八万円だったが、再入会ということで半額で済んだ）。月会費が八千円で、パーティ参加で三千円。あっさり飛んでゆくお金たち。こうしてまた、それほど気のない相手の名前を書いて、「カップル成立」から始めるのか……。

はたと気づくと、トイレの壁の奥を遠い目で眺めている自分がいた。トイレ滞在時間は二十分を超えている。結婚できていないせいで、仕事にまで支障をきたすところだった。

潤子は早足で階段を上り、ぜいはあと息を切らしながら、広報部へ向かう。

「先輩」

後ろから呼び止められた。

振り向くと、河北がいた。

「このあいだ、メールした件ですけど……」

つるんとした顔の河北が、妙に真面目な顔でこちらを見ている。

「ああ、なんだっけ」

「やっぱり、忘れてましたか」

完全に忘れていた。

「ごめんごめん。飲みに行こうって話だったよね。ばたばたしていて、都合のいい日、返事してなかったわね。じゃあ、そうね、明日の夜は」

「すみません、火曜と水曜以外がいいんですが」

「えーと、木金はわたし、夜に何か入ってたな。となると、来週か」

「週末はダメですか」

「週末？」

「あ、予定があったら、いいんですが」

「土曜のランチならいいわよ」

午前中に結婚相談所の面談だ。そのあとどうせひとりでランチするのだから、と潤子は相談所がある街の、気に入りの店名を告げた。

第四章　彼女の架空アカウント

その日、いつもより少し早めに帰宅した潤子は、まず入浴を済ませ、下着のままで手足にボディクリームをたっぷり塗りつけた。それから部屋着姿になる。高校生の頃から着ているので、人生の半分以上愛用している、ひつじの絵がついた部屋着は、自分の肌を着ているような心地よさだ。ソファを背もたれにして顔の手入れをする。化粧水、乳液、美容液、とブランド化粧品を販売員に言われたとおりの手順で使っていたのは二十代の終わりまでで、ここ数年は、ドラッグストアで買ったお気に入りのオールインワンジェルをたっぷり手にとってのマッサージだ。時間を含めたコスパを考えれば、もうこれ以外にないのだった。

クリームでめいっぱい保護された三十四歳の体を大きく伸ばし、以前、みさ緒と通っていたヨガの真似ごとのようなポーズを一つ二つ。すぐに飽きて、またソファにだらりともたれる。

仕事が早く終われば夜は自由なのだから、スマホの中の女友達に声をかけて、洒落た店で楽しく飲むのもそれはそれで幸せな選択肢なのだが、三十歳を過ぎてから、こういう「ひとりでだらり」という夜の割合が増えてきた。セーブマネー以外にも、体力の低下を感じているというのもあった。深夜まで飲むと翌日の午前中が使い物にならなくなるのだ。気分は二十代と変わらないし、見た目に至っては今のほうがイケてるんじゃないかと思うこともあるくらいなのだが、内臓や筋肉や骨は、使用年数分きちんと衰えている。定期的に体からアルコールを抜かなければならない。

ソファとテレビのあいだのミニテーブルに、お気に入りの惣菜屋で買った夕食を並べて、飲み物はざくろジュース。すべての筋肉を弛緩させ、誰に気兼ねすることもなく、食べて寝るだけのこういう時間。幸せなのだ。結婚したら、どうなるのかなと少し思う。結婚しないのも不安だけれど、結婚で失われるものも確かにある。

海老の生春巻きを食べながら、潤子はスマホのネットアプリで、電話で仮契約したばかりの結婚相談所「フローラル・マリッジ・コンサルティング」に接続した。淡いピンクをベースにした華々しいトップページに、ウエディングドレスとタキシードのカップルの後ろ姿の写真が添えられている。

スクロールしてゆくと、「おすすめ！」の文字があり、潤子が申し込んだ『フリータイム無し・ゆっくり会話・30代限定　大人なマッチングパーティ』の特集ページが作られていた。指先でタップすると、前回のマッチングパーティの様子が、個人を特定されないよう靄をかけた画像とともに報告されている。

この企画の特長は、
・女性限定　初回無料
・カクテルドレスの貸し出し、写真撮影タイムあり
・専用タブレットで事前セレクト、NG可
・プライバシー厳守
など。

「へえ……」

つい呟きが漏れた。

ほんの数年、婚活市場から離れていたら、結婚相談所の名称が変わっただけでなく、今やパーティの様相もだいぶ変化しているようだ。

「事前セレクト、NG可」とはいったいどういうことだろうと思って記事を読むと、参加者は、事前に手渡されたタブレットで、参加男性の職業と年齢とイニシアルを知ることができると説明されている。もしかしたら知り合いかもしれないというような人を見つけた場合、対面NGを出しておくことができる。なるほど、これはいいシステムだな。潤子は納得した。

さらに、いいなと思えたのは、「マッチングパーティ」という名称だけれど、実際はパーティには希望者だけ参加すればよく、複数名と顔を合わせたくない女性は最初から最後まで個

別ブースで待機することもできるという点だ。その場合、NGを出されなかった男性が順に呼ばれ、そのブースに入ってきてくれる。

〈このシステムを利用して、「誰にも知られず、こっそり、素敵な彼を見つけました」と話す紗映子《さえこ》さん（仮名・三十八歳）。六月に挙式し、現在第一子の妊娠中です〉というインタビュー記事を読みながら、潤子はこのマッチングシステムを考えた「フローラル・マリッジ・コンサルティング」の社員、天才かよと思った。少なくとも恋愛市場でイケてない側だったはずだ。だからこそ思いついたのだろう、この、痒《かゆ》いところに手が届く感じ。有り難い。

潤子が最後に参加したパーティは、照明を落とした広い会議室の中での立食形式で、最初から最後までほとんどフリータイムだった。

あれは、きつかった。イケメンや若い女子が異性に囲まれているのを見ながら、潤子はひとり寂しく壁づたいにうろちょろし続けた。さすがに虚しくなってもう帰ろうかなと思った時に、別の壁からやってきた男性に声をかけてもらえたのだったが、地方の半導体メーカーで技術職に就いているという四十代のその男性は、見た目からして明らかに余り者だった。潤子より背が低く、肌がかさついていて、髪は脂《あぶら》っぽかった。

とはいえ、最初の挨拶で名刺を出してくれたことには感動した。しょっぱなから身元を明かしてくれるなんて、誠実で純粋な人だなと思った。潤子はすでに六回参加していたが、名刺をもらったのは初めてだった。いっぽう彼は、こうしたパーティ自体が初めての経験だったようで、「僕は初めてなんです」と、しきりと繰り返した。面倒くさいタイプかなと思いかけたが、「初参加で大林さんのようなきれいな方にお目にかかれて良かったです。お名前を書かせていただきます」と言ってくれたのは嬉しかった。それで潤子も彼の名前を書いたのだったが、それは嬉しかったからというより、むしろ取り繕っただけの気もしている。誰かとカップルにならなきゃ元が取れないとも思った。

こうして潤子にとって最後の婚活パーティは、半導体メーカーの彼とカップルになって終了したのだった。

カップルになると、一回目のデートを約束して別れることになる。そうして、いざ昼間に会ってみると、時間の無駄だった。パーティでは薄暗い照明だったので気づかなかったが、喋るたび、唇の端に唾《つば》が溜まるのだ。話もまったく盛り上がらなかったし、地方勤務というのが、もう絶対にムリ、と潤子は感じた。「じゃあ、また……」と言いあいながらも、互いに次の約束をしなかったので、彼も潤子にそれほどの魅力を感じなかったのかもしれない。

まあ、そんなことはもう忘れよう。

・専用タブレットで事前セレクト、NG可

個別ブースに座ったまま、自分がNGを出さなかった男性とだけおしゃべりすることができるのだ。楽だし、無駄に傷つかないし、きっと成果もあるだろうと、前向きな気持ちになってきた。そういえば以前参加したパーティは女性側に年齢制限がなかったので、なんでここに来るのかと思うほど若くて綺麗な女もちらほら交じっていたのだが、今回は三十代限定と書かれてある。三十代の中では、自分はまだイケてるほうではないかとこっそり思いながら、潤子はざくろジュースをごくごくと飲む。ざくろには、目に良いとされるアントシアニンが含まれている。先日の老眼騒動以降の涙ぐましいネット検索で得た知識だ。一リットル千五百円。ノンアルコールのくせしてこの値段だが、ついふらふらとレジへ運んだ。贅沢品として選ぶものが、装飾関係から健康関係へとゆるやかに変化してゆく、これが第一歩かもしれなかった。

土曜日、潤子はフローラル・マリッジ・コンサルティングのVIPルームにいた。

ソファは白い革張り、出窓には巨大な花がきらきらと飾られ、金の額縁でルノアールっぽい絵が飾られるなど、要所要所に普通の会社にはない主張がちりばめられている応接室だ。部屋にひとり残された潤子は背をのばし、足を組みかえてみたりする。受付にいた若い女の子が、紙コップのお茶を持ってきて、テーブルに置き、一礼して出ていった。「VIP」に紙コップか、とすでに「VIP」の気分で評定しながら待っていると、扉があいて、書類を抱えた中年女性が入ってきた。

「ご無沙汰しています、大林様」

満面の笑みで微笑まれ、潤子は思い出す。ああ、この人。以前、入会していた時もこの女性に担当された。厚化粧で小太りの、しもぶくれの白い顔。もったいぶった話しぶり。名前は思い出せない……と思ったら、すぐに名刺をくれた。

フローラル・マリッジ・コンサルティング　VIP担当コンサルタント　初雁花代《はつかりはなよ》

「VIP担当って、わたし、VIPってことですか」

ちょっとふざけた気分になりながら潤子が問うと、

「もちろんでございます、大林様はVIP様でいらっしゃいます」

と、大真面目な顔で頷かれた。冗談が通じるタイプではなかったことを思い出しながら、

「え、でもわたし、基本のコースですよね」

と確認すると、

「カムバックされた方は、皆様自動的にVIP様となります」

にこやかに、初雁は言う。

複雑な気分になりかけた潤子の前で、初雁は真面目な笑顔を崩さない。

「以前の時と、流れはほとんど同じでございます。大林様に必要な書類をご提出いただきましてから、弊社の会員専用ホームページに情報をアップさせていただきます。月に五名までリクエストを出していただけますし、定期的にこちらからもパートナー候補を推薦させていただきます。必要書類としましては、大林様には説明が重複してしまって申し訳ありません

が、住民票、パスポートなど顔写真付きの身分証明書、大学の卒業証明書、独身証明書を、今一度お揃えください。以前ご入会の時にいただきましたぶんは、個人情報保護の観点からすべて破棄させていただいておりますので、御面倒をおかけしますが、よろしくお願いします」

ああ、そうだった、と潤子は思い出した。証明書を取りに行くのは結構な手間だった。独身証明書というものの存在も、その時に知った。たしかに、既婚者に出会い系代わりに使われたら困ってしまう。前回提出した書類を処分してくれていたという対応は信頼できるものであるが、ふたたび揃えるのはかなり面倒だ。頭の中で仕事のスケジュールを算段しながら、すでに心のどこかが疲弊してきた。

「では、メイクアップしていただいてからお写真を撮らせていただきますので、パウダールームにご案内いたします」

と言ってから、初雁は立ち上がった。潤子も立ち上がる。すると初雁は、じっと立ったま
ま、潤子の姿を上から下まで舐《な》めるようにじろじろと見た。潤子は戸惑い、

「どうしたんですか、初雁さん」

と、躊躇いがちに訊いた。

「いえ、失礼しました」

初雁は無表情のまま首を振り、先導してパウダールームへと向かう。

事前に、プロのメイクアップアーティストに化粧をしてもらう場合のオプショナル料金の

案内があったが、思ったより高額だったので、自分でメイクすることにした。そういえば前回も自分でやったなと思い出す。そういう、ぎりぎりのところでケチってしまうところが、わたしに足りない何かなのかなとぼんやり思ったが、ただでさえこの先、入会金ほか十万近い支払いが待っているのだから、倹約倹約。

撮影を終え、入会手続きをしてから、もろもろの書類をもらった。

初雁に礼を言い、フローラルを退出しようとすると、

「大林様」

と呼び止められた。

ふりむくと、さっきからこちらをじっと見ていたのだろう初雁の唇が、ゆっくりと開く。何か、厭なことを言われる予感があって、潤子は身構えた。紫色のアイラインを塗りこんだ大きな瞳がぐいっとこちらに寄ってきて、

「僭越《せんえつ》ながら、少しだけ、申し上げたいことがございます」

と彼女は言った。

「はい。なんでしょうか」

「大林様は以前のカウンセリングの際、『独身生活も楽しいけれど、将来のことを考えて、できれば結婚したい』というふうにおっしゃっていたかと思います。その頃の大林様は今よりも少しお若かったですし、初めてのカウンセリングでしたから、わたくしもぐっとこらえておりました。けれども、今回ふたたびお目にかかれた御縁もありますし、この先のことも

ございますから、率直に申し上げます。

わたくしの経験上、今までのような大林様の姿勢では、成るものも成らないということです。結婚は気合いです。いついつまでに必ずや結婚すると心に決めて、最高のパートナーに出会えるのだとご自身に念をかけて、なりふり構わずひたむきに努力をした方だけがゴールを勝ち取っております。『今も楽しいけれど……』『できれば……』という程度のお考えでは、漫然と時間ばかりが過ぎていくだけです。今しばらくは、生活の中心に、パートナー探しを据えるべきです」

「なるほど、なるほど」

潤子はわざと雑に相槌を打った。大真面目な初雁の表情におかしみを感じるのに、なぜだろう、目の奥がじんと少しだけ痛くなった。

「それからもう一点ですが、今後パートナー候補の方とご対面される際は、今日のような地味な色のパンツ姿は避けたほうが良いかと思います。清潔な丈のワンピースや、淡い桃色や水色といった華やぐ色のスカートなど、女性らしい格好のほうが男性に好まれることは確かです。スカートはタイトなかたちより、裾がひらひらしていたほうが優しげでいいでしょう。できれば、耳たぶや胸元に、きらきらっと光るような、小ぶりのアクセサリーがあると、印象がよくなります」

潤子は黙り込む。スカート、ひらひら、アクセサリー……、そんな単純なものかと反発の気持ちが湧くけれど、同時に、これじゃないか、という気もしている。この「反発」が、わたしを縁遠くしているのかもしれない。

「出しゃばったことを申し上げて失礼いたしました。大林様でしたらきっと素晴らしいパートナーが見つかります。こちらも一生懸命に伴走させていただきますので、どうかよろしくお願いいたします」

言い終えてから、初雁は両手を差し出してきた。え？　と思いながらも、つられて潤子が両手をふわっと浮かせると、手錠をかけられるようにがしっと強く握られる。

「頑張りましょう！」

と、初雁の澄んだ瞳。

スカートのかたちまで指定された時には正直疎ましく感じた潤子だったが、握られた手の、ふくふくとした厚みに刹那《せつな》、すがりたいような思いにかられた。

「頑張ります！」

我知らず潤子は答えていた。


しかし二十分後、気持ちはすっかり冷めている。

「『結婚は気合いです！』だってさ。気合い入れて臨まないと、よいお相手は見つかりませんよって、脅された一」

後輩の河北に愚痴をこぼしていた。フローラルからほど近いイタリア料理店でシェフの気まぐれパスタを注文した直後のことだ。河北は背中に大きく「高台」と書かれた不思議なシャツを着ている。彼氏だったら激昂したかもしれない服のセンスだが、「これ、アメリカで買ったんですけど、アメリカ人に意味を訊いたら『Go to the top!』って」と嬉しそうに話す河北にはほのぼのと和ませてもらえる。

「潤子先輩がよっぽどやる気がなさそうに見えたんじゃないですか」

河北に言われて、

「まあ、そうかもね」

潤子は頷く。

さきほどの初雁の言葉がいちいちインパクトが強すぎて、誰かに言わずにはいられない気分になってしまった。その誰かとして、目の前の河北ほど適任者はいない。といっても、結婚相談所に入会したことや、三十代限定のパーティに申し込んでいることまでは言わない。友人に付き添って、一緒に会の説明を受けたのだ、ということで話している。

「わたしを担当してくれたオバサン、この格好を上から下まで舐めるように見てから、『こんなんじゃ全然ダメですよ』って。男性とふたりで会う時は、きれいな色のひらひらしたスカートを穿いていくようにって説教されたのよ」

「せっかく綺麗な脚なんだから、出さないともったいないって思ったんじゃないですか」

「セクハラ」

「あ……すみません」

真顔で謝られると、自分がパワハラしている気になってしまう。

卵から孵った雛が最初に見たものを無条件で慕うように、河北は潤子を社内の姉とばかりに全面的に信頼してくれているようだ。地方勤務になった時も、そこで地道に頑張ったことで営業本部に戻された時も、未来の社長と噂されている葛西部長のお気に入りとしてスピード出世した今も、部門をまたいでなんだかんだと潤子にいちいち報告してくれるし、時々こうして相談を持ち掛けてくる。面倒くさいなと思う時もあるが、弟分の河北が社内で顔を広げていくのは嬉しいし、よい評判が聞こえてくると、身内が褒められたようにこそばゆい気分にもなった。

「そういえば、メダカは元気？　えーと、ピッピとプップと、なんだっけ」

「ピッピとポッポとバッハです。みんな元気ですよ。そんなことより潤子先輩、お休みの日に、お時間作ってもらっちゃって、すみません」

河北が急に改まった口ぶりになった。

「いいよ、空いてたから。それより、相談って？」

「はい、それなんですが……」

と言いかけて、河北が口ごもった。

その表情がいつになく硬くて真面目なので、潤子は急に不安を感じた。

「葛西さんのことなんですが」

河北が言った。

「葛西さんって、葛西さん？」

「そうです、葛西さんです」

青白い河北の顔。もしかして、パワハラに遭っているんじゃないだろうか。

「いいよ、なんでも話して。誰にも言わないから」

潤子が言うと、

「あの人、どうやら不倫してるらしいんですよ」

「え？」

「これを見てもらえますか」

神妙な顔をして、河北がスマホを差し出した。

何やら文字の書かれたメモ二枚の画像を見せられる。メモは、個人名や店名のあたりをモザイク加工されているが、「早く会いたい」「抱きたい」「夜9時にどうでしょう」といった文言がはっきり読める。ちまちまと可愛らしい小さな文字。

「これは……」

葛西だ。

潤子は確信した。

「どこで発掘したの」

潤子が問うと、

「これ、です」

と言いながら、河北はスマホを操作し、誰かのツイッター画面を見せた。サングラスをした女性の横顔のアイコン、「Mayumi.」という名前。プロフィール欄には、〈普通のOL、よくワインを温めて飲みます。フランス音楽と室内楽が好きです。ホットヨガと辛いもの。オフシーズンはサバゲーもします。繰り返しますが、普通のOLです。〉とある。これまでのツイート数は二百ほどで、フォローは七十七人、フォロワーは六十九人。

「このメモ写真や、他にもいくつかのツイートはすでに削除されているんですが、他にもけっこうきわどい発言をしていて……」

「うちの会社の子？」

「です」

潤子の会社は社名を出してのSNSを禁止しているが、こんな時代だから仮名か何かで個人的にやっている人間はたくさんいる。潤子も、ほとんど投稿してはいないが、みさ緒や他の友人たちの投稿を読むために、フェイスブックとインスタグラムにアカウントだけは作っていた。ちなみにみさ緒のツイッターには五百人以上のフォロワーがいる。

潤子は差し出されたスマホで、「Mayumi.」のツイッター画面に指先をのせ、遡《さかのぼ》って読み進めていった。

ホットヨガや音楽の感想、ランチの写真、旅先だろうか田園風景や野山や畑のほっこりした写真等、そんな一見なんということもない投稿の合間に、にょきっと恨めしげな言葉が差し込まれる。

警察や教員は不倫バレたらキャリア終わるけど、うちの会社はどうなのかしら。

いっそ全部しゃべっちゃおうかなって思うことある。

メモをしのばせるのは愛情だと思っていたけど、よく考えたらスマホに証拠を残したくなかっただけで、実はかなり狡猾な奴なんだよね。

ひとり呑み最高！　恨まれたり軽んじられたりネガティブなもんばっか見せられるくらいなら一生このままでいい、って思ってしまいそうになる自分怖い。

食品って清潔感が大事だから、営業部長が不倫地獄というのは業界内で知られたらリスキーな事実ではないの？

人名や社名など具体的なことまでは書き込んでいないが、匂わせたい、いっそ知られたいというねばねばした願望が伝わってくる。衝動的にメモの写真を載せてみたりしたこともあるようだから、この先何が起こるか分からない、時限爆弾のようなツイッターだ。

「これ、どうしてうちの会社の子って分かったの？」

潤子が問うと、

「後輩が、社名とか、新商品の名前とか、いろいろ検索をかけて、たまたま見つけたんです」

と、河北はスマホを操作し、ツイッター画面からアルバム画面に替えた。その中の写真を開くと、「うちの新作ナポリタンソース、自前のトマトを足すとよりおいしくなる」という書き込みと、手製のナポリタンの写真が出ている。『洋食屋さんのナポリタン』のチューブのパッケージが思い切り映り込んでいた。

「すごい、よく見つけたね。『ナポリタンソース』で検索かけたのかな」

「まあ、そんな感じでしょうね。ちなみにその投稿は数日で削除されたらしいです。いろいろ書きながらも、やっぱり特定を恐れてるんでしょうかね」

「それは、そうだろうね。にしても後輩も、すごいタイミングで見つけたんだね。相当な検索力だね」

「ネット、よくやってる子なんで。しばらく前にこれを見つけて、社内の人間がツイッターやってるようだって思って、フォローしないまま、定期的に見ていたそうです。そうしたら最近になって風向きが変わってきて、社内不倫を匂わしだした。書いたり消したりを繰り返しているようなので、きわどい書き込みは消される前にスクショしていて、他にもいくつか……。でも決定的なのは、このメモの写真ですね。つい先週だったか、何の前触れもなくいきなりこの写真がアップされたんで、さすがにやばいと思って、その子が僕に相談してきたんです」

スクショというのは、スマホの画面をそのまま保存することだ。人のツイッターを随時チェックし、たびたびスクショして保存していたというその「後輩」もちょっと怖いと潤子は思う。いや、今や怖いのは世間全般か。いったんネットに載せたら、こうしてどんどん他人のものになってしまう。

「その後輩って、誰。わたしの知ってる子？」

「まあ、知ってるとは思います。でも、彼女は自分の名前は出してほしくないって言ってるんで……」

言葉を濁すが、彼女と言っている時点で数人に絞り込めてしまう。そこには気づかなかったふりをして、

「とにかく、この『Mayumi.』さん、なんとかして止めないと。内容がちょっとずつ過激になってきてる。何かあったら、社名も個人名も全部曝《さら》け出して、大暴れしそうじゃない。そもそもメンタル的な問題がある子なのかな」

「……いや、どうでしょうね」

「いっそ、葛西さんにこのツイッターを知らせて、どなたか知りませんが今お付き合いされている社内の女の子と別れてください、これ曝されたら大問題になりますよって脅すとか」

「それがですね、うちの後輩が『Mayumi.』さんを特定したようなんです」

「え!?　すごい。まさか本当にまゆみっていう名前じゃあないわよね」

「違います」

と言って河北は、ふたたびスマホのアルバムの中から、画像を見せた。

潤子は言葉を失う。

そこに映っていたのは、見覚えのあるスカーフだった。ハイブランドの限定品。〈予約していました〉と一言添えられている。

橋田真知子がバッグの持ち手にふわりと巻いて使用していた。

「橋田さんです」

河北が言った。

「……それは、ありえない」

潤子は否定した。

「たまたま持ち物がかぶることはあるでしょう」

つい数日前のランチの時に、不倫はしない主義だと話していた。していないとも言っていた。ありえない、と潤子はもう一度呟いた。真知子が妬《ねた》まれやすいタイプだというのは分かる。でも、こういう痛々しい架空アカウントを設けるようなタイプでは、決してない。

「旅行の投稿と橋田さんの有休も、日にちが重なってるそうです」

「探偵か？って話だよね。それを河北にチクってきた後輩って、いったい誰」

自分のことでもないのに、潤子はむかむかしてくる。もはや、その後輩のほうが問題人物に思えてくる。

だけど、心のどこかで、「Mayumi.」が真知子なのだと、納得しそうになる自分がいる。

写真や言葉やプロフィールなど、画面の気配そのものが、真知子だ。〈繰り返しますが、普通のＯＬです。〉……。

「もちろん、確証は持てません。それに、後輩のその子も、ものすごく迷って、悩んでいました。変に噂話にして同期とかに広めたりしないで、僕んとこにだけ話を持ってきてくれたわけだし。だからこそ、どうしたものかと……」

一緒にランチをした時に、橋田真知子が繰り出した様々な名言を思い出す。「既婚者お断り」の看板を出しておくべきだと言っていた。自分は出していなかったのだろうか。

「河北がわたしに相談してくれた理由は分かった。その、後輩の子も、冷静に対処してくれて良かったと思う。でもね、これはやっぱりわたしが知っちゃいけないことだった。橋田さん、わたしに知られるの、絶対厭だと思う」

潤子が言うと、河北は、はっとしたような顔になった。

「そうですね。考えが足りませんでした。一つの手として、潤子先輩から橋田さんに話してもらえれば、いちばんダメージが少ないか、と思ったけど」

「それ、真逆。いちばんダメージだよ。わたしも知りたくなかった」

俯いた河北を見て、バカだなと潤子は思った。こういうところが可愛い気もしたが、年齢を考えれば、もっと人の心や人間関係の機微を理解しないと、この先やっていけないと思う。

「じゃ、どうしたらいいですかね。葛西さんには、僕、言えないなあ……」

「ひとまず、ここでやめよう」

潤子は言った。

「静観するってことですか」

「『Mayumi』が橋田さんだっていうことは、あくまで推測にしか過ぎないから、この件は三人で止めておこう。それで、三人でこのアカウントを見守って、何か危ない動きがあったらその時に……」

「その時に？」

その時に、どうしたらいいのだろう。言葉に詰まった。当事者に直接注意する？　久良木に話す？　匿名で人事部に伝える？

「その時のことは、その時になったら考える。河北にこのことを話してきた後輩って誰？　それは教えて」

潤子が問うと、河北は少し迷ったが、観念したように女子社員の名前を挙げた。潤子も顔だけは知っている。唇がちょっとめくれあがった、可愛い感じの若い子だ。彼女の身になれば、知り得た情報をどうすればいいのか、戸惑うのも分かる。葛西や真知子に直接言うのはあまりにもリスキーだし、いちばん誠実に相談にのってもらえる相手として河北を選んだのだろう。

もしかしたら、と潤子は思った。

彼女は河北を好きなのかもしれない。

そう思ったとたん、色白の丸顔に小ぶりな目鼻の中性的な面立ちの河北が、男らしく見えてきた。潤子より背が低いせいでどうしても弟のような気がしてしまうけれど、営業部できちんと成果を出しているのだし、後輩にも頼られている。

そんな河北が自分を頼ってくれたことを、潤子は誇らしく思った。

「わたしも定期的に『Mayumi.』のアカウントをチェックする」

そう言うと、肩の荷を振り分けられた河北は、表情を緩めて頷いた。

第五章　何もかも既視感がありすぎて

朝活の日程が早まった。

結婚パーティの招待状を直接渡したいと礼香がＬＩＮＥしてきたのだ。学校が忙しくて出勤時間を調整しにくいと言う礼香に合わせて、予定を決める。

平日に早朝からやっているパンケーキ屋にずっと決めていたが、今回は日曜のランチ。潤子は、人気のマクロビオティック料理店に早めの予約を入れた。

店にいちばん最初に着いたのは潤子だった。「Mayumi.」のツイッターを読みながら待つ。

あれ以来、読むのをやめられなくなった。

待ち合わせ時間を少し過ぎてから礼香とみさ緒がやって来た。黒いノースリーブのタートルネックにおおぶりのアクセサリーを合わせたみさ緒は普段通りだったが、グレーのスーツの中に明るいレモンイエローのシャツを合わせた礼香は、ぱっと華やいだ感じがした。

「お昼のコースにして、たまにはこっちの贅沢《ぜいたく》なほうでどう？」

潤子がメニューを指さすと、礼香が顔の前に手刀を作った。

「ごめん。せっかく今日集まってもらったのに、さっき学校から連絡がきて、このあと出勤しないとならなくなっちゃったの。ワタシ、少し話して、出るね」

「ええ⁉ 日曜なのに？」

潤子とみさ緒が同時に驚く。

「高三の日曜講習があるんだけど、担当の国語講師がさっき学校で気分悪くなって倒れちゃったんだって。それで五時間目から代行を頼まれたの」

「日曜講習？ 何それ」

「今年からの試みなの」

と礼香が答えた。

「うわー、頑張ってるね」

みさ緒が感慨深そうに言った。

「保護者受けを狙って始めたけど、教員はほとんどただ働きだし、生徒にも不評」

「だろうね」

「だからワタシは、なんか簡単な単品にする。えーと……じゃあ『ミックスナッツと大豆ミートボールのヘルシー甘酢あんかけ』で」

「決めるの早っ！」

　みさ緒が笑った。

　注文を済ませてから、礼香がバッグを開けて、

「はい」

と、ふたりにさくっと封筒を手渡した。

　雑に託されたその封筒は、一見して高級そうな素材の紙でできていると分かる大ぶりのものので、キタ！と潤子は思った。みさ緒も思ったようで、これをもらうために集まったのに、

「ありがとう」と言うのが一拍遅れる。

「会費制のパーティにしたから、気負わずに来てね」

　礼香のやわらかい微笑みに、はっとする。結婚前の女子が見せる清楚な華やぎ。

「余興とか、スピーチとか、いらないの？」

　みさ緒が明るい声で訊いて、「ない、ない」と礼香が言うのを聞いている。

「戸越《とごし》さんと話し合ったのだけど、式は家族だけでちんまりやって、友人を集めたざっくばらんなパーティだけしようってことになったの。ほら、戸越さんは二度目だから、何度も友達を呼ぶのもね」

　戸越さんていうのか。名前をちゃんと聞くのは初めてかもしれなかった。

「戸越礼香になるんだね」

潤子が言うと、

「うん、まあ、そうね」

と答える礼香の頰がほんの少し赤くなった気がした。その表情を見て、潤子の心は痛んだ。どうして痛むのか、自分の感情が分からなかった。

「じゃあ、いわゆる披露宴的なことはやらないんだね」

みさ緒が確認している。「うん、やらない」と礼香が頷いている。封筒を開けると、インビテーションカードと英語で書かれてあり、厚みのあるきれいな招待状が出てきた。むかし華族が住んでいた都心の洋館を改築したフレンチレストランで、二時間一万円。こういうのに招かれ慣れてくると店のグレードや会費の相場も分かってくるから、礼香たちが良心的な設定にしているのを好もしく思った。みさ緒とお祝いのプレゼントも用意しよう。これまで友達へのお祝いは、バスローブや、空気清浄機。ルンバを送ったこともあったっけ。今回は、せっかくだからわたしたち三人のつながりを示せる何かにしたいな……などと考えているうちに料理が来た。礼香は大豆で作ったミートボール、潤子とみさ緒は根菜と雑穀のコロッケがメインのコースだ。

「潤子って、定期的に戻るよね、こういう自然食系に」

食べながらみさ緒が言い、

「そうだね。四年周期くらいだね」

と礼香も、格別珍しいことではないといった口ぶりで言った。

「そうかな？」

自覚のなかった潤子はちょっと戸惑った。たしかに、数年おきに健康や美容を考えたくなり、だんだんとその熱が薄れる。そんな繰り返しだ。

そして四年前といえば、「Newton」男子と別れた後だ。部屋の片隅に捨て置かれていた美容本を読み、毎朝野菜ジュースを作ったり、玄米を炊いて弁当を作ったりするようになり、それはなかなか充実した時間だった。

八年前は……、大きな出来事こそなかったが、ちょっと好きだった社内の先輩が若い女子社員と付き合い始めたというのを聞いて、告白もしていないのに振られた気分になった。その時期に仲良くしていた派遣の女の子に誘われて、マクロビ料理教室に入会したのだが、みさ緒と礼香にも声をかけて、ふたりもお試しレッスンに来てくれたのではなかったか。

今日の店を探す時にふと、たまにはマクロビランチもいいのではと思いついたのは、気まぐれのつもりだったが、四年周期と指摘されると、自分の中で自分の知らないプログラムが走っているような奇妙な感覚になる。なんだろう。わたしはまた誰かに振られたのだろうか。それは羽賀か？　羽賀なんかを、わたしの人生のプログラムをいじることができるほどの存在に仕立てたくない。しかし、あの夜以降、羽賀からの連絡がないことを気にかけている自分がいる。

潤子は心の中でぶんぶんと頭を大きく振って、久しぶりの玄米をゆっくり咀嚼《そしゃく》する。一時期は毎日のように食べていたが、ここ二年ばかりはご無沙汰だ。美味しいというよりは、健康に良さそうだという満足感のほうが大きい味である。本当は、「Mayumi.」のツイッターについて、みさ緒と礼香の意見を聞きたかったのだが、礼香があたふたと食べているのを見ると、相談しにくくなった。

あっという間に食べ終わった礼香は、自分のぶんの代金を置いて立ち去った。彼女が店を出て行ってから、みさ緒と目が合った。とたん、一緒に溜息をついて、それから同時に笑ってしまった。

「いやー。礼香が悪いわけじゃないんだけどね」

「うん。まったく悪くない」

「なんだろうね、この気持ち」

「礼香、変わったよねえ」

「きれいになったというか、普通になったというか」

「それだよ。喋り方とか振る舞いが、普通になっちゃった」

細かいところまで確認しあわなくても、みさ緒とは気持ちが通じ合う。そのことが救いだった。

会費制のパーティか。そう聞いた時、潤子は、自分ががっかりしているのか、ほっとしているのか、分からなかった。

上司が主賓の挨拶をして、同級生が泣きながらスピーチをして、同期がウエディングソングを歌って、そうして最後は金屏風《きんびょうぶ》の前に立つ親へ、新郎新婦が感謝の手紙を読み上げる……。二十代の頃はその手の披露宴に何度も出て、感謝の手紙のたびにじんわり心を熱くしていたのだが、そういえば直近で招かれた同期の結婚の時も、その前の昔のアルバイト仲間に呼ばれた時も、会費制のパーティだった。御祝儀、回収できないまま人生終わりそうだよ、とみさ緒とさんざん話していたのが礼香の耳にも残っていたのかもしれないけれど、礼香くらい近しい友達の披露宴なら張り切っておめかしして出たかったのに。恥をかなぐり捨てて、おそろいのドレスで木村カエラの『Butterfly』か何か、染みひとつない歌詞を清らかに歌ってあげたかったのに。

「礼香があわただしかったから、切り出せなかったんだけど、あたし、森と別れたんだよね」

デザートのプルーンクレープを食べながら、みさ緒が言った。

「え、そうなの」

潤子は驚いたふりをしたが、内心で、またか、と思っていた。四年周期にマクロビにはまってしまう自分と同じで、みさ緒も定期的に森とすったもんだを繰り返している。もう別れると何度も言いながら別れないのが、みさ緒だった。

みさ緒が潤子や礼香に森を紹介したのは、三人がまだ二十代半ばの頃だった。森と付き合い始めたと報告したみさ緒の頬は上気していたし、一緒に住むことにしたと言った時のみさ緒はどこか得意げだった。

当初、音楽やら映像やらのフリーのプロデューサーだとか言っていて、話の節々に有名人の名前がちらほら出てくる森のことを、潤子はすごいと思ったし、そんな森と付き合えるみさ緒を少しは羨んだ気もする。しかし森は、今となっては定職につかずにアルバイトを転々としながら、ちょいワルぶって、決まった仲間と趣味の延長のような活動で交わっている四十男になってしまった。みさ緒と森はしょっちゅう大きな喧嘩をし、でも、すぐまたもとの関係に戻る。潤子に「腐れ縁夫婦」と揶揄《やゆ》されて、本気で怒ることもあるみさ緒だったけれど、にやにやしながら聞き流すことも多かったから、どうせまたもとの関係に戻るんだろうと思った。

そんな潤子の気持ちを見通しているようで、みさ緒は、

「今回は本気だよ」

と、静かに言った。

「あたしね、マンションを買おうと思ってる。今日も二時からモデルルームを見学しに行くの」

バッグの口を開けて、不動産情報誌をちらりと見せる。

「へえ」

潤子は素直に感心したが、心のどこかが冷めてもいた。そんな潤子を驚かせたいのか、

「銀行に、ローンのシミュレーションをしてもらったりするのよ」

と、さらに言う。

「みさ緒、稼いでるもんね」

「稼いでないよ。貯めてただけ」

「そっか……。どこにマンション買うの」

みさ緒のことだから、港区や渋谷区のきらきらした街名が出てくるだろうなと思ったら、意外に庶民的な地名が出てきた。最寄駅から電車一本で実家に帰れる街だ。みさ緒の両親はかなり前に離婚していて、実家ではみさ緒の母が祖母とふたりで暮らしている。同じ路線で他にも数件見ているというから、本気なのだ、と初めて潤子は思った。それでも、冷めた気持ちは変わらなかった。

「このあいだ、礼香から婚活したほうがいいって言われたじゃん。あれ、内心、イラついてたんだよねー。あたし、心狭いから。でも、冷静になって考えた時、森と結婚はないなって思ったら、未来が見えなくなった」

「うん」

潤子は頷いた。未来が見えなくなった、という言葉が痛かった。

「あの後、仕事に行ったけど、ずっと悶々《もんもん》としちゃってさあ。その晩、森は帰ってこなかったし、まあ、お金を盗られて、あたしがめちゃくちゃ激怒のLINEを送りまくったからなんだけど。ひとりになって、朝まで眠れなくて、じゃああたしはこんな思いをして森となんで付き合ってるのかって考えてたら……脳内の別のあたしが、『いや、付き合ってるんじゃないでしょ。飼ってるんでしょ』って言ってきてさ」

「うわ、言った」

「結局、寂しさとか、寂しそうって思われる怖さとかを、埋め合わせるために森を飼ってる? じゃあ捨てちゃおうか。うん、捨てるって。でも、その後どうしたいのかって考えたら、あたし、結婚したいって思えないんだよね」

「そっか……」

「未婚枠から既婚枠に、さあ入りましたっていう、カテゴリーチェンジがまず厭なんだよ」

「ああ、まあね」

と話を合わせるが、みさ緒らしい社会派発言が始まりそうだ。

「なんていうかさー、誰と結婚しても、どんな家庭に入っても仕事を続けていても、『主婦』って結局『主婦』なんだよ。それになってしまった瞬間、社会に『主婦』として属さなければならなくなる」

「うん」

分かるような、分からないような。どっちでもいいような。潤子が黙っていると、みさ緒はとくとくと続ける。

「で、家事とか近所付き合いとか親戚付き合いとか、ボランティア的な義務を押しつけられて、そういうのは厭なんですって突っぱねたら、あ、そういうのを『突っぱねる側ね』って、見られる。あー、どう言ったらいいのかな。結婚したとたん、目の前に『主婦』の型を提示されて、その型にはまれるタイプか、拒むタイプかを見定められるんだ。それが厭なんだよね」

「なんとなく、分かる気はするよ」

「礼香だって、向こうの家族に最初年齢だけで断られたって言ってたじゃん。それってもう子どもを産めるかどうかって見定められてるわけでしょ。結婚したら、そういう価値観の人たちに『お嫁さん』とか言われて、そういう人たちと盆暮れ顔を合わせてニコニコおしゃべりしますか？ それとも彼らをまるごと否定するタイプの主婦になりますか？ って突きつけられる。どっちを選んでも、また自分がどっちかだってことが、カテゴライズされるだけ」

「考えすぎだよ、みさ緒は」

だんだんといらいらしてきて、潤子は言った。

「カテゴライズされて、誰が損するの？ そのくらい、したい人にさせてあげればいいじゃん。嫁って呼ばれるのや、親戚付き合いや、その程度のボランティア活動じゃ余りあるくらいの大きな地位じゃん主婦は。わたしは、羨ましい。礼香のことも」

思いつくまま喋っていくうち、ああ、そういうことかと分かった。口をついて出た「地位」というマウントチックな言葉がそのまま、自分の希望だった気がした。それは、言葉を換えれば、「居場所」ということかもしれなくて、陳腐だなと自分でも思う。結婚したい。「Mayumi.」のツイッターを知ってしまってからは、ますますその気持ちが強まった。ひとまず、地位が欲しいんだ。夫婦というユニットの片割れなんですという、ただそれだけの地位。そのためには、

——契約結婚でもいいくらいだよ。

と、口に出して言いかけた潤子にかぶせるように、

「地位をなくす結婚もあるよ」

みさ緒が急に真顔になる。

「うちの母親がそうだったからね。うちは、旅行や外食の最後に母親とあたしで『お父さんのおかげです。ありがとうございました』ってお礼を言うのが決まりで、言い忘れたり、言い方が雑だったりすると、『誰の稼ぎで生きてると思ってるんだ』って怒鳴られたからね。うちは、母親もそれなりに働いていたんだけど、父親を立てる人だったから……。でも結局、あのふたり、あたしが家を出るのと同時に、熟年離婚。振り返ってみると、お母さんがあの人と一緒にいたのはあたしのためだけだったんだとしか思えなくて。こんな不自由ないよね。あたし、中学生くらいから漠然と、結婚したらいろんなものが奪われるって思ってた。思わされてた。そんなふうに育っちゃったんだよね。むしろ世の中変えたいよね」

潤子はどう返していいか分からなかった。

返事に詰まった潤子を見て、みさ緒が傷ついた顔をした。自分がうまく返せなかったせいで、空気が固まってしまったのが分かる。みさ緒が、「なんか、ごめん」と謝った。謝らせてしまったことで余計に気まずくなって、「全然いいよ」と、変な答え方をしてしまう。

結局みさ緒とレストランを出て、そのまま別れた。

もしみさ緒に請われたら、モデルルーム見学に付き合ってあげてもよかったけれど、みさ緒は何も言わなかった。潤子も「Mayumi.」のツイッターについて相談しようと思いながら、結局、どう切り出したらいいのか分からなくて、言えずじまいだった。

羽賀と寝てしまったことも、結婚相談所に入会したことも、そもそも言うつもりはなかったが、やっぱり言わなかった。中学や高校の頃は、もっと何でも言い合えた気がするが、でも、実際はあの頃も、親友たちに隠していた感情はあった気がする。もう思い出せなくなっている。

潤子はそのあとデパートをはしごした。なぜだか好戦的な気持ちになっていた。

やってやる、と思った。パステルカラーのワンピースを何着も試着する。だんだんと何がいいのか分からなくなって、店員に選んでもらい、水色のドレスワンピースを購入した。花のモチーフの中に小さな真珠のついたブローチも買った。ブローチの購入自体、人生で初めてかもしれなかった。ひらひらキラキラ、花びらに擬態したハナカマキリみたいな格好で『フリータイム無し・ゆっくり会話・30代限定 大人なマッチングパーティ』に参加して、独身の男をつかまえるのだ。

と、意気込んでひととおりの買い物を終えた潤子は、しかし百貨店の長いエスカレーターで降りながら、ほそくため息をつく。

買い物だけで、疲れてしまった。

今頃、みさ緒はひとりでモデルルームを見ているのだろうか。

みさ緒はどんな部屋を選ぶのだろう。広さや間取りを訊いてみればよかった。親友が部屋を見に行くと聞いた時、興味や好奇心より先に、なぜだろう、しんと、冷ややかな気持ちになったのだ。

三十四歳、三十五歳、このくらいの歳で、男と別れてマンションというのが、「いかにも」な気がしてしまって冷めた。ネットで検索すれば、山ほど出てくる「そういうタイプ」。みさ緒が、自分はスペシャルなことをしようとしているのだ、という顔で話すことに、なんだかいらいらしていた。

彼女はカテゴライズされたくないと言う。

だけど、友達の結婚話を聞いて、手ごろな男と寝てしまったり、衝動的に結婚相談所に入会したりという自分の行為も、あまりに「いかにも」で、あまりにも「そういうタイプ」だと思った。じゃあ、「いかにも」「そういうタイプ」ではない三十四歳は、友人の結婚話を聞いて、焦って行動を起こしたくなったら、何をするのだろう。旅行？　資格取得？　留学？　転職？　新しい習い事？

どうしてだろう、と潤子は思った。

どうして何もかもに既視感があるんだろう。

何も体験していないのに、全部分かるような気がしてしまう。普段パンツスタイルのくせに、その日だけパステルカラーのワンピにブローチをつけて、結婚パーティに参加する自分の姿も、もう結婚はしないと決めて日曜の昼下がりにマンションのモデルルームを見学するみさ緒の姿も、それだけじゃなく、バツイチ男との遅い結婚だからと披露宴をせずに会費制の結婚パーティにして、大人っぽくタイトなウエディングドレスで皆に挨拶をして回る礼香の姿さえ、既視感がある気がしてしまう。みんな、どこかで聞いた三十代のフィクション。

エスカレーターで降りた百貨店の一階は、煌《きら》めきに包まれていた。アクセサリーもバッグもスカーフも、どれも何か光るベールでコーティングされているように美しく見えた。

潤子は、百貨店を出て、ふらりとコーヒーショップに入る。まだもう少し、ここにいたい。帰りたくない。「Mayumi.」のツイッターにアクセスした。

ふらふら歩いているだけで、美容院行きたくなってくる。

数分前に短い文章がアップされているのを見て、なぜか「Mayumi.」とつながっているような気がした。

彼女は今どこを歩いているのだろう。

そう思ったまさにその瞬間、新しい投稿があった。

毎週金曜の夜中に、絶対負けないからな、って思ってしまうの。何と戦ってるのかわからないけど。で、日曜になると、するするっと気持ちがほどけてく。いい日だったな。あと一週間がんばろって。

潤子ははっとして周りを見回した。

なぜか「Mayumi.」がすぐそばにいる気がした。

帰りの電車でも、潤子は「Mayumi.」のツイッターを読み続けた。スクロールして、過去へ過去へと、もう何度も読んだ文言をまた読む。夕方の電車は混んでいた。ワンピースの入った紙袋が大きくて、周りの客が迷惑そうな顔をした。身を縮めるようにしながら、それでもスマホをバッグに戻せず、「Mayumi.」の言葉を読み続けた。

読めば読むほど、真知子を損なっていき、それは同時に自分の中の何かをも奪っていくことのような気がしたが、それでも「Mayumi.」の言葉を追うのをやめられなかった。

翌日、月曜日。ほとんどの会社員にとって、始まりの日だ。潤子も例外ではない。うがいをしてから、ヨーグルトとロールパンを豆乳で流し込み、歯を磨く。

ふいにテレビから、何か気になる言葉が流れてきた気がした。

歯磨き中だったが、手を止めてテレビを見る。最近若い子に人気だという男性歌手が出ていた。

しばらく前まで病《やまい》で入院していたその歌手は、ひとりの病室で無性に寂しくなり、一般人のふりをしてツイッターに架空アカウントを作ったそうだ。孤独や不安など、誰にも知られず吐き出しているという。潤子はリモコンで音量を上げた。

自分しか読まない日記では意味がない。誰でもいいけど誰かに聞いてもらいたい感情がある。人間、四六時中、「歌手でーす」って顔してられないでしょう、と彼は朗らかに語っている。

――なんていう名前でやっているんですか。

アナウンサーに訊かれて、

――言うわけないじゃないですか。

と、笑う笑顔は澄んでいて、吐露したい昏《くら》い感情のかけらも見つからない。

そのアカウントは今もツイッターの海のどこかに漂っていて、たまに覗いて架空の人間として更新し続けるつもりだそうだ。

潤子はさっきより、いくらか鈍い動きで歯を磨いた。

口をすすいでから、服を着替え、最後にメイクをした。

ふと、閉め切った窓の向こうに目を留めた。重たい石を呑みこんだような気分になった。あそこに映る紺色の影が、ビオトープ鉢だということは知っている。

先月まで、毎日のようにベランダに出て朝イチで卵採集をし、小さな水槽に移していた。しばらく前から、すっかり怠っている。七月に入りすっかり夏めいてきて、窓を開けると暑苦しいというのも理由だ。

でも、そんなことじゃない、認めたくないけれど、もっと大きな理由がある。羽賀とのことがあった夜から、一度もベランダに出ていないのだ。

一日、二日……と怠ってしまうと、ベランダは一気に遠くなった。週末、洗濯物はまとめて風呂場で乾燥機にかければ済むし、ベッドなので布団を干すこともない。メダカたちがどんなふうに泳いでいるのか、産卵しているのか、その卵がどの程度食べられてしまっているのか、見ていない。餌やりもしていない。

ベランダに出たくない。

羽賀とのことは、ちょっとした事故だと思うことにしていた。三十過ぎた女性なら、一度や二度、悔いの残る夜を過ごしたことがあるだろうと。重大視したくなくて、薄目で思い返すようにして、自分で自分を騙せたつもりになっていても、やっぱり日々のどこかで、軽んじられた記憶は心を軋《きし》ませる。それが荒《すさ》んだ行動となって、滲み出てしまうのかもしれない。メダカの命まで巻きぞえにしてしまうかもしれないほどの、このうっつりした気分を、どうしても解消できない。

月に二回の重役会議を月曜の朝にすると決めたのは、現社長である。

前社長の頃は、金曜の夕方に毎週召集がかけられ、だらだらと集まって、最終的には飲み会に堕《だ》し、決断できるものもできなくなってしまったようだ。その点で、現社長のこのやり方は、――早朝に出勤を迫られる重役たちはともかく――若い社員たちに評判が良い。月に二度、週の頭にオフィスに偉い人たちがいないというのは、すがすがしい。広報部からは局長と部長が参加している。

果たして朝八時から十時までみっちり話し合ったと見えて、戻ってきた局長は疲れ気味の顔だったが、部長の久良木は運動したてのようなさわやかな表情を浮かべていて、潤子と目が合うとさらに大きな笑顔になった。

「大林さん、やったね！」

と久良木は言った。

「え？」

「『なつかしの味』のWEB番組、予算ついたよー」

潤子はつい椅子から立ち上がった。久良木の薄化粧の大きな目が糸みたいになって、心から喜んでくれているのが分かった。

「ホントですか！」

「ここだけの話、局長はちょっと渋ってたんだけど」と局長室のドアが閉まっていることを確認してから久良木はこぼし、「葛西さんが推してくれたのよ。ネットやSNSを使った宣伝をもっとたくさんやったほうがいいって演説打《ぶ》ってくれて、それで社長も乗り気になって、やってみようって」

前の席の真知子や、アシスタントの契約社員の子たちも拍手をしてくれた。

『なつかしの味』の動画企画は、潤子が以前の会議で出した案だった。社内報のミニコラムで、重役を中心に子どもの頃に食べていたなつかしの味を紹介してもらい、その味を再現するレシピを開発し、ネット上に公開していた。せっかくだから、料理から試食までを短い動画にまとめれば、ユーザーが作ってみたくなるのではないか。その過程で自社商品の調味料の使い方の宣伝にもなる。

「来月にも着手できる？」

「できます！」

大チャンスだ。潤子は意気込んで返事をした。

「開発部や制作会社にも声かけて、今週中に打ち合わせします」

「最初の打ち合わせに、葛西さんとわたしも入れてね」

と久良木に言われ、

「あ、はい。予定見てみますね」

潤子は社員のスケジュール一覧を確認できるクローズドウェブを立ち上げながら、視界の端にいる真知子の様子をちらと観察した。葛西の名前が出たからだ。真知子の様子に変化はない。拍手の余韻の穏やかな表情のまま、パソコンのキーボードを打っている。

葛西と久良木と開発の担当者が共に空いている日時を洗い出し、いくつかの候補日に仮押さえのサインを入れてから、制作会社の担当者にその候補日をメールで伝えた。

ひととおり段取りを組み、後は返事を待つばかりとなったところで、ふと何かに心のささくれを触れられたような気がした。

分かっている。

羽賀だ。

もとはといえば、あの男がぽろっと洩らした案だった。——試食の動画なんてあったらいいですね。原稿を書いた人に、開発部が再現した料理を食べてもらう、とか。羽賀の言葉を思い出し、潤子は目をぎゅうっとつむった。羽賀の企画があっさり社内のお偉いさんたちの心を打ち、始動することになった事実は、潤子の心にやや複雑に影を落とす。

深く考えるのはやめよう。見積もりやスケジュールなどの具体的な企画書を作ったのは他でもない、わたしなのだから。

自分にそう言い聞かせながら企画実行へのスケジュール調整をしているうち、昼が近づいた。午後イチに他社との打ち合わせがあると言って久良木はばたばたと出て行ってしまい、派遣社員の子たちも弁当を手にどこか集まる予定の場所へ消えてゆく。

何となく、真知子と潤子がとり残されるかたちになって、いつものように真知子はふらりとひとりでどこかに行くのだろうと思っていたら、

「大林さん、お昼どうするの」

と訊かれた。

「えーと、適当に」

「じゃ一緒に行かない？　企画通ったお祝いに、ごちそうしてあげる」

にこやかに、真知子は言った。

「え、そんな、いいですよ」

「行きましょう」

真知子はすでに立ち上がっている。

一方的に「Mayumi.」を知ってしまっているのだ。気まずさと申し訳なさが同時に湧く。少し怖い気もしたが、好奇心もあった。

「ありがとうございます。じゃあ、お言葉に甘えて……」

もごもご言いながら後を追い、

「やっぱり今日も担々麵ですか」

何か話さなくてはと思って振ってみると、

「いいえ、せっかくだから、大林さんの好きなものにしましょう」

と言われた。

「いや、わたし、何でも好きなんで」

「ほんと。じゃあ、彩華にしましょう」

そうだった。月曜日は彩華なのだ。一週間前に声をかけたのは自分だった。サービスのいいお店だとか、落としやすい城だとか、いろいろ言われたと思い出しながら、

「はい、ぜひ」

と潤子は元気に応じた。

先週と同じく高層階の彩華である。竹林のロビーを抜けて行くと、考え抜かれた採光が柔らかくフロアを照らしている。

当然のことながら、さほど日をおかずしての再訪は、初回に比べ、格段に入りやすかった。ランチタイムの内容も価格帯も、テーブルの並びや客層も分かっている。背筋を伸ばして颯爽と歩く真知子に続いて中に入り、潤子も店員に会釈をした。

テーブル席に向かい合って座った。窓を背にした真知子が微笑んでいる。

逆光なぶん、肌の細かい粗が見えず、いつもよりさらに洗練されて美しい真知子だ。真珠色のブラウスに、スリットの入ったワインレッドのタイトスカートを合わせている。足元は桃色のピンヒール。

「午後の戻りはちょっとずれ込んでも大丈夫?」

真知子に訊かれて頷くと、シャンパンと、二千六百円のコースを頼んでくれた。どれにすると訊かれたら、絶対もうひとつ下の千二百円のコースを指していたと思う。何も訊かずに頼んでくれたところに、真知子のかっこよさを感じた。四千八百円のコースでなかったことにもほっとした。

こまかいあぶくのきれいなシャンパンが注がれると、

「本当におめでとう」

真知子は細い指でグラスを掲げ、にこやかに祝してくれた。

「長く続く番組になるといいわね。わたしにできることがあったら言ってね。協力するから」

「ありがとうございます。心強いです。でも、まだ立ち上がってもいないので、どうなるか分かりませんし、始まってみたら採算が合わなくて即中止になるかもしれないですし」

「そんなことないわよ。いい企画よ」

「局長は反対したみたいです。でも、葛西さんが推してくれたからだって、久良木さんが言っていましたから、葛西さんに感謝です」

潤子は、あえて葛西の名を出し、真知子の反応を窺った。心のどこかで、真知子がこんなふうに祝してくれるのは、葛西が推した案だからではないかと勘ぐっていた。真知子の屈折した思いも、分かる気もするのだ。それに関わらずにやり過ごしたい思いと、刺激して反応を見たい気持ちと、どちらも自分の中にあるのだと、潤子は気づいている。だから、真知子がゆったりと頷いて、

「そうね。あの人、若い子の案を応援するのが好きだものね」

と言った、その、ごく自然に発された「あの人」という呼び方に、必要以上にどぎまぎしてしまった。返事にまごついていると、

「ねえ、例の『トキメキを大事にしたい』彼とはどうなったの」

真知子が話題を変える。

「あー、結局、何もないですよ」

「あら、連絡来なかったの？」

眉を持ち上げて、いかにも驚いたという顔を作られると、なぜか潤子の心に小さな苛立ちが芽生えた。

「連絡は来ましたけど、次には続けませんでした」

潤子は嘘をついた。

「そうね。正解よ。若い子に粉かけて手ぇ出そうとするクズ男と、ずるずる続かなくて良かったわね」

「まあ、そうですよね」

さっきから「若い子」呼ばわりしてくるが、どう反応したらいいか、潤子は戸惑う。苦笑いして否定するのは真知子に悪い気がして頷いているが、世間的に見て決して「若い子」ではない。自分と真知子はどのくらい年齢が離れているのか、もういっそ、はっきり訊いてしまいたい。

「前にもわたし言ったけど、大林さんはナイーヴでピュアなところがあるから、ね。男の選び方には気をつけないと。誰にでもいい顔をしていたら、誰かのオンリーワンにはなれないわよ」

ナイーヴ。ピュア。

少しずつ、もやもやした感情が生まれてきた。

先週も真知子に同じようなことを言われ、こういう気持ちになったのを思い出した。だけど、今日のもやもやは先週よりも粘ついている。止めようもなく、反発心が湧き上がる。

「オンリーワン、ですか。じゃあ、橋田さんはどうして結婚しないんですか」

なんにも考えていない、いかにも愚鈍《ぐどん》な娘の表情を作って潤子は訊いた。

真知子は少し驚いたようにまばたきをした。

「どこから結婚が出てくるの」

真知子が呆れたように言う。

「誰かのオンリーワンになることって、結婚なのかなって思って」

「そんなことないわよ。仕事でも友情でも、オンリーワンにはなれるでしょう。それに、結局のところ、わたしって、自分を成長させてくれるものにしか興味がないのよ。それが今のところ、仕事とか、仕事を通じた人との出会いとか、そういうところになってしまうんだと思うのよね」

この答えに潤子は白けた。まるでキャリアウーマン向けの女性誌のような回答だ。上っ面を話しているようにしか思えない。だが、ここは話を合わせておく。

「だから転職を何度もしてきたんですね」

「そうね。停滞したくないっていうのは、常にあったかな。いつでも自分が育つ畑にいたいっていうような」

「すごいですね」

「すごくなんかないわよ。飽きっぽいだけで、転職の経歴ってプラスにならない面のほうが大きいから。わたしから見たら、久良木さんやあなたみたいに一つの会社にずっといる人たちの堅実さって、すごいなって思うし、そういう人のほうが日本社会では評価されてる」

「わたしの場合、今の仕事に飽きても他に行く会社がないっていうだけですよ」

潤子が謙遜すると、

「あら、大林さんも、自分の出した企画が通ったんだし、プロジェクトリーダーになったら、がぜん楽しくなるわよ」

と真知子は的外れなことを言った。

「楽しくなりますかねえ。むしろ不安しかない」

「不安だなんて、もったいない。リーダーになったんだから、動画番組を総合プロデュースできるわけでしょう。それってすごいことよ。会社の予算を使って、いっぱい遊んじゃいなさいな。ノウハウも人脈もがっちり摑めるんだから、美味しいじゃない」

「そうですかね」

真知子とは仕事の捉え方が根本的に違う気がした。企画が通った時、潤子はもちろん嬉しかった。でも、ノウハウや人脈とか、そういう価値を得てゆく達成感よりも、目の前にある久良木の笑顔が嬉しかった。日程調整のためにメールをしたら、レシピ開発をやってくれていた担当者や、WEBコーナーのイラストを描いてくれていたフリーのイラストレーターにも喜ばれた。周りの反応のほうが嬉しい。

「大林さんくらいの歳で一つ実績を作っておかないと、むしろ、今後がきつくなるわよ。『あれをやった人』っていう、社内名刺代わりの何か。そういうの、ちゃんと作っておいたほうがいい。四十代は、『勉強中です』が効かないから。成果や実績が問われるから」

「はあ……」

どうやら真知子は自分にいろいろとアドバイスしたいようだと潤子は思った。さっきから、何かと上から目線である。この間、潤子が真知子に恋愛の師匠として請うたから、それで、何か役に立つことを言ってあげたいと思ってくれているのかもしれない。「若い子」呼ばわりしたかと思えば、「大林さんくらいの歳で」とプレッシャーをかけてくる。一貫していない。

そう思ったとたん、真知子が人の好《よ》い、少しだけ見栄っ張りの、普通のおばさんに見えてきた。そして、真知子のことをそのように見てしまったことを、残念に感じた。先週までは、ミステリアスで仕事のできる、ちょっと近づきがたい人だったのに。

「橋田さん、あの」

「なに？」

真知子に訊き返されて、潤子ははっとする。

今、自分が何を言おうとしたのか、考えただけで怖くなった。と同時に、今なら何でも訊ける気がした。なぜならわたしは真知子を解《わか》ったような気がしているから。

「どうしたの」

「あ、いや、わたし、架空アカウントを作ろうと思ってるんです」

ごまかそうとしたら、そんなことが、口をついて出ていた。

「架空アカウント？」

訊き返す真知子を見たくなくて、伏し目になる。自分のまぶたに、彼女の視線が注がれるのを感じながら、潤子は慌てて朝見たばかりのテレビの話をした。有名な歌手が病気療養中に架空アカウントでツイッターを楽しんでいたという話だ。

「へえ。面白いわね」

真知子の表情がほどけた。ほっとした潤子に、

「でも、わざわざ架空アカウントを立ち上げて、何をしたいの」

と真知子が訊いた。

「それは……あの、実は婚活し始めたんです。結婚相談所みたいなところに登録して。でも、そのことを同期とか、友達とかに、あんまり話したくないんで、だったらわたしも、自分の名前じゃなくて、婚活中の友達を作ろうかなと。それで、仮名でアカウントを作って、婚活のことを呟こうかなって」

すべてその場の思いつきを喋った。どうしてそんなことを言っているのか自分でも分からなくなる。

「その歌手が、自分の心のネガティブな部分を吐露できる場所が欲しいって言っていたのを聞いて、わたしも、そういうのを作ろうかなって……」

橋田さんにはそういう場所はありますか？

心の中で問いかける。

さっき真知子に、ツイッターをやってますか、とそのまま訊いてしまいたい衝動にかられた。それをごまかすために、でも好奇心を抑えきれなくて、こんな中途半端な迫り方をしている。

しかし真知子が興味を持ったのは、架空アカウントの話ではなかった。

「どうして婚活するの」

不思議そうに訊かれた。

「どうしてって、結婚したいからですよ」

「どうして結婚したいの」

「え、だって、したいですよ」

「大林さん、仕事もノッてるし友達もたくさんいるようだし。もしかして、例の『トキメキを大事にしたい』男のせいで、自分に自信をなくしてしまったんじゃないのかな。だとしたら、もったいないよ、それ」

は？

潤子は心がねじられるのを感じた。指摘してくるポイントがずれまくっているし、まったく余計なお世話だ。

「わたしは、自分の成長より、居場所が欲しいんです」

潤子は言った。

「会社に所属しているのに？」

「もっと、社会的な地位みたいなものです」

「地位？」

真知子が笑った。白い喉がふるえている。思わずむっとして、

「おかしいですか」

と潤子は訊いた。

「おかしくなんかないわよ。真知子が顔の前で手を振った。そういうことじゃなくて、すごいなって思ったの。もし大林さんが結婚して主婦になるとして、ごめんね、わたしから見たら主婦に社会的地位って、そんなにあるのかなって。もちろん、立派な仕事なんだろうけど、社会的地位なんて旦那さんのステイタス次第で、自分で何も変えられない。そんなのわたしは厭」

急に、神経質な口ぶりで、真知子がまくし立てた。

「それを言うなら、会社員の地位だって、その会社の大きさとかにもよりますし」

「何、会社を旦那さんに見立てて、社員を主婦に見立ててるの？　面白い」

「そんな意味じゃなくて……」

「じゃあ、言葉を正しく使ってね」

やんわりと、厳しいことを言う。

「たぶん、大林さんが欲しいのは、『地位』じゃなくて、『説明のしやすさ』じゃない？　それなら、わたしもよく分かる。この歳で未婚っていうだけで、勝手に不幸だと思いたがる人が多いから。そのことで、勝手に同情されたり、勘ぐられたり……余計なお世話。

不思議だなって思う。わたしがいちばん仲良かった高校の同級生は、一流の商社に勤める男性と結婚したけど、息子が中学で不登校になっちゃって、家の中で暴れて近所の人に通報されて、総白髪になっちゃった。綺麗な子だったのに、肌とかもう、悲しいくらいにボロボロよ。もちろん、結婚して幸せになっている人もたくさんいる。でも、独身で幸せに暮らしている人だってたくさんいるし、そもそも人の幸せや不幸せって、誰が決めるのかって話だよね。他人に対する『説明のしやすさ』のために生きるのって、自分の幸せや不幸せを、他人に決めさせることになる。そんなの自分の人生じゃないでしょう」

そうですね、と心の中で潤子は呟く。まったくその通りだと、わたしもそう思うんです。思うんですけど、他人に馬鹿にされたくないし、軽んじられたくない、言わないでも分かってもらえる「説明」が欲しい。

橋田さん、いえ、「Mayumi.」さん。

こんなにきれいで仕事も充実しているあなたが、主婦ネタにここまで気持ちを尖らすのはなぜですか？

第六章　慎ましい捕食者

久しぶりにベランダのビオトープを覗いて、ほっとした。

ずっと放っておいたのに、メダカたちは元気だった。

ホテイアオイを裏返し、根元についたちいさな卵たちを水槽に移す。生まれたてと思われる琥珀色の卵だけでなく、ちいさな目玉が透けて見えているような、あとちょっとで孵化しそうな卵もあった。目が少ししょぼしょぼしてくるけれど、先日のような、老眼かと焦るような感じではない。あれは、単なるかすみ目だったのだろうと潤子は思うことにした。

親指と人差し指で小さな卵をひとつずつ摘まみ上げ、いったん左手の指のつけ根にくっつける。そうやって卵をいくつもまとめて採ってから、水槽に移す。久しぶりにやってみると、その作業はやっぱり面白く、時間を忘れそうになる。

より分けた卵たち専用の水槽では、すでに卵の多くが孵り、ちょろちょろと泳いでいた。爪の先くらいの小さな稚魚たちだ。パウダー状の餌を散らしてあげると、その糸切れほどの動きが、目に見えて激しくなった。真上から見ていると、水面にぱらぱらと落ちたまつ毛のようにも見える。それらがぶるぶると震えながら餌まで泳ぐ。

精子みたいだ……。

ついそんなことを、思ってしまった。

中高生時代の保健体育の記憶が甦る。女子校だったからか、なかなか斬新な性教育をしてくれたように思う。テレビかスライドか忘れてしまったが、精子の動きを見せられたのだが、その映像が、今見ているメダカの稚魚たちととてもよく似ていた。

保健体育の先生は「OM」、とイニシアルで呼ばれていた、中年の女性教師だった。

――一回の射精で出てきた精液に含まれる精子は、何億という膨大な数です。そのほとんどが卵管までの旅の途中で死滅し、最終的に到達できるのは二百もいません。その精鋭たちがたったひとつの卵子を目指してさらに旅をし、一個の卵子につき、基本的には一個の精子が合体します。こうして命がけの長旅の末に受精卵がつくられるのです。

大真面目な顔で、「射精」だとか「合体」だとかOMが言うたびに、女生徒たちは肩をすくめて忍び笑いをした。あの学校のあの教室で、セックスを知っている子なんて、ほとんどいなかったと思う。それでいて、授業が終わってから、

「OM、高齢処女っぽいよね」

「絶対むっつりすけべだしね」

と、皆で面白がった。

広告業界の片隅OL@somawi0701……　7月1日

今日から新しくツイッター始めます。人生初の婚活チャレンジをリポート。まあ、ゆるゆると。

週末に控えている『フリータイム無し・ゆっくり会話・30代限定　大人なマッチングパーティ』に参加するにあたり、事前に、フローラルが主催する『今こそ、変わりましょう！婚活で成功をおさめる素敵な女性になるためのコミュニケーションアドバイス・セミナー』を受講するようにと、初雁花代に電話で勧められた。

ＶＩＰ様は無料で受講できますのでぜひ、と強く勧められた。「忙しいから……」ともごもご言ってみたのだが、なぜか初雁は引き下がらず、「予定を調整してでも参加することをお勧めします」と重ねて言ってきた。

「こちらのセミナーの参加者様は皆『目から鱗が落ちた』と言っておられ、その後の成婚率も非常に高いのです。もしも夕方からの参加が難しければ、個別ブースにてビデオ講座を受けることもできます」

そんなわけで、ビデオ講座に申し込みをした。会場はフローラルのオフィスの一室。

仕事を終えて、サンドウィッチショップで軽食をとってから来たので到着は八時を過ぎていたが、フローラルはあかあかと営業中で、初雁がにこやかに出迎えてくれた。

個別ブースに案内され、パソコンの画面を見て受講することになる。まるで、昔アルバイトしたことのある個別指導の学習塾のように、机が三つ横並びになっていて仕切りがあり、ひとりずつパソコンが見られる仕組みだ。学習机ではなく、白いつるつるした机というのだけが、学習塾との違いである。へえ、こんなブースがあるのか、と潤子は素直に感心した。通路に背を向けて座るし、部屋の入口のドアが閉められているので、誰とも顔を合わせなくて済む。フローラルの、こういう匿名性を重んじるやり方は気に入っている。

パソコン画面が明るくなって講座名が現れると、少し気恥ずかしい気分になった。受験生でもないのに、こんなところで何をやっているのだろう。画面に大きく浮かび上がった『今こそ、変わりましょう！』の文字に、何となく心がかさつく。今の自分が、コミュ力のない、男女交際に関して完全に落ちこぼれで、結婚するためには変わらなければならないのだと最初から言われている気がした。

明るいクラシック音楽が流れ、画面の中に白いスーツの女性が出てくる。

「初雁さんっ」

潤子は小さく声をあげた。画面に現れた講師は、まさかの初雁花代なのだった。彼女は前もって何の説明もしていなかった。自分が講師を務めるということを、恥ずかしくて言い出しにくかったのか、それとももしや自分の講座の受講者数にノルマか何かがあるのだろうか。頭の中にちらちらとそんな考えが湧いたが、ここまで来てしまっては仕方がない。黙って初雁の話を聞くことにした。

〈皆さま、今日はわたくしどもフローラル・マリッジ・コンサルティング主催の『今こそ、変わりましょう！　婚活で成功をおさめる素敵な女性になるためのコミュニケーションアド

バイス・セミナー』にご参加くださり、ありがとうございます〉

初雁が深々と頭を下げる。黄色っぽいもやもやした柄が入っているシャツに白いスーツ。胸元に紫色の花のコサージュがついている、不思議なファッションだ。縁起の良さでも追求しているのだろうか。

〈さて、皆さまは現在、結婚に向けての活動、いわゆる『婚活』を懸命にされている最中でいらっしゃることと思います。親友の花子ちゃんが結婚しちゃって寂しいわ、という方もいれば、もうそろそろ両親にお孫さんの顔を見せてあげたいわ、という方も、ひとり暮らしが寂しくなってしまってという方もいらっしゃるでしょう。人それぞれ、婚活を……〉

潤子は早送りボタンを押した。画面がホワイトボードの『初対面の印象』という文字を映し出したので、とりあえず再生に戻してみると、

〈では、そのポイントを三つお伝えしましょう〉

と言いながら初雁がホワイトボードに、K・H・Aと書きだすところだった。

K・H・A?

〈まず、一つ目のポイントは、『聞きましょう』のK〉

いちばん上の「K」をカメラがクローズアップして映す。

〈皆さんに質問します。皆さんは、話すことと聞くことの、どちらがお好きですか。実は、ある心理テストの結果、多く話した人たちのほうが、多く聞いた人たちより、『快』を感じているということが分かりました。『快』、快感の『快』です。つまりですね、聞く人よりも、

話す人のほうが、欲望を満たしているということなのです。相手の話を聞いてさしあげるというのは、相手の欲望を満たしてあげる、ある種の献身です。では皆さん、男性は、強欲《ごうよく》な女性と献身的な女性の、どちらを求めていると思いますか。答えは明らかです。さて、聞いている時にも忘れてはいけないことがあります。それは、アイコンタクトと相槌です。その、相槌の打ち方こそが、H、次のポイント『褒めましょう』のHにつながります〉

初雁がポインターで指したHの文字に、カメラが寄ってゆく。

〈相槌の打ち方が分からない、打つタイミングが分からない、という悩みも多く寄せられますが……〉

そんな悩みあるかと思う。

〈そういう方はア行とエ行を意識してください。『まあァ』『わあァ』『へえェ』と、不自然でない程度に、語尾を愛らしく伸ばしてみましょう。その三つを繰り返してくだされば、あなたのお話をしっかり聞いていますよ、という誠実な気持ちが相手にきちんと伝わります。次に、具体的な褒め言葉ですが、これはサ行になりますね。『すごいですね』『参考になります』『素敵ですね』といった言葉をソフトに伝えるのが良いですね。褒め言葉のバリエーションを増やすことは、相手とのコミュニケーションを円滑に行ううえで、とても有効です。では、最後に究極の褒め言葉をお教えしましょう。ハ行です。『初めて』。そう。ファーストタイム、の『初めて』です〉

ふざけているわけではないはず、と潤子は画面の中の初雁の表情を再確認した。〈では皆さま、ア行とエ行の相槌と組み合わせて使用してみてください。『まあ！　初めて見ました』『わあ！　初めて知りました』『へえ！　参考になります』というように驚きを前面に出しましょう〉

そのくらいのことなら女子校時代から先輩相手にさんざんやってきた。自虐にも自信にも、ひとまず驚いておけばいいと、どこかタカを括っていたけれど、こうしてマニュアル化されているのを聞くと、なんだかすごく人を馬鹿にした、心のないコミュニケーションだった気がした。

いったい次に来るポイント、「A」は何だろう。思い巡らせてみる。A……遊びましょう？　歩きましょう？　会いましょう？　集まりましょう？

「甘えましょう！」

潤子が声に出した直後に、

〈次は、『甘えましょう』のAです〉

と初雁が言った。

「当たったー」

当ててしまった爽快感の後、少しだけ虚しくなる。

ビデオ講座を終えて受付に戻ると、初雁が待っていた。

「お疲れさまでした、大林様。今日はご視聴いただき、どうもありがとうございました」

丁寧に礼を言う初雁が、潤子の感想を待っていることは明白だ。頬が少し赤い。

「初雁さんが講師でいらっしゃったんですね」

「僭越ながら」

「とっても分かりやすかったですよ。K・H・Aでしたっけ、覚えやすい標語みたい、初めて聞きました！」

潤子がさっそく実践すると、初雁の表情がゆるんだ。

「標語だなんて、そんな大層なものではないですよ。ただ、出会いの最中ですと、皆さん緊張してしまっていて、わたしどものアドバイスが頭から抜けてしまう方も多いと聞きましたので。ちょっとメモしておいてチラッとね、カンニング、じゃないですけれど、思い出しやすいように短く。殿方との逢瀬の合間に思い出してもらいやすいかなと考えまして」

「へぇ、すごいですね。参考になります」

ふざけ半分に棒読みしてみる。怒られるかと思ったが、初雁は動じない。

「そう言っていただけると光栄です。大林様も、ぜひ取り入れてみてください」

「必ず取り入れます」

「そういえば大林様は今週末が婚活パーティへのご参加ですよね。事前のメイクアップをなさいませんか」

「いえ、いいです」

「三十分ほどで済みますよ。プロの方にやっていただけますし、清楚でナチュラルな印象を作れますので、ご好評いただいていますよ」

「おいくらなんですか」

「フルメイクで六千五百円、ポイントメイクで三千円ですが、VIP様は八掛けのご負担となります」

払えないこともないが、いちいちVIP様扱いなのが、何となく癪《しゃく》に障る。潤子は断った。


広告業界の片隅OL@somawi0701…… 7月2日
婚活アドバイス・セミナー参加。すごい世界だったな。

何がすごいって、可愛らしい新妻候補の完全キャラ化マニュアル。そこから透けてくるのは、彼女たちを求める男性像の陳腐さ。

自分の話を聞かせたい男。女に甘えられることで自分を男だと、ようやく実感できる男。

いやマジでもっとまともな男の方が多いでしょ。

違う?

帰りの電車はいつも通り、混んでいた。サラリーマンの背中に挟まれながらスマホを覗くと、河北から〈お疲れさまです〉というタイトルのＬＩＮＥが来ていた。

〈お疲れさまです。一昨日はお忙しい中、時間を作ってくださり、ありがとうございました。ところで今日の昼間、橋田さんとふたりで出かけて行くところをたまたま見かけたのですが、もしかして僕たちが話したことに触れたりはしなかったでしょうか。橋田さんの書き込みがだいぶ削除されていたようで、阿部《あべ》が心配しています。ツイッターの話、してないですよね。〉

潤子はすぐに「Mayumi.」のアカウントに接続した。そして、河北の言っていることが事実だと知った。

「Mayumi.」のツイッターの投稿数が半分ほどに減っている。スクロールしてみると、不倫を匂わす発言のほとんどが消えていた。潤子は軽く混乱した。たしかに真知子とのランチで、「架空アカウント」や「ツイッター」といった、繊細なワードを出したけれど、それは「Mayumi.」とはまったく別次元から出てきたふうに話したはずだ。結び付けようがない。だけど、自分とのランチが引き金になったことは確かだと潤子は思った。勘のいい真知子のことだから、何か感じるところがあったのだ。

河北に、〈ランチしたけど、何も話してないよ。〉と書いた。〈でも、たしかに消されてるようだね。何か心境の変化があったのかもしれないね。でも、投稿が冷静になってきたなら、いいことじゃないかな。〉

送信すると、次の駅に着く前に、返信が来た。

〈阿部や僕の名前も出していませんよね。〉

潤子は少し不可解に思った。さっきも河北は、阿部の名前を出していた。阿部というのは、「Mayumi.」のツイッターを見つけて河北に報告した営業部の女子社員である。なぜ彼女のことをこんなに気にするのだろう。

〈誰の名前も出してないよ。〉とひと言だけ送った。

やがてターミナル駅に停車し、大量の人間が電車から吐き出された。潤子もそのひとりだった。少し前かがみになって、ホームを歩く。この駅で地下鉄に乗り換えれば、アパートの最寄り駅まであと三つ。目的地へと歩き続ける人の波に流されるように自分も歩き、乗り換え改札を通って、地下のホームへとつながる長いエスカレーターに足をのせる。

たくさんの、暗い色の背中を見下ろす。

週が始まったばかりの夜なのに、すでに皆、やや俯きがちで、疲れているように見えた。大勢の人がいるのに、しゃべり声はほとんど聞こえてこない。ただエスカレーターが全員を下へ下へと、次の電車へと、静かに連れて行く。学生風の男女も目につくが、多くはスーツ姿の会社員だ。四十歳以上に絞ってみれば、夜十時半、忙しないターミナル駅を、満員電車からホームになだれ込み、長い長いエスカレーターを降りてゆくのは、ほとんど男性だった。

結局、今の日本なんてこれだ。圧倒的に男社会じゃないか。この状態を見たら、説明のしやすさを求めたくなるのは当然じゃないか。

K・H・Aだの、ア行、エ行だの、冗談かと思うような文言がまだ頭の中に残っている。

普通でいいのに、と思った。見た目はそこそこでいいから、仕事をちゃんとしていて、浮気をしなくて、できれば面白くて、極度のマザコンとか、酒癖が悪いとかじゃなくて。だけど、そういう男はたいていい女に不自由していないか、女に興味がないか、それでなければ既婚者なのだ。最近そのことをじわじわと実感している。

この背広の男たちが帰る先には、待つ妻がいて、幸せか不幸せかはともかく、少なくとも彼女たちはこの殺伐としたエスカレーターを今、下ってはいない。


数日後、第一回『なつかしの味』動画企画会議が開かれた。メンバーは、葛西、久良木、開発担当者、営業担当者、制作会社の担当者、デザイナー、そして潤子の七名だった。営業担当者の阿部江里菜《えりな》は、当日、葛西が連れて来た。

潤子が出した企画案は、これまで社内報に載せてきた十七のレシピを実践して、その試食までを動画にするというものだったが、葛西や制作会社側からの提案が弾んで、WEB番組としてタレントに出てもらい、短く編集もしてスマホの動画アプリに広告として再配信するというプランへと膨らんでいた。

「今の若い子はもうテレビなんて見ないんだってね。みんなこれ」

そう言って葛西がスマホの画面をこする指先のジェスチャーをした。

「ね、阿部ちゃん、そうなんでしょう」

この会議の中で最年少の江里菜に話を振る。

「そうですね。まだわたし世代だとテレビも普通に見ますけど、うちの弟とか、高校生なんですけど、ホント、テレビ見ないですね」

江里菜が言い、

「え、高校生の弟がいるの？」

久良木が目を瞠《みは》った。他の皆も、潤子も驚いた。

「はい。高三なんで、今年受験なんですけど、ぜんぜん勉強しないんですよー」

江里菜が困ったような顔を作り、皆が笑った。「高校生」という普段まったく関わりのない層と間近で接している人が会議の輪にいるというのは、新鮮だった。しかし潤子は、江里菜の声のどこかに得意げな響きがあるのを感じて、驚きを表に出したくない気がした。考えてみれば、彼女は入社三年目だということだから、二十五歳前後と思われ、七、八歳下の弟がいるのは、そこまで驚くような話ではない。

「弟さん、テレビ見ないで何やってるの」

久良木が興味深そうに身を乗り出す。

「それが、なんか、スマホの番組を見てるみたいなんですよ」

「スマホの番組？　動画配信みたいな？」

「そうです。今って、中学生や高校生っていうピンポイントにだけ超有名って子たちがいて、定期的に自前で番組を作って配信してるんですよ。それが弟の仲間内でバーッて広まって、彼らは朝、それを見ながら登校して、学校で話したり皆で見たりして盛り上がってるみたいです。たまに、そういう動画を見せてもらいますけど、だいたいすっごい下らないですよ。リズムネタのパクリとか、仲間内でのドッキリとか。ソースはしょせんテレビじゃんって思うんですけど」

江里菜の話に、一同大きく頷いている。

「一億総配信時代だな」

と、葛西が言い、

「葛西さん。まさに、それですよ」

江里菜が賛同する。

「今の時代、ツイッターとかブログで急に注目されてきた素人《しろうと》がたくさんいるんです。わたしたちの動画サイトもそういう人たちに拡散してもらえると浸透が速いです。会社で予算かけて作りますけど、実際は素人の思いつきのアイデアとの勝負になると思うんで、参入するからには流行《はや》りの動画を頻繁にチェックしたほうがいいですね」

「なるほど」

江里菜の言葉を久良木がメモしている。

その様子を、いまいち乗りきれない思いで潤子は眺める。

「弟に聞いて、いまキテる動画の中で参考になりそうなものがあったら、ちょっとチェックしておきますね」

江里菜が言うと皆が身を乗り出し、

「お。いいね、それは」

「参考になりそうだ」

と口々に言った。

「いくつか見ていけば、たぶん大まかな傾向がつかめると思います。でも、中高生に拡散しても仕方ないんで、やっぱり主婦層ですよね。わたしも探してみます。それと、告知に関してですが、広告代理店に高いお金を支払うよりは、立ってる学生やインフルエンサーを集めて番組制作過程を見てもらったり、いっそ料理作りに参加してもらったりするような場があるといいんじゃないでしょうか」

「立ってる?」

「インフル?」

葛西や久良木が新しい言葉を面白がるように繰り返す。

「立ってる学生っていうのは、ミスキャンとか、有名なサークルのトップとか、学校の中での有名人のことです。あと、インフルエンサーっていうのは、ネットの中で影響を与えられる人のことです。フォロワー数が多い人とか、ブログランキング上位者とか」

「インフルエンザかと思ったよ」

「なんだか知らない世界ですよね」

「こっちはもう、アナログだから」

「やっぱりこういうのは若い人の意見が参考になるね」

江里菜の発言に引っ張られるように、会議はいつもより盛り上がった。

潤子は心の奥に、厭な小虫が細かく羽を動かしているような感じのむかむかが生まれるのを感じた。

明らかにこのメンバーの中では江里菜がいちばん若い。彼女はそのことを知っていて、イニシアチブをとる。高校生の弟がいるとアピールすることで、若者たちの世界を、自分を通して皆に覗かせようとしている。

江里菜なんかに言われなくても、検索サイトに「若者　スマホの使い方　動画」などのワードをちょっと入れて調べれば、簡単に得られそうな情報だと潤子は思った。独自で調査したり分析したりしたわけでもなく、家にいる高校生にちょっと聞いただけの話。彼女の言うことを有り難そうにメモしている久良木や、部下の発言をどこか微笑ましげに聞いている葛西にも白けた思いが湧いてくる。

何より潤子は、江里菜が意外にも弁が立つことに苛立ちを覚えた。

自分が入社三年目の頃、年長者しかいない会議に出席したこともあったが、こんなふうに臆面もなく喋ったりはしなかった。あの頃は、最年少の社員は全員にお茶を淹れ、書記をして議事録を作り、最後に灰皿を片付けるのがしきたりだった。その後、セルフサービスのコーヒーサーバーが入り、書記も議事録も必要なくなり、全社禁煙となった。自分の若さを知り、うまく活用している二十五歳ほどの江里菜を、あざといと思う。そして、そんなふうに考えてしまう自分が、まるで年増《としま》の女になった気がして、情けないような感覚を覚えた。「Mayumi.」を見つけたのも江里菜だった。おそらく、ネットのあちらこちら、人のSNSなんかを見まくっているのだろう。河北に相談したと聞いた時は、彼に気があるのではないかと勘ぐったが、今、目の前にいる江里菜は、こう言っては悪いが河北より上手《うわて》という気がする。前髪を上げてすっきりとした額《ひたい》を晒しているが、目の縁に淡くにじませたアイラインを入れて、やや垂れ目に見せるようなメイクの巧さからも、年相応以上の経験をしている子のように感じられた。もしかしたら江里菜には、河北ではなく、葛西に気に入られたいという思いがあるのかもしれない。

『なつかしの味』動画チームは、その後、葛西と久良木が外れた現場のメンバーだけで、制作の段取りを決めてゆくことになった。

何度か打ち合わせを重ねるうち、江里菜が極めて有能だということを、潤子も認めざるを得なくなった。参考にするべき動画やアプリ、協力を仰ぐ価値のある「立ってる学生、主婦」および「インフルエンサー」についても簡潔にリストアップし、メールで全員に送ってきた。動画やアプリを確認すると、なるほど参考になるものはあった。打ち合わせの場所押さえも必ず彼女がやり、きっちり時間を守り、下座にすわり、空調に気を配る。当たり前のことだが、そつなくこなす姿はすがすがしく映る。広報部では、潤子よりも年下は派遣社員や契約社員ばかりなので、正社員の後輩を持ったことはなかった。

一方で、潤子はどうしても江里菜に心を許せないのだった。

一度、エレベーターでふたりきりになった時、江里菜に訊かれた。

「河北さんって大林さんの部下だったんですよね。新入社員の頃、河北さん、どんな感じでしたか」

江里菜は笑顔を浮かべていた。潤子に河北のことを訊けば機嫌が良くなるとでも思っているふうだった。

ちょうど数時間前に、トイレに行く時にばったり廊下で会った河北にも、江里菜のことを訊かれたばかりだった。

「阿部が潤子先輩に迷惑をかけていませんか」

「迷惑どころか、河北より優秀だよ」

そう言うと、

「うわ。あいつ、要領いいんだよな」

河北は相好を崩した。笑顔が弾けんばかりで、本当に嬉しそうだった。

今度河北に会った時に、江里菜からあなたのことを訊かれたわよと言えば、もっと喜ぶだろうと思った。三人で飲みに行きましょう、と声をかければ、気の利く江里菜が、じゃあわたしお店を押さえます、と言って適切な店を選び、予約してくれる。そんなところまで想像がついた。

だが、まったく気のりしない。

潤子は河北をたくさんいた後輩の中のひとりであったに過ぎないというニュアンスで話すに留め、すぐに仕事の話題に変えた。もし三人で飲みに行ったりしたら、「Mayumi.」について話し合うことになるだろう。厭だ。そんなことになるくらいなら、真知子に声をかけて、真知子と飲みに行きたいと思う。

広告業界の片隅ＯＬ@somawi0701……　7月15日
ついに参戦。婚活パーティです！

フローラルではなく、駅ビルの片隅にある小さなメイクアップスタジオで、ナチュラルで清楚な顔を作ってもらった。土曜日の昼下がりである。今日、潤子は『フリータイム無し・ゆっくり会話・30代限定　大人なマッチングパーティ』に参加する。

この日のために購入した水色のワンピースは、スカート部分が上品なシフォンに覆われ、ふわりと膨らんだ、愛らしいかたちだ。胸元にブローチをつける。久しぶりにストッキングを穿いて、白い小さなバッグを持つと、コスプレしているような気分になった。

「素敵なワンピースですね。何か、集まりがあるんですか？」

メイクアップの担当者が、フェイスブラシで頬を撫でながら潤子に訊いた。たぶん本当に興味があるわけではなく、社交辞令みたいなものだろう。

「はい、同窓会が」

と適当に答えると、

「いいですねえ。写真、いっぱい撮ってきてくださいね」

と言われた。

たしかに写真を撮りたくなるくらい、可愛らしく仕上げてもらった。この姿をみさ緒や礼香や会社の同期たちに見せておきたいと思った後で、女に見せたところで詮無《せんな》いことだと思いなおし、地下鉄に乗る。

いつまでも斜に構えていてはいけないと潤子は思った。初雁の編み出した「K・A・H」だったか、「K・H・A」だったか、ああいうのにおかしみを感じてしまう人間には辿り着けない場所がある。きっと、真面目にメモをして会場に持っていくような女が勝者になるのだ。

会場は新宿西口の高級ホテルのパーティルームだった。

メイクが早く終わったので時間が余り、会場に向かう前にひとりでお茶することにし、チェーンのコーヒー店に入った。

暇なので、フローラルから届いた今日のパーティへの案内状を開いてみた。

——日本最大の繁華街、それは新宿。JR東日本、京王電鉄、小田急電鉄、東京地下鉄、東京都交通局の5社局が乗り入れるターミナル駅・新宿駅の1日の乗降客は340万人に達し、「ギネスワールドレコーズ」に認定されました。新宿は、経済の中心地でもあると同時に、豊かな緑が心癒す新宿御苑も有名で、一日中、人の流れが途切れることはありません。

と、なぜか新宿のアピール記事から始まっている。

――この新宿にひときわ輝くホテル内のハイステイタスな空間に、フローラル・マリッジ・コンサルティングは、癒しと寛《くつろ》ぎのパーティエリアをご用意しました。低く流れるシックでモダンなミュージック、厳選されたアミューズ、菓子やアペタイザー。ここで出会ったおふたりが目と目とを見合わせ、会話を進めるのにふさわしい雰囲気を演出します。上質な出会いが拓く、豊かな未来……

潤子は招待状を封筒にしまった。

考えてみれば、WEB案内で済むところを、わざわざこの招待状である。こういうところから「結婚」への過程が演出されているのだ。厳粛な気持ちで、「新宿」を受け止めなければならないと潤子は自分に言い聞かす。なんといっても「ギネスワールドレコーズ」なのだ。

立ち上がり、洗面所で化粧直しをした。

プロの手にかかった顔は、やはりいつもとはまったく違った。サービスでやってもらった眉カットが、思いのほか効いたのだ。眉のかたちがくっきりするだけで、明らかに垢《あか》ぬけ、普段と違う。

いや、もしかしたら、他人から見たらほとんど変化していないのかもしれない。ただ単に、顔の持ち主は毎日自分の顔を見ているわけで、微細な変化でも大きく受け止めてしまうのだろう。そう思うと、メイクは、他人に見せるものである以上に、自分のためのようだと思った。どこまで自分の心に影響を及ぼしてくれるものなのか。とにかく潤子は、鏡を見るだけで何だか楽しく、いいことが起こりそうな気がした。初雁の言うとおり、プロにメイクをしてもらったのは正しかった。しかもフローラルのＶＩＰ割引価格よりも、駅ビルの店のほうが千円安い。

潤子はホテルの中の会場に向かった。パーティの開始時刻よりも三十分早く到着しなければならないことになっている。五千円の手数料を支払い、「事前セレクト、ＮＧ可」の匿名ブースプランに申し込んでいたからだ。

会場に到着すると、数名のスタッフと一緒に初雁が出迎えてくれた。初雁は、潤子を見て驚いたように目を見開く。

「大林様、見違えましたね。よくお似合いです。すごくいいですよ、そのブローチも」

「ありがとうございます」

「ブースではなく、パーティのほうにご参加されたらいかがでしょうか。そのほうが、より多くの方と出会えますし、お料理も、お好きなものを選べますよ」

初雁に言われて、潤子は一瞬悩んだ。お料理も、お好きなものを……。そこか？　と思ったが、たしかにそこにも心惹かれるものである。

しかし同意できなかった。ほとんど可能性はないとはいえ、知り合いに会ってしまうのだけは避けたい。

「そうですか……ブースですとお料理もいただけませんし、お座りになっての対面ですので、せっかくの素敵なおみ足を見せられないのは残念ですが」

と言って、初雁は本当に残念そうな顔をした。そんなに今日のわたしはキレイで、脚もいい感じなんだろうか。にしても、「お料理」に割とこだわるな。

若い女性スタッフが白いタブレットを差し出した。画面に大きくハートマークが出ている。個室ブースの利用者はこのタブレットを使うことになっている。スタッフが指先でタップすると、そこに、事前に潤子が対面NGを出さなかった十四名の男性のイニシアルが順に現れた。

「番号とイニシアルを確認なさってから、『とても良い』『良い』『普通』からお選びになってください」

「ありがとうございます。大丈夫です」

潤子は説明を途中で遮った。フローラルの会員向けサイトで、タブレットの使い方についてはすでに十分調べ済みだ。双方が『良い』以上を選んだ場合のみ連絡先を交換できること。お付き合いを求める気持ちであること。自分が『普通』にした相手が『とても良い』を選んでくれていた場合は、保留するか否かの選択ができること、等。

初雁は潤子をパーティスペースから少し離れた別の広間に案内した。広々としたスペースの中に、百貨店の特設売り場に臨時に作られた更衣室のような、カーテンで仕切られた空間が、ぱっと見て十以上並んでいる。「ハイステイタスな空間」だとか「上質な出会い」だとか大きく出ていたわりに個別ブースはチープに感じたが、パーティのたびに隣室にブースを設置するのはスタッフにとっても手間なのだ。そのくらいのことは分かる。

ブースに近づくと、すでに何人かの女性たちが入っているようで、身支度しているのか、かすかな気配を感じた。

「これって声は聞こえちゃいますね」

冗談めかして潤子が言うと、初雁の頰が少しこわばった。非難されたと思ったようだ。潤子は慌てて、「顔さえ見えなければ、別にいいんですけど」と付け加えてから、なぜ自分が初雁に気を遣う必要があるんだろうと思う。

「こちら、七番のブースにお入りください」

小声で、初雁が言った。

そういえば、この広間に入ってから、初雁はほとんどしゃべらない。名前も呼ばない。彼女なりに匿名性を守ろうとしてくれているのかもしれないと感謝しながら、静かにカーテンを引くと、二畳間ほどの空間に折り畳みテーブル付きの椅子が二脚ある。

「あ、こんな感じなんですね」

かなり近いな、と潤子は思う。相手との距離が近い。折り畳みテーブルにお互いタブレットを置いて、一定の時間を経てから、成績をつけ合うのか。

広い会場であたふたしたくないし、知り合いに会う可能性も減らしたくて、これ幸いと個別ブースを希望したが、座ってみると、これはこれでちょっとシビアなものだと困惑する。

ここに計十四名の男性が順繰りに座るのか……。今回のパーティへの参加男性は十六名だったが、潤子はそのうち二名にしかNGを出さなかった。飲食店勤務と、食品加工会社勤務のふたりである。杞憂《きゆう》だとは思うが、狭い業界なので、どこで関わっているか分からない。そこは線引きしたものの、あとの十四名は全員に会ってみるつもりだった。

折り畳みテーブルを起こし、そこにスマホとタブレットとハンカチをのせた。床の籠に入れたバッグから手鏡を取り、マスカラが落ちていないか、口紅がはみ出していないか、最終チェックをする。大丈夫。

広告業界の片隅ＯＬ＠somawi0701……　7月15日
そろそろ始まる。

照明がゆるやかに落とされた。パーティ会場だけでなく、こちらもムーディな間接照明風にしてくれるのか。肌の粗をぼんやり溶かしてくれる薄暗さは、ありがたかった。だけど、このブースにいる三十代女性たちにとっても、それは等しくアドバンテージになるのだ。潤子は急に緊張してきた。どこか斜に構えて苦笑しながら臨んでいた婚活だったけれど、ここまで態勢を整えた以上、成果をあげたい。手ぶらで帰るのは厭だ。

「失礼します」

隣のブースに入ってゆく男性の声がした。

もう始まったのか。と思った時、

「よろしいですか」

と声がして、潤子のブースのカーテンが引かれ、ひとり目の男性が入ってきた。

広告業界の片隅ＯＬ@somawi0701……　7月15日
完全にキャラ作ります。
慎ましい捕食者に。

「初めましてッ。今日はご指名をありがとうございますッ」

スーツ姿の男性が、潤子のブースに入ってくるなり、はきはきした口ぶりで挨拶をした。

潤子もつられて立ち上がり、

「あ、初めまして……」

と返したものの、一拍おいてから、ご指名って……、とおかしくなる。

改めて眺めると、目の前に座った彼は小柄で厚みのある身体、小太りというよりは固太りといった印象だ。顔が四角く額が広い。優しい仁王像があったらこんな感じだろうなと思ったら、なんだか面白い気分になってきた。

「素敵なブローチですねッ」

仁王像は潤子の小物を褒めてきた。

「ありがとうございます。そんな高いものではないんですけど」

と言ってから、いきなり値段について謙遜するのはいやらしくなかったかと反省する。しかし彼は、

「きれいな真珠がついていて、形も素敵だなと思います」

と、にこやかに続ける。

「あ、そうですか」

「今日のお洋服にも合いますね。ご自分で選ばれたんですか」

「はい、そうです。デパートで」

「デパートには、買い物に行かれたんですか」

「はい」

「お似合いですねッ」

「そうですか」

「形も素敵です」

あんまり繰り返すので、そんなにすごいものだったろうかと、潤子は改めて自分のブローチを見た。なんの変哲もないノンブランドのブローチ。たしか、五千円くらいだった。とにかく何かキラキラしたものを身に着けろという初雁の指示に従って買ったのだが、こんなに会話を長引かせるネタになるとは思わなかった。しかし、このままではブローチの話だけで時間が経ってしまう。

「……あの、お仕事は何をされているんでしょうか」

話を変えたくて訊ねてみたが、経済的な話にもつながる質問をこちらから振ったのは、はしたなかっただろうか。

「私は経営をしています」

け、経営？

「へえェ、すごいですねェ」

心のこもった「H」を発しながら、潤子は改めて仁王像の姿を見直す。人相がいいし、風格もある。「社長」といわれれば、そんな感じもする。

「いやいやいや、零細ですから」

朗らかに謙遜する笑顔も好もしい。

「でも、経営って規模の大小関係なく、とてもスリリングで面白いお仕事だと思います。責任も伴いますし、三十代でそんなお仕事をされるのは、気苦労も多いでしょうね」

「たしかに気苦労はありますね。このままでは大手チェーンやスーパーに押されてしまいますから、いろいろ工夫しつつ、若者向けに進化させようと試行錯誤しているので、そういう意味では面白い仕事かもしれませんね」

「えーと、どのような業種、というのは伺ってもよろしいですか」

「やっ、申し遅れました。わたくし、こういう者です」

男性は突然かしこまり、ポケットから名刺入れを取り出して、身を屈めるようにして丁寧に差し出した。

金子《かねこ》酒天堂　金子茂樹《しげき》

「酒天堂？」

「酒屋です。ここのところネット販売に力を入れていて、全国展開しているんです」

酒屋かあ……。

「お酒はお嫌いですか」

明るく訊ねてくる声に、かすかな緊張を聞き取った。たしかに潤子は、青年実業家へのミーハーな憧れから、酒屋と聞いたとたん、しゅるしゅるとテンションが下がるのを感じていた。もらった名刺には馴染みのない東京の下町の住所と、インターネットのURLも載っている。個人商店ということは、この住所がそのまま彼の自宅なのだろう。グーグルマップで検索すれば、外観や近所の様子もすぐ分かるはずだ。ここまで教えてくれたのだから自分も名刺を出すべきか迷ったが、潤子はやめた。酒屋はないわ……と即座に思ってしまったからだ。友達にはなりたいが、酒屋の奥さんになりたいとは思えない。休日もなく、力仕事も多そうだし、何となく先行きも不安だ。それでも潤子は、にこやかに、

「わたし、お酒好きですよ」

と話を合わせた。

「本当ですかッ？　どんなお酒がお好みですかッ」

金子がぱあっと、光るような笑顔になった。子どもみたいなまっさらな笑顔に、こちらもつられて笑《え》んでいる。

「そうですね……詳しくないんですが、甘口のワインとか好きですね。焼酎以外はだいたい好きです」

潤子が言うと、

「焼酎は健康にもいいですし、宿酔いにもなりにくいんですよ。甘めのワインがお好きということなら、奄美《あまみ》の黒糖焼酎なんて、甘くてまろやかです。麦や芋の焼酎なんかも、紅茶で割ると美味しいんです。私もやってみましたが、シロップとレモンを少し垂らしますと、ほんのり甘いけどすっきりしていて。温めても美味しいですよ」

金子は、小さな目をしばたたかせながら、はきはきと答える。

「へえェ。初めて聞きました」

作為ではない「へえェ」が、潤子の口から漏れた。

空調は効いているのに、金子は額に汗をかいている。よく見れば、小さな中に星がちかちかとまたたいているような、きれいな黒目だ。改めて年齢を確認すると、三つ年下の三十一歳。可愛いな、と潤子は思う。

「それにですね、最近だとワインメーカーが、女性向けに、柑橘系の香りがする焼酎を販売していますよ。たとえば……」

金子は汗ばんだ顔で前傾姿勢になって銘柄を挙げてゆく。そうした酒に合うつまみや料理の話もしてくれる。とりあえず何でも巻いて出すといいんですよ、と金子は言い、クリームチーズに海苔、木綿豆腐に生ハム、サバの味噌煮に青じそなど、分かりやすい例を出してくれる。そうした料理を、頭の中のテーブルに並べてみる。料理はワインの色と合わせるといいと聞いたことがあった。華やぎに満ちた、美味しそうな食卓を想像しながら、

「マリアージュですね」

うっとりと潤子が言うと、それまで饒舌だった金子が一瞬口ごもった。それから「ああ」と頷いて、

「ああ、そうですね。ワインって、いろいろな料理と合わせることで魔法みたいに味わいが広がるんですよ、私は牡蠣《かき》に白ワインとレモンをかけて……」

早くも交代を告げる音楽が鳴った。

「ごめんなさい、もう時間が」

潤子は遮った。

「やっ……そうですね。すみません、つい」

と、本当に惜しそうな顔をしながら金子は立ち上がる。音楽はまだ鳴っている。名残惜しい別れのBGMのようだ。この音楽、何という曲だったろう。明るいのに、少し寂しい、聞いたことのある曲。潤子はバッグからシステム手帳を取り出し、ポケットに丁寧に名刺をしまってから立ち上がり、

「今日はお話しさせていただいて、とても楽しかったです。お酒のこともいろいろ教えていただいちゃって、本当にありがとうございました」

心から言った。

初雁のビデオで、別れ際に「話ができて楽しかった」と伝えるべしと言われていたのを思い出したというのもあるが、本当に楽しかった。終始明るい表情で、何より熱心に酒や料理の話をしてくれる金子のサービス精神に心が温まるのを感じた。彼は潤子の心を晴れやかにした。まだ選ばれていないし、今晩金子がこの名刺を何人に配るのかは分からない。でも、潤子はこの時間を楽しめた。すがすがしい気持ちだった。

金子は礼儀正しく頭をさげてから、ブースを出てゆく。音楽がフェードアウトしてゆく。

次の男性が入ってくる前に、タブレットに金子の印象を打ち込まなければならない。『とても良い』『良い』『普通』の三段階から一つを選ぶ。金子の印象は良かったが、結婚相手として選ぶことはないだろう。潤子は『普通』に指をのせる。一瞬、粒のような小さな躊躇いが、潤子の指先に留まる。なんだろう、この躊躇いは。金子のきれいな黒目。どちらかが『普通』を選択した時点で、彼と会う機会はほぼなくなる。

「失礼します」

ブースの外から声がした。

「あ、はい」

返事をした勢いで、指先の『普通』を潤子は選んだ。自分の中の躊躇いをきちんと見つめる間もなく、ブースのカーテンが引かれる。ふたり目の男性が入ってきた。中肉中背、紺スーツ。眼鏡をかけたサラリーマン風の男性だった。そういえば金子もスーツを着ていた。普段の仕事ではスーツは着ていないだろうに、婚活の場に頑張って着てきたのだろう。汗をふきふき喋っていた様子を思い出し、潤子は金子の婚活がうまくいくように願った。

「初めまして。今日は、私を指名してくださって、ありがとうございます」

新しい男性がそう言った。

「いえ、あの、どうぞよろしくお願いします」

立ち上がって潤子も挨拶をする。

「えーと、あの、そのブローチ、素敵ですね」

男性は言った。

「あ、これですか。ありがとうございます」

「そのお洋服に、とてもよく似合っています」

「ありがとうございます」

かすかに違和感をおぼえながら、潤子は礼を繰り返す。彼は家電メーカーに勤める三十七歳で、都内の実家暮らしということだ。

プロフィールで公開している彼の大学名が、みさ緒の出身大学と同じだったので、潤子は嬉しくなり、彼に大学時代の話を振った。潤子にとって、第二の出身校だと思うほど、馴染み深い大学だ。当時、何度もみさ緒の大学にもぐりこみ、大教室の一般教養授業を受けた。

もちろん、真面目に授業を聞いていたわけではなく、後ろのほうの席でみさ緒やみさ緒の友達と小声で喋ったり、一緒に音楽を聴いたりしていたのだが。みさ緒の友達と遊んだことも何度もあるし、学食でランチをとったことも一度や二度ではない。

そんな話をして、「もしかしたらキャンパスですれ違っていたかもしれませんね」と懐かしがろうと思ったが、しかし家電メーカーは、潤子の話に乗ってこない。

「僕は理系ですから」

と、一言で返された。理系だから何なのか？ よく分からない。みさ緒の入っていたスキーサークル名を出してもぴんとこないようだし、自分のサークルの話もぼかして、あまり話したくないようだ。

潤子ばかりが話し続けて気疲れしたまま、交代の時間が来る。なんだっけ、この曲。また気になった。小学校の頃、帰り道でかかっていた曲だ。この曲が流れている間に、今会った人と挨拶をして別れ、その印象を素早く登録しなければならない。なんだか流れ作業のような性急なやり方だな。金子と話していた時にはまったく感じなかった疲労感に包まれている。

印象も何も、どんな人なのか、部屋を出て行かれた瞬間に、まったく思い出せなくなった。タブレットを手に、『普通』と選択しかけるが、一流大学の出身で、名の知れた一部上場企業に勤務していて、しかも東京在住。そんな条件に、ついつい『良い』を選択してしまう。結局そんなところで選ぶのかと、自分の陳腐さを恥ずかしく思うが、まあそんなものだろうという気もしている。

次の男性、その次の男性とも、指名されたことの礼を言った後に、潤子のブローチを褒めた。何となく、結婚相談所のしつけが行き届いた男性たちという気がしたが、潤子自身、「K・H・A」の教えを守っているのだからおあいこだ。お決まりのやりとりみたいな一連の会話が終わると、さて、何を話そう、と必死に互いの接点を探しているうちに、すぐに交代の時間が来てしまう。そんなふうにして十四人が流れ過ぎ、あっという間に終了時間となった。

広告業界の片隅ＯＬ@somawi0701…… 7月15日
成果ナシ。
捕食したいと思う男がいなかった。

最後にタブレットへの登録を見直して、『最終決定』を押せば終了だ。
潤子は自分のパネルを見ていて、呆れる。十四人も選択しておいて、『とても良い』がゼロというありさまなのだ。いったい何様のつもりだろう、わたしは。男性のみならず女性まで「三十代限定」なのだ。三十代でいいと言ってくれている男性の中に、イケメンで、爽やかで、自分への好意を分かりやすく見せてくれる、条件ばっちりの人が現れるとでも思っていたのだろうか。もしそんなのが何人もいたら、絶対サクラだ。
そう卑下突っ込みを入れるのだけど、ひいき目に見たところでもう一度会ってみたいと思った男性がいない。会話が嚙み合った人がいないのだ。だいたい、ひとりひとりと接した時間は短く、前半に会った人たちのことは、ほとんど思い出せないくらいだ。

……と思ったら、ひとりいた。

優しい仁王像、トップバッターの金子である。

二時間弱の間、十四人と等分に話した。一部上場企業の会社員だけでなく、都市銀行に勤める男性や司法書士の男性もいた。都内の高級住宅地に実家のある不動産会社経営者もいた。だけど、改めて彼らのプロフィールを眺めても、どんな顔をしていたのか、どんな服を着ていたのか、どんな話をしたのかあいまいだ。特に悪い印象があったわけではないが、彼らについての記憶の輪郭が溶け合って、この人はこうだったとはっきり思い出せない。

金子の顔かたち、金子との会話だけ、鮮明に覚えている。トップバッターだったからだろうか。誰よりも一生懸命に話してくれた。焼酎の紅茶割り、美味しそうだなと思った。金子と話している時、潤子は自分が大事にされたような気がした。女性をそういう気分にさせてくれる金子が、ひねたプライドを持たない心根のよい人物だということも分かる。その後、どの人たちと話している間も、心のどこかで金子に『普通』をつけたことが気にかかっていた。恋愛感情につながる可能性はないのだが、友人になりたい。もう一度会って話したいと思ったのが、金子しかいない。

潤子は金子につけた『普通』を、『良い』に変えた。『良い』にしておけば、向こうが『良い』以上につけてくれた場合に連絡先が送られてくる。相手の出方を待つことができる。

これまで参加した婚活パーティは、その日のうちにカップルを誕生させて送り出すというパターンのものばかりだったが、今回はマッチングした相手の連絡先が後からメールで送られてくる。解散時間も、女性どうしかち合わないように微妙にずらされているし、使用するエレベーターも男女で異なる場所を案内される。うまくいけば主催者と、対面する男性以外、誰にも会わずに婚活ができる仕組みだ。そこまでガードされなくてもいいような気もしたが、プライバシーとともに自尊心を守ってくれているのだ。年齢が上がるにつれて、こうした気遣いにこそお金を払おうとする人が多いのだろう。ありがたく受け止め、潤子もひとりで建物の外に出た。

広告業界の片隅ＯＬ@somawi0701…… 7月15日
いい男、まじでゼロ。打算と打算のぶつかり合いだったな。冷やかしの年齢はもう過ぎてた。

30代男女。会場に、まあまあイケてる女は多かったのに、男は皆無。どういうこと？学生のころの合コンと、何が違うって、反省会できる女友達がいないこと。すっかり個人戦のムード。

友達に話せない。むしろ元カレに婚活してきた自慢をしたい。

夜風がここちよかった。

さっきまでたくさんの男性と次々に会ってきたせいで、潤子は自分の体の中に、まだ少しはしゃぎの空気が残っている気がした。足取りが軽くなった気もするし、たくさんの人にいっぺんに会った緊張感の名残りがまだ足の裏に澱《おり》のようにこびりついているような気もする。このまま帰宅して、自室でごろごろしたい気もするけれど、炭酸のあぶくみたいに湧き上がってくるはしゃいだ空気そのままに、どこかに出かけたい気もしてくる。まだ夜の九時過ぎだ。せっかく、こんなひらひらした水色のワンピース。

潤子はスマホを取り出した。連絡帳を出して、名前をスクロールしてゆく。家族、同期、取引先、同級生、知人たち……。

逡巡してから、LINEで、礼香とみさ緒に同時に送った。

〈今、新宿でひとりだよ。もし空いてたら、夜お茶（お酒？）しない？〉

便利な時代だなと思う。親友とはいえ、この時間に電話で呼び出すのは躊躇われるけど、文章をちょっと書いて指先で送るのは気軽だ。ふたりからの返事がくるまで、横断歩道の先に見えるチェーンのカフェでしばらく時間をつぶそうと決め、勢いよく歩き出すと、ぽろんっという音がした。みさ緒からの、〈OK！　いく！〉という返事だ。


広告業界の片隅OL@somawi0701……　7月15日

これから親友と会う。でも、こんな格好してるの見られるの恥ずかしい。いいや、それでも会いたい。

やった、と思って返事を書こうとスマホに指をのせた時、何かが潤子の耳たぶをかすった。

それは、どこかで聞いたことのある声だった。

顔を上げると、目の前の集団の中から、ふわっと浮き上がるように見覚えのある男がいた。

一軒飲んで、次の店へ行こうとしているような、五、六名ほどのグループの中のひとりが、あいつだった。

潤子が男に気づくのと同時に、奴も潤子に気づいた。

男が、一瞬「まずい」という顔をしたのを潤子は見逃さなかった。しかしその顔は瞬時に笑顔に変わった。

「偶然ですね、大林さん。今日はどうしたんですか」

屈託なく歩み寄ってきて、明るい声で言った。彼は自分の連れに、先に行っててというふうに手ぶりで示してから、潤子を見て、

「なんだか、雰囲気が違いますね、今日」

と目を細めた。

「久しぶりですね。羽賀さん」

心臓が割れんばかりに打ちつづけていたが、潤子はなんとか冷静な声を出した。

「あ。そういえば僕ね、スマホが」

羽賀はどこからともなく手品のように手帳型ケースに入ったスマホをするりと取り出して、

「前にこれ、水没させてしまって、データが全部飛んでしまったんですよ。大林さんと最後に会ったすぐ後だったかな。もしあれから連絡もらっていたらすみません。連絡帳からメアドとか全部消えてしまって、ちょっと連絡とれない感じになってしまって。こういうことってあるんですね」

と言いながら、スマホの画面を開いてみせる。新しい機種を使っているという証拠のつもりかもしれないが、もともと羽賀がどんなスマホを使っていたかの記憶もないので、こんなものを見せられても困る。

「そうでしたか」

「よかったら、もう一度アドレス交換していい？」

急にため口になって、羽賀が言った。

いいえ、もうあなたのアドレスは必要ないので、交換しなくていいです。

と言ってみる自分を想像したが、そこまで失礼なことは言えない。

「名刺をいただけますか」

慇懃《いんぎん》に潤子は言った。

一瞬、虚を衝かれた顔をした羽賀だったが、それもそうだとばかりにスマホをしまい、ポケットから名刺入れを取り出して、丁寧な所作《しょさ》で差し出した。潤子は受け取った。

「こんなところで、何してたの」

羽賀がフランクに訊いてきた。

「ちょっと、待ち合わせが」

潤子が濁すと、

「あ、デートでしょ」

畳みかけるように言ってくる。なんでそんなことを確認されるのかとむっとすると同時に、もしかして嫉妬してる？　まさかそんなわけはないと思いながらも、羽賀の問いかけは潤子の心をざわつかせた。

「だって、大林さん、なんだかキレイになってるし。前も可愛かったけど、やっぱり、彼氏ができたのか……」

羽賀が嘆息して言った。いろいろ言いたいことが湧き上がってきたが、なぜか嬉しいような気分にもなってしまって、潤子の中でちぐはぐな感情が揺れる。

「また会いたかったんですよ」

「は？」

さっきこちらに気づいた時には「まずい」という顔を浮かべたくせに、羽賀は目の前の女にときめいているかのような表情を作っている。

「ちょっと話さない？　そこのカフェで」

羽賀が一歩近づいてきた。潤子は自分の中で何かがぐらりと揺れるのを感じた。

その時、バッグの中のスマホが音を立てて震えた。

「電話が」

潤子が言うと、「彼氏?」羽賀が低い声で訊いてくる。

スマホの画面を確認すると「みさ緒」と出ている。潤子は一瞬、この電話を切って羽賀とふたりで歩き出す自分を想像した。まず、長身。さきほど現れた十四人のどの男性たちよりも、正直言って羽賀は魅力的だった。それから目元がきれい。夜の街のきらきらした明かりの中で向き合っているからかもしれない。また会いたかった、とはっきり言う、その狡さと茶目っ気。馬面だと自分に言い聞かせ続けていたが、二重《ふたえ》なのにきりっとして見える目や、口元が少し曲がっているところなどに、不思議な色気がある。

「彼氏からの電話でしょ。出なよ」

いつの間にか、てのひらの中で、みさ緒からの呼び出しが途切れていた。

潤子が電話を取らなかったことで、急に優位に立った羽賀が、

「今どうして出なかった?」

と、にじりよってくる。このまま抱き留められてしまいそうな距離。このまま……はっとした。危ない危ない。変なガスでも吸ってしまったかのようにぼうっとしている自分の脳に、自分でぷちっと針を刺す。

「羽賀さん。もしかして、わたしのこと口説いてます?」

軽やかに言ってみた。

「え、ばれた？」

羽賀も軽やかに返す。

「わたしも、そうですね、会いたかったです。っていうのも、羽賀さんのアドバイスのおかげで、大きな仕事を任されることになったんですよ。そのお礼を言いたかったので」

「何。どんなアドバイスしたっけ、僕」

「忘れてるなら、別にいいですよ」

「お礼ってことはさ、じゃあ、お礼にもう一回付き合ってくれる？　なんて」

「羽賀さん」

「え？」

「スマホがどうにかなったとしても、連絡は取れたと思います。パソコンのメールに履歴がありますし、それに、最初に会った時にわたしたち名刺交換しましたよね」

羽賀はへらっと笑っている。何かうまい言い訳をしようと構えているようだが、思いつかないようで一瞬の間があいた。

「別に羽賀さんがわたしとの関係を解消したいならそれでいいんです。ただ、ああいうことをしてから一方的に連絡つかなくなるっていうのは、なんていうか……。わたし、客観的に見てこういうのってどうなんだろうと思って羽賀さんとのことを会社の先輩に相談したんですけど、あまりに身勝手じゃないかって先輩も言ってました。不倫するならそれだけの覚悟をしなければならないって言われましたよ。今って、倫理的にもうるさい時代だし、社外とはいえ不倫がばれると羽賀さんにとっても、わたしにとっても、マイナスになりかねないって」

「待って待って」

先輩に相談したと聞いた時点ですでに表情をこわばらせていた羽賀は、苦笑いを浮かべながら、

「ちょっとどうしたの。興奮してる」

と潤子の肩に手を置く。

「それでもわたしとの不倫を続けたいんですか」

「いい歳して何言っちゃってるの」と、羽賀が急に大きな声を出した。

たしかにわたしは何を言っているのだろう。

そう思いながらも、羽賀の言葉は思いがけず潤子の心を傷つけた。

「大人どうし、トキメキを大事にする関係をお互いに守っていこうって話したじゃない。二十代の女の子じゃないんだから、『不倫』とか、そういう言い方、やめない？　面倒くさいな」

面倒くさい？

潤子は言葉をなくして羽賀を見遣る。

羽賀はもう潤子とどうこうする気は一切なくなったのだろう。さっきまで瞳の奥に見え隠れしていた粘りけが完全に影をひそめ、白けた苛立ちが浮かんでいる。ちゃんと見ておけ、

と潤子は自分に言い聞かす。これが、この男の本性なんだ。

「わたしの先輩、羽賀さんの会社に知り合いがいるみたいで、間接的に羽賀さんを知ってるって言っていました。今度羽賀さんに会ってみたいとも言ってますけど」

と、潤子は嘘をついた。真知子とはそこまで深い話はしていない。だけど、先輩に相談したと聞いただけでこの変わりようだ。なんとなく、包囲網を作って、困らせてやりたい気持ちになった。

案の定、

「まじかよ」

と、羽賀は頬骨のあたりをかすかに痙攣《けいれん》させている。

「あのさ、あの時はふたりとも相当酔っていたし、いい感じでお互いに間違えたっていうか、事故ったようなものでしょ。それを、人に言うとか、大人のルールとしてありえないよね。聞いたことないよ」

「とても危険なことをしたんだって、先輩からも注意されました。お互いのキャリアが傷つくことになるって」

「あ、脅迫?」

羽賀が突然、大きな声を出した。

「脅迫してんの？　俺を」

急に大きな声を出されて、潤子はびっくりした。

「そんなつもりじゃ」

「早く出れば」

「え」

「彼氏からだろ。早く出ろよ！」

羽賀に怒鳴られ、潤子は自分のバッグの中でふたたびみさ緒からの呼び出し音が鳴っていることに気づいた。潤子がスマホを取り出すと、羽賀は聞こえよがしの舌打ちをし、体の向きを変えた。そのまま挨拶もせず、潤子を置き去りにして歩き出した。

遠ざかってゆく羽賀の後ろ姿を見ながら、いま自分が怒鳴られたのだと気づいた。男に、というより、人に怒鳴られたこと自体、記憶にないくらいにはるか昔だったから、自分から仕掛けたくせに、潤子の耳たぶは熱くなった。

電話に出ると、呑気なみさ緒の声がする。

「ちょうど今、新宿で降りたとこ。どこ行けばいい？」

涙が溢れた。こんなことで。

「みさ緒ー」

どうしよう。

今はみさ緒のテンションに合わせられない。

ほんの数分前、羽賀に口説かれそうになっていて、あと一押しされたらクラッとなりそうだった、そんな自分のうかつさが情けなくてならない。羽賀の卑劣さを目《ま》の当たりにして、改めて、あの晩わたしはヤリ逃げされたのだという、認めたくなかった惨めさに胸が締めつけられた。

「みさ緒、ごめん。呼び出しといて、ホントにごめんね。わたし、ごめん」

早口で言うと、

「ちょっ、潤子、どうしたの。なんか声が変だよ」

「とにかく、ごめんね。呼び出しちゃって」

「何なに、そんな謝らなくていいよー」

はきはきとしたみさ緒の声を聞いていたら苦しくなった。強くて明るいみさ緒。マンションを買うと決めたみさ緒。大好きだ。みさ緒が大好きだ。

「ほんと、ごめん。わざわざ降りてもらったのに」

みさ緒に会いたいけど、会いたくない。溢れそうな涙をひっこめるべく、必死にまばたきをしながら、何度も「ごめん」を繰り返すと、今日会えないということを察したみさ緒が、

「いいよいいよ。別にあたしも途中で降りただけだし、まだ駅だからさ」

笑いながら言う。

「うん。ありがとう」

「じゃあね、またお茶しよう」

「うん」

通話を切ってから、涙が頬を伝うまま潤子は横断歩道を渡った。ＬＩＮＥで確認すると、

礼香からは〈今日は家から出られないのでまたの機会に誘って〜〉という返事が来ていた。了解のスタンプを送る。

横断歩道を渡り、もともとそこでみさ緒と礼香を待とうと思っていたチェーンのカフェに入り、温かいカフェオレを注文して、ひとり、席についた。婚活の男たちに褒められたばかばかしいブローチを外す。今日のために買ったひらひらのワンピも脱ぎすてたい。だけど、まだ部屋には帰りたくなかった。

気づくと手の中にスマホがあって、ふらりと指先が辿り着いたのは、「Mayumi.」のアカウントだった。

あれから「Mayumi.」は何もツイートしていない。やっぱり、潤子が話題に出した「架空アカウント」で、何か感づいたのだろうか。

そのことに、潤子はほっとしていた。河北と江里菜のランチタイムの肴《さかな》に真知子のツイッターが使われていると思うと、耐えがたい気がした。

潤子は「Mayumi.」の最後のツイートを確認する。

毎週金曜の夜中に、絶対負けないからな、って思ってしまうの。何と戦ってるのか分からないけど。で、日曜になると、するするっと気持ちがほどけてく。いい日だったな。あと一週間がんばろって。

ツイッターの画面を閉じて、スマホの連絡帳の中に、真知子の電話番号を探した。

第七章「それなりの幸せ」が無限に遠い

「いったい何事かと思ったわよ。土曜の夜に、急に」

いつもより薄化粧の真知子が苦笑いしている。てろんとした生地の、暗い紫色のブラウスを着ていて、長い髪の毛をくしゃくしゃとアップにしてまとめている。会社で会う時とはまるで違う雰囲気だ。

電話をかけた潤子を、真知子は自分が住む街の駅前にある小さなバーに呼び出した。

駅前商店街から横に折れた細い道沿いの、低い位置に出ていた「ＯＰＥＮ」の文字を、ひとりだったら見つけられなかったかもしれない。真知子は店の前に立って待っていてくれた。

そして潤子が現れると、「あら、ずいぶんおめかししているのね」と、面白がるように言い、それから階段を下りた。十人も入ればいっぱいになるくらいの、こぢんまりした店だった。

かすかに煙草のにおいがする。

社会人になって間もない頃、みさ緒に連れられて西麻布のお洒落なバーに行ったことがある。あの時、みさ緒がマティーニをさらりと注文したので内心で驚いたが、顔には出さなかった。みさ緒も慣れているふうにしていたが、実際はどうだったのか。その後、彼女がバーに通っている様子はなく、潤子もひとりで行ったことはない。無駄に緊張し合いながら見栄を張るような時期は通り過ぎてしまったようだ。そして、あの頃頑張っておかなかったからか、こういうお店で何を注文したらいいのか、今も潤子はよく分からない。真知子がジントニックをオーダーしたので、そんな感じでいいのかと、少し安心して、同じものを頼んだ。

「ごめんなさい。忙しかったですか」

「別に。ネットドラマを見てて、そろそろお風呂に入ろうかなって思ってたところだった。お風呂に入る前でよかったわ」

「……すみません」

中年のマスターが作ってくれたジントニックが差し出される。氷がきれいに光る。酸味が舌先をくすぐった。その後に、じんわりとした甘みが口の中に広がって、こんなに美味しいジントニックを飲むのは初めてかもしれないと思った。

「美味しいですね」

「ここ、穴場なのよ。看板出てなかったでしょ。会員制なの」

会員制？　そういえば、真知子が年配の男と「会員制のバー」で飲んでいるという噂があった。高級ホテルの奥深く、秘密のドアの先に広がる得体のしれないスノビッシュな場所を思い描いていたが、こんな感じの小さな店も、会員制といえば会員制だ。

「前にマスター、ストーカーされちゃって、大変だったのよね。それから客を選んでるんだって。おかげで、いつも空いてるからわたしは助かってるけど」

面白そうに真知子が言う。その口ぶりには、客として選ばれていることへの誇りも感じられる。

「ストーカー、ですか……」

そんな話をしていいのかと思いながら、真知子の視線を追って、カウンターの内側を見る。困ったような表情で微笑む「マスター」は、スーツを着たらそのまま朝のラッシュに溶け込んでしまいそうな、なんということもない中年男性だ。

「大変だったんでしょ。店の物をいろいろ壊されたって聞いたわよ」

真知子に話を振られると、

「いやあ、まあ、そんなこともありましたね……」

マスターは話したくなさそうに見せかけて、

「物静かな女性だったんですけどね……いつもその席に座っていて、穏やかそうににこにこしていて……。そのうち恋愛の相談をされるようになりまして、まあ、そういうのが仕事といえば仕事なので、聞いていたんですけど、そのうち会社を早退か何かして、店の前で待ち構えていたり、カウンターのこっちに来て料理を作りたいなんて言い出して……ちょっとまずいかなって思いましたけど、相手はお客さんで、女性ですし、お勤め先なんかも知っていましたから油断してしまいましてね……まさか泣きながらワインボトルを振り回すまで思いつめるとは……結局、世の中でいちばん分からないものは、人の心なんじゃないかなあって

「……」

実は武勇伝にしてあちこちで喋っているのではないか。聞いているうちに、潤子は思った。

面白がって相槌を打っている真知子も、途中でマスターの話を遮り、

「もう一杯これお願い」

と、乾いた声でオーダーするあたり、まあまあ白けているのかもしれない。

そういえばあの時みさ緒が、バーでは同じものを二度頼まないのが暗黙のルールなのだと
か、すかした顔で言っていた気がするが、いったい誰に習ったルールだったのだろう。ぼん
やりと考えているうち、別の常連客が来て、マスターはそちらの相手をし出した。

「面白いでしょ」

小声で真知子が言った。

「マスターがいちばん喜ぶ話なのよ、今の。さて、そろそろじゃない？　本題に入りましょ
うよ」

「え」

「何かあって呼び出したんでしょ。もったいぶらず、全部喋って」

潤子はどぎまぎしながら、ジントニックのグラスをコルクのコースターの上に置いた。

「そんなにおめかししているんだから、何か特別な予定があったんでしょ。何、デート？

振られた？　置いていかれた？」

「いえ、あの、ええとですね。今日わたし、前にお話しした婚活パーティに参加しまして、

まあ、それは普通に終わったんですけど、その後、例の『トキメキを大事にしたい』男に道でばったり会っちゃったんですよ」

真知子が二杯目のジントニックを、白い喉を鳴らして飲んでいる。

「そう」

もっと驚くかと思ったのに、グラスを置いて、平静な様子で先を促す。

「こんな偶然があるのかと思いましたけど、新宿の高層ビル街の広い道路の歩道で。向こうは連れの人たちといたんですけど、なんだか、流れで、ふたりで立ち話することになって。それで……まあ、少し、話をしたんですね」

「どんな?」

「どんなというか……」

潤子は口ごもる。真知子に話したら、きっと厳しいことを言われるだろうと思うと、身がすくむような感じがした。いったいどうして真知子に電話をしたのか、急に分からなくなる。話を聞いてほしかったのか、それとも、ただ誰かと居たかったのか。もし誰かと居たいのだったら、もっと気ごころ知れているみさ緒と会えばいいはずだった。でも、親友のみさ緒ではなく、礼香でもなく、真知子に会いたかった。真知子にすべてを知ってもらって、できれば叱咤してもらいたいと、わたしの中のわたしが願ったのだ。

「最初、彼、わたしに迫ってきたんですよ。『もう一回付き合ってくれる?』とか言っちゃって、ちょっと口説き?　みたいな。それで、わたしムカッとして、会社の先輩にあなたのこと話したんですけどみたいなことを言ってみたら、いきなりブチ切れられてしまって。『いい歳して人に話すのはルール違反じゃないか』みたいなことを言ってきたんで、は？なんでそんなこと言われなきゃならないのって」

潤子はことさら勢いよく喋った。さっき起こった出来事を、できるかぎりライトな言葉にしてみると、記憶が置き換えられていくような気がして、はずみがついた。

「こっちもむかついて、喧嘩っぽくなっちゃったんですよね。それで、なんか、後味悪い別れ方しちゃったんで、つい橋田さんに電話しちゃいました」

そう言って、小さく笑ってみせた。

真知子は「ふうん」とため息とも相槌ともとれる吐息で返した。それからマスターに、マティーニを注文する。ぐいぐい飲んでいくなと内心少し驚きながら、潤子もモスコミュールを注文した。

「あのね、大林さん」

と、諭すような口ぶりで言う。

「社会人にもなって、他人のプライベートの時間に食い込むには、それなりに覚悟がいると思う。覚悟は大げさかもしれないけど、ある程度の遠慮はしてほしい」

「はあ。まあ……そうですよね」

うなだれてみせながらも、潤子はほっとしていた。無礼なお調子者に思われて、呆れられたい。叱ってほしい。それでいい。

「同じ職場で働くようになって二年？　もうちょっとかな。こんなふうにわたしのこと、仕事以外の時間に電話で呼び出したの、初めてだよね」

「そう、ですね」

「大林さんには同期の友達もたくさんいるみたいだし、なんでわたし？　って思うんだけど。それでもわたしを呼びだすってことは、きっとそのトキメキ男にヤられたからだよね」

「え！　ヤられてないですよ！」

慌てて潤子は否定した。

「違う、そういう意味じゃないわよ。心を殺《や》られたってこと」

潤子は黙った。

その通りだったからだ。

「久しぶりにその男に会って、喧嘩になって、その喧嘩の中で言われた言葉の何かに、大林さんは自分でも気づかないくらい傷ついたんじゃないの。大林さんがたとえ応酬したとしても、言われた言葉は心に残るから」

「そうですかね」

「わたし、他人に対して『いい歳して』っていう言い方をする人を軽蔑してる。すごくつまらない人間だろうなって分かるからよ。そういうことを言う人は、年齢でとるべき言動を決めつけたいわけでしょ。人を決めつけないと安心できない、つまらない男なのよ。その手の男は、二十代の女の子と遊ぶことと、三十代の女の子と遊ぶことを、そもそも別物だと思ってる。『いい歳』の大林さんにならここまでしても大丈夫なはず、ってタカを括って甘えていたのかもしれないわね」

「分かってます、そんなこと」

自分でもびっくりするくらい低い声が出た。

「分かってます。分かってます」

繰り返し、何度も言った。

「大林さん」

背中に何かが触れた。それが真知子の手のひらだと分かって、潤子は急にさっきの涙がまた目の奥から盛り上がってきそうになるのを感じる。

「ヤケ酒を勧めたいところだけど、美容にも身体にも良くないから、あと一杯飲んだらおうちに帰りなさいね」

「帰りたくないです」

真知子が怪訝そうに目を細める。潤子も、自分の発言に少しびっくりする。けれど、

「その通りです。心を殺られました」

ひとりでに、ぶっきらぼうな声が出ていた。

「すごく、下に見られた感じがしたんです。何ていうか、価値がないものとして扱われた感じがした。でも、いちばんばかだなと思ったのは、たまたまばったり会って、スマホからデータが消えたから連絡できなかったって言われて、ちゃんと理由を作ってくれたことにほっ

として、いい気になって、ついふらふらっとまたそいつについていきそうになった自分です。こんな女だから、下に見られて当然なんだって、思いました」

真知子の手が、母親みたいに、ぽんぽんと優しく背中ではずんだ。

「今日、婚活で十四人の男の人に会ってきました。正直、好きになれそうな人はゼロでした。友達になりたい人はひとりだけいたけど、ぜんぜんタイプじゃなかったし。なんかもう、わたしこの先、恋とかできないのかなって。小学生とか中学生の時は、いつも好きな人がいたのに、もう、そういう人ができないのかなって、ぼんやり諦めながら歩いていたところに、あいつが来て、まだわたしに欲情して……」

口をついて出た「欲情」という生々しい単語に戸惑うが、真知子の表情は変わらない。

「まだわたしを誘ってくれるんだって思ったら」と潤子はさりげなく言い換えて、「ちょっと嬉しかったんですよね。そんな自分がいちばん恥ずかしい」

自分でも何を言ってるのかがよく分からない感じがしたが、ふわふわと地に足がついていないような気分で言葉をつなげてゆく。

「でも今日話してよく分かった。あの男は、もともと、わたしに好かれたいとか、わたしの気持ちとか、そういうのはどうでもよくて、あの日わたしとヤレるかどうかは、ゲーム感覚だったんだろうなって、はっきり分かったんですよ。もっと早く気づけよっていう話ですけど」

「そう。だったら、せいせいしたじゃない。いい人生勉強よ。そんな男とは、早く縁を切ってしまいなさい」

「はい、切ります。でも、あーあ。わたし、この先、結婚できるのかなー。もちろんわたしより年上で独身の人もたくさんいるし、生涯未婚率も上がってきてるってニュースでやっているし、別に自分が変わってるとか不幸とか、そんな気は全然しないんですよ。親友も一生独身って自分で決めてマンション買おうとしてるんです、そういう友達がいると心強いです。それに、この間の橋田さんの話……結婚して子育てしているほうが子どものことで総白髪っていう話とか聞くと、わたしのほうがマシだって、本気で思います。それなのに、時々すごく怖くなる。なんでなのか、分からないんですけどね……」

いったい何を話しているのだ。羽賀の話をしていたはずが、何を吐露しているのだ。たった二杯のカクテルで酔っぱらってしまったのだろうか。心の中で、ブレーキをかける自分と、アクセルを踏む自分がせめぎ合って、結局アクセルのほうが勝る。舌が止まらない。

「わたし、自分は『普通だ』ってずっと思っていて、思おうとしていて、でもやっぱり怖いんです。ていうか、不安。不安なんだって認めることも厭なくらい、不安。その不安を誰にも言えない、言えなかった、親友にも、親にも。ネットニュースなんかで、三十代で結婚するのは難しいっていう記事を読んじゃうと一日鬱《うつ》になるんですよ。もしかして、ちゃんと婚活して、多少妥協すれば結婚はできるのかもしれないけど、そういう結婚に踏み切る勇気もないし」

脈絡もなく溢れ出る潤子の愚痴をさえぎって、真知子がマティーニをさらに注文した。も

う四杯目だ。その、長いまつ毛の、整った横顔を見ていたら、

「橋田さんはずっと独身で、この先も独身かもしれなくて、不安とか全然ないんですか」

つい、こぼれるように質問していた。

真知子が目を見開く。微笑みともつかぬ表情を浮かべ、

「大林さんにはいつもびっくりさせられる」

と呟いた。

「普通、年上の独身女に、そういうことって訊けないよね、少なくともわたしは訊けなかったわ」

「すみません」

真知子の笑顔に安堵しながら、謝った。

この質問が、アルコールのせいだけではないことを潤子は知っていた。

たぶん、「Mayumi.」のせいだ。「Mayumi.」を知ってから、真知子をすっかり近しく感じ、心のどこかで哀れんでいる。いじましい優越感を、この心は持っている。わたしはそういう人間だ。こぼれ落ちた質問をひっこめることはできない。

「いいわ。陰で『あの人どうするのかな』とか噂されるより、大林さんみたいにズバリ訊いてくれたほうがすがすがしい」

真知子は晴れやかに言った。

「すみません」

「あのね、わたしだって不安はあるわよ。でも、いちばん不安だったのは、たぶん三十代の頃、大林さんと同じくらいの頃だったかな。今はふっきれた。むしろますます楽しくなってきてる。本当よ」

「ふっきれますか」

「ふっきれる。正確に言うと、もうこの生活を失えない。ひとりの時間を楽しむ術《すべ》がどんどん増えてきて、ラクすぎるんだよね。たとえば、何の予定もない休日に、目覚ましをかけずに起きて、好きなものを食べて、好きな時間に好きなところに、映画でも美術館でもショッピングでもふらっとね。それから思いつきでマッサージに行ったり、ホットヨガで汗を流したり、ここで夕ご飯作ってもらって、美味しいお酒を飲みながら顔見知りの人たちとちょっと話して、それで帰宅して、ネットのドラマを流しながら、旅行のパンフレットを広げて、次に行ってみたいところを探す。自由すぎて、何の不満もないわ」

「でも、それって、健康でいられて、雇ってくれる会社があってっていう前提ですよね」

「それは、ほら、たとえ結婚していても、同じじゃない。大きな病気をしたらいろいろなことが一旦停止するのは、どんな立場でも一緒。むしろ子育てやら仕事との両立やらで、既婚者のほうがダメージは大きいかもしれないよ」

「それは、そうかもしれない」

「前に大林さん、会社を旦那さんに見立てていたでしょう。たしかに、会社との関係がどうなるかは、結婚相手との関係がどうなるかってことと似ているわね。いきなり首切られるのと、いきなり不倫されて離婚されるのと、どっちの可能性が高いかなんて誰にも分からないし。退職金が出るのと、慰謝料が出るのも似ている。そして、人の気持ちより、会社の業績のほうが、可視化できる」

歌うように真知子は言う。迷いのない口調と、上品な口許《くちもと》。彼女に言われると、たしかにそうだなと思えるのに、真知子は「Mayumi.」なのだ。

「ご両親の介護とかはないんですか」

ここまで来ると遠慮するのもかえって変な気がして潤子が問うと、

「わたしの個人的な事情はプライベートだから話さないけど、何も考えていないわけじゃないわよ。そういえば結婚していたら、逆にリスクは倍になるかもしれない。向こうの親もいるから」

と真知子は言った。

「でも、そういうあれこれも、結局はお金があれば解決できる問題なのよ」

余裕たっぷりな表情だ。

「お金、ですか」

「お金。お金は重要よ。きれいごとじゃ生きていけないんだから。わたしの場合、お給料だって限られているし、退職後のことも考えないとならないから、個人年金や保険もかけてある。たとえば、今住んでるマンションは中古で安く買ったんだけど、ローンがもうじき終わるのよ。そうしたら、別の物件を買おうかなって思ってる。ラッキーなことに、買った後で近くに駅ができてね、地価が上がったの。まあ、その見込みがあって買ったんだけど。だから、うまくいけば買った時より高く売り抜けられそうだし、それとも家賃収入として持っていようかな、とか」

奇妙なくらいの饒舌《じょうぜつ》さで真知子が語る。顔にほとんど出ていないが、酔っているのかもしれない。

「今って、マンション、買ったほうがいいですかね」

みさ緒もマンションを買うと言っていたし、急に不動産を持つことが魅力的に思えてくる。

「そういうことは自分で考えて」

ぴしゃりと返された。

「でも、わたしは大林さんの年齢の時には、もう今のマンションに住んでいたわね。ローンを組んで。親に頭金を出してもらったんだけど、ローンは全部自分で返した」

なんだ、親が出したのか、と内心で突っ込みながら頷くと、

「それにね、結婚したら、よその人と恋愛とか、しにくくなるわよ」

これは忘れてはいけないポイントだとばかりに、真知子が言う。潤子はぴんとこない。独身の今も恋愛らしい恋愛をまったくできていないのだから、「よその人と恋愛」なんて、正直なところ今の潤子には考えられないことだった。羽賀みたいな奴に心を殺られることを思えば、この先二度と恋愛なんてしなくてもいい。ただ、信頼できる男の人と、ひっそりと結婚して、それなりの幸せを手に入れたいだけである。

それなりの幸せを。

「楽しそうですね、橋田さん」

「悪いけど、楽しいわ」

真知子の独身ライフを聞くと、心の靄が晴れてゆくような気になる。どうして伴侶を見つけなければならないのか、分からなくなる。だから、教えてほしいのだ。あなたの心のどこに「Mayumi.」が棲《す》んでいるのかを。

「橋田さんは恋愛を楽しんでるんですか」

「またその話？」

真知子がふわっと笑う。少しずつ酔いが回ってきたようで、頬がうっすら薔薇《ばら》色だ。同じように、潤子の頭もほわほわしてきて、今なら何でも訊ける気がしてしまう。

「橋田さん、前にもはぐらかしましたけど、今日は教えてください。社内の誰かと付き合ってたりするんじゃないですか」

軽い口調で訊いてみると、真知子の表情がすっと硬くなった。

「どうしてそう思ったの？」

真知子に訊かれて、潤子はうまく返せない。

「どうしてっていうか……」

ここまで来たら、思い切って何もかも訊いてしまいたい気がするが、「Mayumi.」だけは、やっぱり自分が知っていてはいけないことだ。それだけは強く思った。

だから潤子は、

「実は、ごめんなさい、噂で訊いたんです。会員制のバーで、男性といる橋田さんを見かけたって」

酔いにまかせて、同期情報をぶつけてみる。

「会員制のバー？」真知子が笑う。「ここのこと？」

とぼけているのだろうか。

「ねえ、マスター。わたしここに男と来たことないわよねえ。人を連れて来たのだってたぶん今日が初めてよ。それより大林さん、今日の婚活で、友達になりたい人がひとりいたって言ってなかった？」

はぐらかさないでください、葛西さんとどこか、別のそういうお店に行ったんじゃないんですか。

喉まで出かかった言葉を呑みこむ。

「言いましたけど」

潤子が答えると、真知子が夢みるような、本当にきれいな目をして、

「『友達になりたい』って、いい言葉だなって、久しぶりに思ったわ」

と言った。

「でも、ぜんっぜんタイプじゃないんですよ。酒屋だし」

「お酒に詳しい人って、魅力的じゃない」

じゃあ紹介しましょうか？　と軽口をたたきそうになって、潤子は呑みこんだ。まだ金子から指名されたわけでもない。

そうだ。一方的にこっちが選べるわけじゃないのだ。当たり前のように、彼が自分のタイプではないとか、そういうことを言うのは恥ずかしいことだと潤子は気づいた。逆のことをされれば、すごく傷つくのだから。

「ひとまず、友達になってみたら？」

「そうですね」

「きっと世界が広がるわよ。独身でいられることの最大のメリットって、フットワークの軽さだから。小さな出会いを逃さず、いろんなことを試してみると良いわね。人生が思いがけず転がるから」

「そうですか」

「わたし、前職の時、週末農業をやっていたことがあったのよ」

「え！　橋田さんが農業ですか」

「それも、たまたま飲み屋さんで出会った人から縁ができて、面白かったのよ。もともとその人、顔が広かったから、脱サラして農業やりますって言い出した時、周りの社会人の友達がワァーッとね、遊びの延長で群がって。みんなすぐに飽きちゃったけど、わたしは割と長く続けていたから、その流れで知り合った農協の人とか、卸しの人とかともパイプができて、結果的にうちの会社に転職までしちゃった」

「あ、そうだったんですか」

真知子が食品会社に来た理由がさらりと明かされ、潤子は眩しい思いがした。前職はアクセサリー会社だと聞いていたから、業種は関係なく、ただ広報畑を渡り歩いているのだろうと思い込んでいた。

「最近また、週末に農作業を始めたの」

「アクティブなんですね、橋田さん」

「忙しくしていたいのよ。彩華にわたしの友達が作った有機野菜で不揃いなものを卸したいとも思っていて。できれば、わたしの取次で。もちろん、業務外の趣味でやるんだけど」

「うそ、すごい」

「まだ企画段階だから、内緒ね」

「それで彩華に通ってるんですか」

「中華料理は野菜をたくさん使うし、形にこだわらないから、相性がいいのよ。有機だと質も味もいいけど形が悪い野菜って多く出るの。それでも、手間がかかってるからそうそう値段を下げきれないの」

「すごすぎます、橋田さん。ちなみにどこの農園なんですか」

興味を持って潤子が訊ねると、

「それは、内緒」

やんわり返される。

「とにかく大林さんも、自分で、自分がやってみたいものを探しなさいな。小さな出会いを大切に」

笑みを含んだ表情で、ふんわりと真知子は言った。力みのない瞳だった。

やっぱり「Mayumi.」は勘違いだったんじゃないかな。そんな気がしてくる。目の前の真知子は、今ちょっと眠そうで、色気があって、ネットの中に男への未練を書くような人にはとても見えない。自分たちは壮大な勘違いをしていたんじゃないか、そう思いながらも、さっきのマスターの一言、『世の中でいちばん分からないものは、人の心』、糊《のり》のように心に貼りついていることに気づく。

農業か。たまにはそういうのもいいなと思うけど、「たまには」以上には思えない。お酒に詳しくなることにも、それほど興味は覚えない。わたしは中途半端だな。だけど、出会いが大事という真知子の言葉はしっくり胸に沁みて、小さく光った。

すっかり話し込んでしまい、終電のひとつ前で帰宅した。土曜日の地下鉄は、それほど混んではいない。真っ暗な車窓に映る自分の顔が少し明るい気がした。真知子に礼を書こうとスマホを取り出してみると、みさ緒からの着信が二回、礼香からの着信もある。それぞれからメッセージも届いていた。

みさ緒からは、〈急だけど、明日の午後会える？　私ヒマなんだ〉と。礼香からは、〈潤子ちゃん、よかったら今日うちに泊まりにくる？〉と。それぞれからの短いメッセージの後に、さりげなく〈返事待ってます〉とか、〈いつでも電話して〉とか、いつもと違う感じの、優しい言葉が添えてある。

一瞬キョトンとした後で、もしかしたら、と思いあたった。

さっき、みさ緒と喋った時、わたしはたしかに取り乱していた。みさ緒は何も気にしていないような感じで電話を切ったが、後になって心配になったのではないか。それで電話をかけたもののわたしが出ないから、ますます不安になって、礼香に連絡をした。あの子、なんか様子が変だったよ。本当？　大丈夫かな。何か、追い詰められてるっぽい。まずいね。まずいよ……。

ふたりの、そんな会話を想像したら、申し訳なさとうらはらに、潤子の頰はゆるんだ。

こんなふうに、心配してくれる友達がいる。

ありがたかった。

〈ごめんねー。バタバタしていてスマホ見てなかった。明日の午後、私もヒマだよ。礼香も空いてたら、三人で会おう！〉

みさ緒と礼香に同時にメッセージを送った。

深夜〇時をまわっているのに、待ち構えていたかのように、すぐにみさ緒から返信が来る。礼香からも来る。情報があぶくのように次々と画面に現れて、街や店がぽたぽたと決まっていって、潤子はすっかり満たされた気分になった。

最寄り駅まで、あとふた駅。

ふと思いついて名刺入れの中から、今日もらった金子酒天堂の名刺を取り出した。スマホのネットブラウザに店名を打ち込んでみると、白を基調にした画面が出てきて「わあ……」とつい声をあげた。金子の仁王像姿からは想像もつかない、スタイリッシュなホームページだった。トップページに、白く発光するような壁を背にしたバーカウンターの画像が現れ、そこで試飲ができるようだ。

「店主から皆さまへ」という文字に触れてみると、メッセージが現れた。

ようこそ、金子酒天堂のホームページへ。

当店は、店主が選りすぐった清酒を中心に、万全の品質管理のもと保管しております。

店主が発掘した銘柄や店主の五感にヒットしたブランドなど、蔵元と信頼関係をむすび、お取引をさせていただいております。

そのため、他店では見られない珍しいお酒もたくさん置いてありますので、ぜひ足をお運び下さい。

インターネット販売もしております。下記リンク先をご参照下さい。

店主：オーナーKこと、金子茂樹

実直そうな文章の最後に金子のサインがあり、横顔の写真が添えられている。今日の、汗だくの優しい仁王像姿とはまるで違う、これまたスタイリッシュな雰囲気で撮影された横顔が、なんともおかしい。ブログもあった。「オーナーKのひとりごと」。そのタイトルを見ただけで、笑みがこぼれた。

数日おきの気まぐれのような短い言葉が綴られている。

6月18日
ＢＢＱの季節が近づいてきました。
クラフトビールはいかがですか？
きりっと喉を通過するこの一杯で、
暑い季節を乗り切りませんか。

6月22日
よく、「日本酒って腐るとどうなるの」って聞かれます。
まずくなります。当然です。
でも、お酢になったりはしませんよ。
開封したら、早めに飲みましょう。

6月25日

実は私……、利き酒師の資格、持っています。
講習を受けて、テイスティングなどもして、
資格を取得しました。
だから一応プロなんです。
プロの、酔っぱらいです。

特に面白いことが書いてあるわけではないが、いかにも金子らしい文章だと、今日少し話しただけなのに、潤子は思った。目の前で汗をぬぐっていたあの男の人が、オフィシャルな場所で、よそいきの言葉を綴っている。それを読むことに、ふしぎな面白みを感じた。気どりがなく、飄々《ひょうひょう》としていて、明るい文章だ。いい人なんだろうな、と素直に思う。彼の言葉を遡って何か月分も読んでいるうち、いたずら心が湧いてきて、メーラーを立ち上げた。

どう書こうかな。まずは挨拶を？　今日、トップバッターでお話しさせていただいた者です、素敵なホームページですね、とか？

指先で迷っているうち、最寄り駅に到着してしまった。ホームに降りて、改札へ向かって歩きながら、ずっと頭の中で金子への文面を考えている。

でもやっぱり、迷惑だろうか。今日の潤子は、金子酒天堂の客ではなく、店主の婚活で出会った候補者のひとりにすぎない。名刺を寄越したのは彼だし、メールを送れば客商売の金子がつれない対応をするとは思えないが、ほんの冷やかし気分でアクセスをするのは、マナ

ー違反だろう。

そう思った時、急に潤子は、金子と自分の出会いが、初雁の結婚相談所のルールに基づいたものであったことを思い出した。『とても良い』『良い』『普通』の選択肢を載せたタブレット。もしも金子からの印象が『普通』だったなら、もう二度と会えなくなる。

それは厭だ、と思った。


翌日の待ち合わせは、礼香の実家のすぐそばにオープンしたばかりのサンドウィッチ店だった。若いモデルがアドバイザーを務めていることで話題の店だったが、礼香がそういう店に興味を持つことも、自分のエリアの店を提案することも、珍しい。

礼香の自宅のある街は、東京の中でも空気が違う。この街に、三人が通った中高一貫の女子校がある。学校見学で訪れた小学生の時から、街の放つ排他的でピリッと緊張させるこの空気を知っていたと思った。

徒歩五分圏内にハイブランドの店舗がいくつも並ぶ、そんな場所で生まれ育った礼香の感覚は、郊外に実家があって、遊ぶ場所と生活する場所を完全に分けることのできる自分には、一生分からない気がする。中高生の頃に何度か訪れた礼香の自宅は質素な木造平屋で、家具や調度品も地味だったから、子どもが描く「お金持ち」のイメージとは遠かったが、そもそもこの街に昔ながらの平屋、しかも庭付きという時点で、どれだけ資産家なんだと今は思う。

その庭には花も芝生もなく、地味な石や盆栽が点在していた。礼香の部屋は弟の部屋と襖で分けた六畳の和室で、天井の四角い照明が古びて黄ばんでいたのをよく覚えている。照明からは長い紐が畳近くまで垂れていて、この真下に布団を敷き、本を読み終えてから紐をカチカチ引っ張って消灯するのだと言っていた。ぎりぎりまで本を読んで、もう限界と思った瞬間に消せれば最高だが、それができないまま寝落ちすることもたびたびあって、親にしょっちゅう怒られるのだ、と大真面目に話す礼香に、あんたの親はそんなことで怒るより、あんたが愛読しているBL小説やBL漫画について神経を尖らせるべきじゃないかと、みさ緒が突っ込みを入れていた。ものの価値が分からなかったあの頃は、普段、ベッドに寝ていることを礼香に羨ましがられて得意だったのだ。

オープンしたばかりとあって、若い店員がどことなく不器用に接客しているサンドウィッチ店だった。

アボカドとローストビーフとキヌアの全粒粉サンドウィッチ（ドリンク付き千九百八十円）、高いなと思いながらも、それなりのものであるのだろうと信じてオーダーを終えると、真向かいに座る礼香の化粧けのない顔がこちらを見ていた。

「潤子ちゃん、何かあったの」

心配そうに訊かれる。

「あー、ごめんね、仕事で少しトラブって、ふたりに愚痴を聞いてもらいたくなって。でもその後すぐに別の仕事で呼び出されて、バタバタしちゃって、本当にごめんね、心配かけちやったよね」

するすると嘘を話している自分がいた。婚活パーティの話も、羽賀のことも、何も話したくなかった。

「仕事、そんなに忙しいの？」

礼香が労《いた》わる目をする。

「うん……。でも、いろいろと片付いて今は落ちついてる」

明るく言うと、ふたりがようやく頰をゆるませた。

「いやー、潤子にこの前会った時、なんか妙に思いつめてるふうだったから、心配だったんだよね」

とみさ緒も言う。

「思いつめてるふう？」

潤子は笑って訊き返したが、少し傷ついた。思いつめてるふうに見える状態とは、いったいわたしはどんな感じだったんだろう。

「マクロビだったし？」

和ませるように礼香が言ったが、みさ緒は笑わず、

「あの時、礼香が帰ってから、あたしたち、結婚観についてちょっと真面目に話したじゃん」

と言った。

「そうだったっけ」

潤子はとぼけたけど、よく覚えていた。ちょうどフローラルに再入会したばかりのタイミングだった。みさ緒は森と別れて、マンションの契約をすると息巻いていた。生涯独身とはやばや決めて、颯爽として見えたみさ緒に、絡みたくなったのかもしれない。あの日、みさ緒と別れてから婚活パーティ用に、普段は着ない色のワンピースを買った。きらきらしたブローチも。

「潤子にしては珍しく不安定だなって思った。ていうか、あたしも言いすぎた。いつも潤子が受けとめてくれるから甘えてたんだよね。結婚観なんて人それぞれなんだから、意見を言い合っても、正しい答えなんか一生出ないのにさ」

「そのことなんだけど、ワタシも反省しているよ」礼香も言う。「年齢のこととか、あれこれ言ったが、婚約してみると結婚というのはそんな単純な話じゃない、諸問題が生じるって分かった。諸問題に押しつぶされて、もっと不幸になることもある。結婚すりゃいいっていう話じゃないいね」

勝手に心配しているみさ緒と、余裕をかます礼香に内心むっとしながら、

「別にわたし、そこまで不安定じゃないんですが」

潤子は努めて鷹揚《おうよう》な口調で言った。

「でも、結婚しないと『地位』がないって、潤子言ったよね?」

確認するようにみさ緒が問う。

「言ったっけ」

言った。覚えている。

「潤子はなんだかんだ真面目だから、世間の価値観に圧《お》されて苦しいんだろうなって思った。正直に言うと、潤子みたいな子が、奴らをつけあがらすのかなとも思ったけど」

「奴ら？」

潤子は笑いながら「誰よ、それ」と訊いたが、みさ緒は答えず、かわりに、

「あれからあたしも結婚のこととか、いろいろ考えてる」

と呟く。その呟きにかぶせるように礼香が、

「潤子ちゃんは焦ることないよ。本気だせばすぐにいい人が見つかる。可愛いし、性格や考え方も、ワタシたちの中ではいちばんまともだから、ね。もし結婚しようと焦ってるとしたら、その焦りも含めて、まともな感情だと思うな」

「ああ、そうだね。潤子がいちばんまともだよ」

「結婚て、まともな人がすることだからね」

礼香とみさ緒がくちぐちに言う。「まとも」という言葉をどう捉えれば良いのか分からないまま潤子は、

「そういえば、マンションどうなったの」

みさ緒に話を振った。すると、

「やめた」

とあっさり返された。

「え、そうなんだ。なんか、具体的に考えてるふうだったのに」

「モデルルームを見学しに行ったら、爽やかなファミリーがうようよしていてさ、管理組合とか地獄だなって。それより礼香は？　実家、何かトラブってるの」

みさ緒に問われ、礼香の顔が曇る。

そういえば昨日礼香は「今日は家から出られない」というメッセージを寄越した。都心の実家なのに、そこから出られないというのがどういうことなのか、あの時は自分のことに動揺しすぎていて、礼香の状況まで考える余裕がなかった。

「実は母がちょっと病気になって。今、家から離れにくい感じになってしまったのだよ」

明るい口ぶりだったが、なぜか、具体的に訊いてはいけない気がした。

「そっか……」

「だからごめんね。今日も、すまんが一時間くらいで失礼するよ。今晩、家族会議して、今後のローテーションとかもろもろ決めるから、そのうちゆっくり時間も取れるようになると思うんだけど……」

「もちろん」

「無理しないで」

礼香を気遣って、潤子とみさ緒は言った。しかし内心では、親の病気に関して「今後のローテーション」を決めるという状況が、潤子にはいまいち分からなかった。

「何ごとも、経験ですな」

礼香は、屈託のない表情で言う。

介護や看病の役割分担の相談だろうと推測するも、ぴんとこない。そんな状態で、再来月に控える結婚パーティはどうなるのだろうか。婚約者の彼とはどのくらいまで深く話しているのだろうか。いくつかの「?」マークが浮かんだが、細かいところまで聞いてはいけない空気を察して潤子は黙った。みさ緒も同じ表情だった。

やがて礼香は帰宅し、みさ緒としばらく街をぶらついたのち、潤子はひとりになった。すぐそばの地下鉄に乗ってまっすぐ家に帰るのは何となくつまらない気がして、ふらふらと街を歩きながら、一つ先の駅を目指した。雑誌でしか見ないようなブランド店が並ぶ大通りは、道ゆく人もよそいきの顔をしている。ショーウインドウに自分を映し、少し背筋をのばした。

クリスマスになるとイルミネーションが美しいことで有名な通りだった。最後にこのイルミネーションの中を歩いたのが、二十代後半だったことを思い出す。隣にいたのは、「Newton」を愛読していた彼だ。大好きだった時期もあるのだけど、恋愛関係のエピソードのほとんどが、「Newton」とのものだと思うと、経験の乏しさにぞっとする。どうしてもっと遊んでおかなかったのだろうと、急にそんなことを思った。同じ独身でも、めいっぱい恋愛経験を積んでおけば真知子のように腹を括れたのかもしれない。みさ緒が一生独身でいることを迷いなく選べるのも、森という同居人と長らく一緒に暮らした経験があるからだろう。

友達ふたりに言われた「まとも」が、重たくのしかかってきて、潤子は軽く唇を嚙む。

ふいにバッグの中のスマホがひゅんと鳴った。開くと、フローラルからのメールが届いていた。

〈昨日は、弊社主催の『フリータイム無し・ゆっくり会話・30代限定 大人なマッチングパーティ』にご参加いただきありがとうございました。貴女様にもう一度お目にかかりたいと希望されている方が複数名おられましたので、マイページでご確認いただき、お手続きを進めていただけますと幸いです。三日以内にお手続きをされない場合は、弊社担当者からご連絡させていただきます。……〉

潤子は立ち止まり、通行の邪魔にならないように道路脇に寄ってから、メールに書かれていたリンク先に触れた。パスワードを入れて、マイページを出すと、昨日のパーティで潤子にぜひまた会いたいと登録してくれた人たちの名前と写真がずらりと出てくる。本当に、「ずらり」である。「大林潤子様ともう一度お目にかかることを希望」という欄に十四人全員の名前があった。

「えー。まじか」

思わず呟きが漏れ、同時に自分の頬が緩むのを感じた。水色のワンピースと小さなブローチに、こんなに威力があったのか。昨日会った全員が、わたしにもう一度会いたがっている。いちばん上に、酒屋の金子茂樹の名前もあった。良かった。一気に心が晴れた。惹かれる人はいなかったまでも、誰からも否定されなかった。つまり、十四人、この中から選び放題なのだ。

そう思ったすぐ後で、ふいに潤子は違和感を覚えた。

フローラルのホームページに接続した。タブレットを使用した婚活システムについての説明ページがあったはずだ。『周りに内緒で婚活しませんか』、こんなキャッチコピーの『対面式タブレット婚活 解説コーナー』と書かれたピンク色のバナーを探し出す。マイページの例として挙がっている画面を見て、ああ、そういうことか。違和感の正体が分かった。

例として載っていたマイページには、「○○様ともう一度お目にかかることを希望」の欄の下に、「○○様と結婚を前提にしたお付き合いを希望」という欄があったのだ。

そういうことだ。つまり、わたしに会った全員が、『良い』(また会いたい)を押してはくれたものの、『とても良い』(交際を希望)は押さなかった。

まあ、そうだよな……。

潤子は苦笑いしようとした。だけど、できなかった。

自分が選ばなかった人たちに選ばれなかっただけのことなのに、なぜか傷ついている。うっすら悟ってゆく。本気で婚活をしていくならば、この先もっとわたしは傷つく。

無駄なだけのプライドを、いっそまるごと捨てない限り、自分で自分を傷つけてゆく。

スマホを閉じようとした時、突然マイページの左上部分がチカッと小さく瞬いた。ちょうど「新着メッセージ」が届いたようだった。送信者は、金子茂樹。指先で少し触れただけで、メッセージは開く。

〈大林潤子様

昨日は楽しい時間をありがとうございました。マイページに大林さんのお名前がありまして感激している次第です。ぜひもう一度お目にかかりたいと思うのですが、いかがでしょうか。もしよろしければ、ご連絡をください。お待ちしております。金子茂樹〉

丁寧な文章だった。「感激」という言葉まである。しかし、なぜか素直に喜べない。

自分は金子のことを、ぎりぎりまで『普通』にしていて、最後に思い直して『良い』に格上げしただけだったのに、金子には最初から『とても良い』を選んでほしいと思うのは、あまりに自己中心的だろうか。

すぐには返事を書く気になれず、潤子はスマホの画面を閉じて歩き出す。

だが、途中で思い直して、駅に着くまでにもう一度マイページを開いて返事を書いた。

広告業界の片隅ＯＬ@somawi0701……　7月30日

友達と集まった。婚活の話、したかったけど、しそびれた。

広告業界の片隅ＯＬ@somawi0701……　8月3日

婚活パーティに参加して思ったこと。三十代の婚活パーティは残り者どうしの争奪戦だ。

かなりキツい。この先ますますキツくなる予感大。

広告業界の片隅ＯＬ@somawi0701……　8月7日

独身＝結婚「できない」人＝不幸、という奴らの公式に呑み込まれる。もうこの公式＝社会自体がクソなんだけど。

広告業界の片隅ＯＬ@somawi0701……　8月10日

結婚を一回しておくメリット。「結婚は私に合わない」「結婚しない方が幸せ」と堂々と言えるようになる。そのためだけの結婚を、するべきか、どうか。

本格的な夏がくると、潤子は体調を崩しがちになった。毎年、夏は室内外の気温差に体力を消耗してしまうのだが、今年は特に猛暑で、通勤だけで疲れてしまうほどだ。

そんな潤子の目に、いつも溌剌《はつらつ》と外回りに出かける真知子はまぶしかった。どんな対策をしているのか、この炎天下を歩き回ってきても、肌が白いままなのが不思議だ。その真知子でも、たまにミネラルウォーターをごくごく飲みながら、汗をぬぐっている。外が暑すぎてホットヨガをやるのがばからしくなったからスタジオを退会したとか、派遣社員の子たちと話しているのが聞こえた。たしかに、屋外ならどこでもホットヨガができる。

会社は節電を謳っていて、ぬるいくらいの空気の中、皆団扇《うちわ》でぱたぱたと扇ぎながら仕事をしている。ぬるいくらいのその空気が、潤子には程よい。なぜか会議室だけは冷やしこんで良いという暗黙の了解があり、フロアの節電の反動か、二十度とか、下手したら十九度まで下げていたりして、きんきんに冷えているから、そっちのほうが怖い。この夏は『なつかしの味』WEB動画関連の打ち合わせが多く、会議で冷えすぎて節々が痛くなることもあった。そうかと思えば、外を少し歩いただけで脱水症状をおこしかけた。

婚活どころではなかった。婚活というのは、体調や仕事といった生活の基盤が整ったうえでの活動なのだと思い知らされた。絶不調なのに、仕事は山積みだった。調理の様子を撮影し、その動画を編集しつつ、同時にリリース記事も書き、あちこちのメディアに送る。広告代理店を通さない内輪の企画のため、潤子ひとりで取り仕切った。その合間に、通常の広報誌の仕事もこなさなくてはならず、第一回目の動画アップまでは、昼食はコンビニで買ったおにぎりとヨーグルトを五分で胃に流し込むような生活が続いて、週末はほぼ寝込んでいた。

金子からは、具体的な誘いが来ていたが、体調不良を理由に延期してもらった。

九月に入っても、猛暑は続いていた。それでも、『なつかしの味』WEB動画、第一回目を配信することができて、ようやく気持ちと仕事が一段落したある日のこと。

朝のミーティングから戻ってきた久良木が部内の皆を集めた。

そして、真知子が十月いっぱいで退社することを告げた。

第八章　友達の人生を、わたしは知らない

「突然のことですみませんが、そういうことですので、今手掛けている仕事と、その引き継ぎは、これから順次やっていきます。皆さまにはご迷惑をおかけすることになり、大変恐縮ですが、どうぞよろしくお願いします」

久良木に促された真知子が広報部の皆にそう挨拶しているのを、潤子はなかば呆然と聞いた。

いったいなぜ。葛西のことが原因なのだろうか。それとも、まったく別のきっかけか。単に、より収入や待遇の良い転職先を見つけたということか。

少し前に彼女の家のそばまで踏み込んで、プライベートをあれこれ訊いたのに、まさか仕事を辞めようと思っているなんて、知らなかった。そんなそぶりもまったく見せてはくれなかった。他の社員たちはうすうす知っていたのか、分かりやすく驚いたりショックを受けたりという者はなく、皆ただ「お疲れ様でした」というふうに頷いている。そのことにも驚愕する。勘づいていなかったのは自分だけなのだろうか。

挨拶を終えて、皆がそれぞれの席に戻り、久良木は他部署との打ち合わせに出て行った。

「橋田さん……」

真知子に近づいて声をかけると、

「大林さん。そういうことだから、わたしの仕事の一部を、一時的に引き継いでもらうことになると思います、よろしくね」

優しく微笑まれた。

「あの」

「ごめんなさいね、わたし、これから得意先に退社の件で挨拶まわりをしてこないとならないから、時間がなくて。またゆっくり」

真知子はいそいそと荷物をまとめ、ヒールの音を響かせて出て行った。

仕方なく潤子は、真知子のもとで秘書のような仕事をしている派遣社員の女性に、

「橋田さんが退職するって、知ってました？」

と訊いてみた。

普段、直接仕事が絡まないので潤子と話すことはほとんどない彼女は、肩をすくめてみせて、

「わたしも詳しいことはさっき聞いたばかりですから」

と、そっけなく返事をする。

並びの島の、別の事務担当の社員が身を乗り出して、

「やっぱり転職するんですかね」

と話題に入ってきた。

「寿って感じじゃないですもんね」と言ってから、少し声をひそめて、「噂でちょっと聞いたけど、橋田さんて五階といろいろあったらしいですしね……」などと噂話をし始める。五階というのは葛西のいる営業部がある場所だ。潤子はふたりからさりげなく離れて、デスクに戻る。久良木が広報部に戻ってくると、彼女たちも噂話をやめて、通常モードになった。

「大林さん、いい知らせよ」

久良木が言った。

「四日で三万回視聴達成。土日挟んだのにこれはすごいって、葛西さんが褒めてた。重役会議でも話題になったって」

「そうですか……」

「もっと喜びなさいよ。次の会議でもっと予算を取れそうよ。そしたら、前に話した、ロケ企画も大林さん担当しない？」

「え、いいんですか」

「もちろん。その方向で、次の会議に出すから、同席してね」

「はい。ありがとうございます」

とは言ったものの、潤子の心は、企画が決まった時ほど大きくは晴れなかった。

真知子が辞めてしまうせいだけではない。『なつかしの味』の動画は、順調に撮影を終え、第一回をＷＥＢにアップしたばかりだったが、しょっぱなから社のネット企画としては、かってなくアクセス数を稼ぎ、そのことが話題になりすぎていた。潤子は、アクセス数が予想以上に増えたのが、江里菜のおかげだと知っていた。

もともと江里菜は、ネット上の「インフルエンサー」なる人物たちを『なつかしの味』動画の制作現場に招いて、その過程も含めてブログやインスタグラムといったSNSで宣伝してもらい、拡散させたいと提案していた。

しかし、潤子は頷かなかった。江里菜が挙げた「インフルエンサー」たちが、十代や二十代の若者ばかりだったからだ。この動画を観てもらいたいのは、スーパーマーケットの調味料の棚から、うちの会社の商品を選んでかごに入れてくれる人たちだ。十代、二十代の若い人たちではない。そう思ったし、社内の企画に部外者を入れて、何らかのトラブルが起ることを避けたいという気持ちもあったから、江里菜の申し出を却下した。

――だったら、出来上がった動画を事前視聴させるくらいはいいですか。絶対、拡散してもらいますから。

と言う江里菜の熱心さに折れて許可しただけのことだった。

拡散に励む江里菜を見て、潤子も何かしようと思い、自分なりにネットの主婦コミュニティを見て回ったりもしたのだが、しかし誰にどう声をかければいいのかも分からず、宣伝の書き込みをするくらいしかできなかった。

結局、江里菜が組んだ「インフルエンサー」たちが稼いだ数字だけを見れば、彼女の案が正解だったことが分かる。会社のホームページへのアクセス数の数十倍、数百倍、予想を遥かに超える成果が出た。江里菜が言ったように、制作現場から加わってもらったほうが、さらに成果が出たかもしれない。

江里菜は、手柄を誇るような顔などしない。彼女は賢い。あくまで潤子の企画が良かったからと、こちらを立ててくれている。それもまた、潤子をもやもやさせる。若い子の柔軟な発想を認められなかった。「何らかのトラブル」を恐れた。トラブルの種類さえ予測できていないくせに、とにかく新しい何かを恐れて回避しようとして、その発想自体がもうダメなのだと自分で分かっている。

でも、江里菜を認めたくないのだ。

先輩を立てる賢さ、それでいて年長者に対しても物怖じせずに発言する性格の強さ、何より、怖いものなど何もなさそうな、若さ。

ライバルでも何でもないはずだし、どう考えてもいい子なのに、好きになれない。理由などない。

そこまで考えてから、ぞっとした。

もしかしたら、真知子もわたしに対して同じように思っているのかもしれない。

まさか、と打ち消したかったけれど、そうはいかなかった。

さきほどの久良木の話しぶりからして、かなり前から退職に向けて相談され、準備を促していたのではないかと思った。そういえば、久良木と真知子のふたりで連れ立って会議室に入っていき、扉を閉めていた様子も見たことがあった。

真知子はわたしを信頼していない。

当たり前だ、と潤子は思った。真知子が「Mayumi.」だと知って、同情したのだから。自分のほうがまだ若いということに、ほっとしたのだから。スパイみたいに自分のことを探ろうとする年下の女を、誰が信頼できるだろう。

年下というだけで勝った気になる女が、自分より年下を好きになれないのは当然だし、そんな年下の女を好きになれるほど優しい年上の女は少ない。

礼香から誘いがあったのは、九月の二週目に入ってからだった。海外で暮らしている弟一家が帰ってくることになり、母親を看《み》てくれるので、久しぶりに丸一日出られることになったという。できればみんなとゆっくり会いたいというメッセージが届いた。

〈そんな貴重な日に私たちと会っていいの？　未来のダンナさまは？〉

冗談をまじえてそう書き送ろうとした矢先にみさ緒から、〈じゃあふたりを連れて行きたいところがある！〉というメッセージが入った。みさ緒の提案は、都心のスパ施設だった。

〈みんなでリフレッシュしよう！〉

広い空間に温泉や岩盤浴場を点在させたその場所は、以前から広告で見ていて行ってみたいと思っていたところだった。

〈行く行く！〉

〈何時にする?〉

〈十一時に開くから、早めに昼ご飯を食べて、そのまま乗り込もう!〉

メッセージを飛ばし合い、次の日曜の昼下がり、三人はスパの入口でチェックインをしていた。

ロッカーでおそろいの館内着に着替え、まずは、みさ緒が前から入ってみたかったという「色彩の間」と名付けられた岩盤浴場へ向かう。

「一度、来てみたかったんだー」

「すごいね、こんなに広いなんて」

ガラス張りで外に街を見下ろせる広い廊下を歩きながら、初めてここを訪れた潤子と礼香はくちぐちに感嘆の声を上げた。

「岩盤浴だけでも何種類もあるんだよ。あそこで飲み物が買えて、あっちにはエステや垢すりのお店もある」

ちょっと先輩面《づら》してみせながら、みさ緒が案内してくれる。

いちばん奥まったところにあった「色彩の間」は、入口に「色彩の力とマイナスイオンの相乗効果で気力と体力を増大させます」という謎しかない説明が掲げられていた。扉を開けると、中は夏の暑い日といった程度の温度に保たれている。このくらいなら、サウナが苦手な自分でもゆっくりできそうだと潤子は安堵する。何年か前にこのメンバーで温泉に行った時、みさ緒がサウナに長居したがるので参ったのだった。

広めの通路があり、両端に、入口を少し狭く造った三畳ほどの半個室がいくつもある。日曜日のためかそのほとんどは埋まっているが、奥に一か所空いているスペースを見つけたので、いそいそと三人で入った。

「いつもひとりで来てるから、なかなかこの色彩エリアに入りにくくてさ」

慣れたふうにあぐらを組んで、みさ緒が言った。

「他の部屋はおしゃべり禁止だから、寝そべってる感じなんだけど、ここはおしゃべりOKだから、だいたいみんな、人と来て喋ってるんだよね。目を開けていたほうが、体に色を取り込めるって書いてあるから、起きて話していたほうが効果的ってことなんだろうね」

とみさ緒が説明するように、各個室で、いちゃつく男女、女子グループ、若い女とその母親と思われる組み合わせなど、それぞれのグループがおしゃべりしていた。大学生ふうの男の子が三人で座って談笑しているところもあった。

「みさ緒、よく来てるの？」

「来てるどころか、住んでたこともあったよ」

「え？　住む？」

「ここ、朝までやってて、静かだし、仮眠ベッドも清潔だから、夜中に来てガーガー寝て、朝風呂に入って出勤とか、普通にやってた」

「普通にって、どのくらいの頻度？」

「決算前とか週四で泊まったり」

「週四！」

潤子は驚いた。素敵な施設だけど、ホテルではないし、女性がひとりで仮眠ベッドに寝泊まりするのは、なんだか荒んでいるような気もする。もしかしたら、森と別れる前のごたごたの時期に、ひとりで夜を過ごせる場所を求めていたのかもしれない。うちに来てくれればよかったのに、と思った。大学を出てからも定期的に会っているけれど、当然ながら細かい私生活まで互いに知り尽くしているわけではないことを、改めて感じる。

「お泊まりの翌日出勤するとき、服とかメイクとかどうしてるの」

礼香が細かいことを訊いている。

「それがさあ、あたし、ゴールド会員なんだよ。だから、専用のロッカーを持ってるんだよね。そこにジャケットとか、コンタクトの保存液とか、ひと通り入れてある。ゴールド専用の仮眠室もあって、もちろん女性限定だし、普通のビジネスホテルのよりいいマットレスだったりするわけ。雑誌も読み放題で、ベッドごとにテレビもついてる」

「すごすぎる、みさ緒」

ため息と一緒に、潤子は呟いた。さっき、スパで仮眠なんて荒んでいると思ったけど、詳しく聞いてみると都心にセカンドハウスを持っているかのような優雅さだ。何より、こんな施設やサービスがあることを熟知しているのもすごい。ゴールド会員になるには、いったいいくらかかるのだろう。

みさ緒の姿が、バーで飲んだときの真知子と重なった。そういえばあの夜、潤子は真知子にも、「すごすぎる」と、同じことを言ったのだった。みさ緒と真知子はきっと話が合うだろう。引き合わせたい、と瞬発的に潤子は思ったが、すぐに空しい気分になった。退社を表明した真知子から、何となく避けられたままだ。その真知子には婚活をしていることを打ち明けていたし、もっと自分の恥部のような深いところまで、話してしまっている。それはなぜか、より長く深く付き合ってきたはずのみさ緒には見せていない面なのだった。

礼香が、

「色を取り込むって、面白い発想だな」

目を細めるようにして言った。

彼女の視線を追って、壁に貼られた表示に気づいた。色彩それぞれが持つ様々なパワーについての説明が載っている。「ピンクは『安らぎ』」「赤は『情熱』」「橙《だいだい》は『躍進』」「緑は『安心』」「青は『集中』」。隣に五色のボタンがあり、好きな色のスイッチを押すと、窪みの奥をライトが照らす。そのライトを浴びながら、岩盤からの熱を味わうという仕組みだ。

「生徒に受けそうだ。教室の壁、青くしてみるかな」

呟く礼香に、

「結婚してからも仕事続けるの？」

潤子が問うと、「続けるか、を訊く心は？」と訊き返された。

「え」

潤子は戸惑う。何も考えずに訊いた、特に意味のない質問だったからだ。

「ねえ、あたしたちの色を選ぼうよ」

みさ緒が割り入り、礼香の問いは宙ぶらりんになる。

「ワタシはねえ、気持ちが強くなる色がいいね。橙かな」

「やっぱり躍進したいよね」とみさ緒に言われ、「躍進、躍進」と礼香が頷く。皆で躍進の色を味わうことにした。オレンジ色の光の中で、脚をひらいてストレッチを始めたみさ緒に倣って、潤子も首を回してみたり、腰をひねってみたりする。岩盤浴は初めてだったが、そうすぐに汗をかくものでもないのだなと思った。

「そういえば、前にメダカの赤ちゃん見てたら、OMの性教育を思い出しちゃってさ」

潤子は言った。

「メダカの赤ちゃん？」

「真上から見てると、OMがスライドで見せてくれた精子に似てるんだよね」

「精子」

礼香が笑った。一拍おいてからみさ緒も、

「ああ、OMって、ザ・オールドミスの大槻《おおつき》先生か。今思い出したよ」

合点《がてん》したようだった。

オールドミス、略して「OM」。先生のイニシアルもO・Mだったので、一見イニシアルだと思わせる、巧みに意地悪なあだ名なのだった。それを、女子生徒たちがつけた。大槻先生は、同居の母親が仕立てているらしいと噂の、市販ではあまり見ないレトロなかたちの服に身を包んだ独身の中年女性で、いつも静かに諭すような声で話した。保健という副教科のわりに、テストが思い切り難しく、成績が悪いと呼び出して追試を受けさせるから一部の生徒に嫌われていた。

「かなり先進的な授業だったんじゃない？　中絶の話とかも、具体的すぎて気持ち悪くなってた子、いたよね」

みさ緒が言った。そうだったっけ？と潤子は思ったが、そういう生々しい話もしかねない切実な雰囲気がＯＭにはあった気がする。

「あのスライド、覚えてる。精子たちの長旅って言ってたね。赤ちゃんが生まれることは奇跡です、って」

「今、大槻先生、どうしてるんだろうねえ」

懐かしむように目を細めたら、

「今はワタシの上司だよ。一緒にバレー部の顧問をしてる」

「えっ、まだいるんだ」

礼香が意外なことを言った。

「いるよ。来年退職されるけど」

「そうなんだ」

「最近の生徒も、ＯＭって呼んでるの？」

「どうだろう。教師になると、子どもたちの世界の一部は見えなくなるから」

「そりゃそうだよね」

「今、思い出したけどさ。あのあだ名、そもそも田宮《たみや》がつけたんじゃなかったっけ?」

みさ緒が言った。

「田宮が?」

懐かしい名前がもう一つ出てきて、潤子の胸は、キュンと痛んだ。数学の田宮は、潤子たちの女子校では珍しい、若い男の先生だった。ほんの短い期間だったけれど、憧れて、数学を頑張ってみたことがあったのを思い出す。放課後に質問に行っては、職員室前でぐずぐず躊躇った。

「そうだよ、忘れちゃったの⁉ 高一か高二くらいの時だよ」

記憶が一気に蘇ったようで、みさ緒が大きな声で言う。周りを気遣った礼香が「しぃ」と子どもにやるように唇の前で指を立てた。

「そうだったっけ」

「そうだよ。数学の授業中に、誰かが、先生は彼女いるかとか、元カノはどんな人なのかとか、いろいろ聞き出そうとして、最後に『先生! この学校の独身の女の先生の中では、誰がタイプですかあ⁉』って。定期テストの範囲を狭くさせるための脱線作戦っぽくしてたけど、一部の女子はかなり真剣に訊いてたんじゃないかな。田宮、人気あったしね。それで、流れで『大槻先生は?』って誰かが訊いたら『あのオールドミスの……』って田宮が言って」

「ハ？　本当？」

「ほんと、ほんと。さすがに言った直後に『今のは取り消し！』って、ものすごく動揺してた。その動揺ぶりのほうが面白くて、あたし言ってやったの。『先生、今のは聞かなかったことにしますから、数学の範囲減らしてください』って。みんな拍手だよ」

「それ中学じゃない？　わたし高一の時、みさ緒と同じクラスだったけど、知らないよ。そんな事件があったら、絶対覚えてるはずなのに」

潤子は言った。田宮のことならよく見ていたから、そんなことがあったら忘れないはずだ。

「そうだね。ワタシも覚えてない」

礼香も静かに言った。

「じゃあ中三だったかも」

みさ緒が記憶を辿るように顔を上に向ける。

「どっちだったとしても、あれが大槻がOMって呼ばれるきっかけになったのは確かだよ」

「先輩たちから伝わってきたあだ名だと思っていたら」

「田宮発信だったんだよ、あれは」

「そっかあ……」

そこまで話してから、三人は少し黙った。大笑いするには、三人とも大人になりすぎていた。

人工的なオレンジ色に包まれた三人の顔はあかっぽく、じんわりと汗の浮かぶ額は、中学

校の体育の後を思い出させた。そろそろ色を変えようと提案しようと思ったら、礼香が、

「さすがに暑くなったが。もう出ませんか。ワタシは出る」

と立ち上がった。

「そうだね。わたしも結構汗かいた」

額から頰に垂れてきた汗をぬぐって、潤子も立ち上がる。

「岩盤浴でかく汗は、いい汗なんだよ」

みさ緒が言った。

「いい汗？」

「天然の化粧水みたいな汗なんだって」

「へえ」

「たしかに臭くないね」

ことさら陽気な口ぶりで言いあい、三人は歩き出す。

外、といっても施設内なのだが、岩盤浴場に比べてとても涼しく、気持ちよく感じる。自動販売機でお茶や水を購入し、汗ばんだ館内着のまま、休憩スペースの椅子に座った。ごくごくと喉を鳴らしながら、出た汗のぶん新しい水分を体内に取り入れて人心地ついた。

少し、間をおいてから、

「……ショック」

と、潤子は言った。

脈絡のない言葉だったけど、礼香もみさ緒も頷いた。田宮が、そんなことを言う奴だったなんて、二十年越しにショックだわ。

「OM……大槻先生、来年退職されるってことは、意外に若かったのかもね。あの時、いくつくらいだったんだろう」みさ緒が呟く。

「二十年前だから……そうだね、四十歳手前くらいか」

「三十代。まじか……」

三人は束の間、黙った。

田宮はたしかに失言をしたけど、その発言を面白がって、あだ名をつけたのは、十代の無邪気な子どもたちだ。いや、無邪気な子どもなんて、いるわけがない。邪気だらけで世間知らずの女子中学生たちに、「オールドミス」という言葉は新鮮だった。そして、自分たちとは別世界にある蔑称だった。

「大槻先生、今も独身なの?」

潤子が問うと、

「そうだねえ」

礼香が頷いた。

「すごくいい先生だよ。常に冷静で、感情が一定の人。指導法や学級運営のことだけじゃなく、事務手続き……たとえば欠勤届の出し方とか、そういう些細なことも、丁寧に教えてくれた。何か訊くと、いつも椅子を回転させて、体ごとこちらに向けて話してくれる」

「そっかあ……」

「ちなみに田宮先生はワタシらよりちょっと上の卒業生とご結婚されて、今お子さんが三人、だったかな。数年前に、数学科の主任になって、数学専門誌に連載したり、いろいろ活躍してる」

「あいつ、まだいるんだ」

「田宮先生もいい先生だよ。温厚だし、教え方も上手いって言われてる。『オールドミス』は失言だったけど」

礼香が言うと、みさ緒が、

「失言?」

と薄笑いを浮かべる。

「失言。言うべきではないことを言ってしまったんだね」

礼香がさらりと言葉を定義すると、

「前から思ってたけど、失言って、思ってもいなかったことを言ったわけじゃなくて、普段から思っていたけど表に出さないようにしていたことを言っちゃうことだよね。政治家とかのそういうの、実は本音でしょう。つまり、当時の田宮先生も本音が出ちゃっただけだよ」

とみさ緒が言った。

「言葉そのものより、その動揺ぶりもだよね。普段から、独身の中年女性を下に見てたってのが、『今のは取り消し』っていう言葉からも露わじゃん」

「たしかそういうドラマがあったね、当時」

潤子は思い出した。「周りから『オールドミス』って呼ばれてるお局《つぼね》OLがぎろりって睨むと、新入社員の女の子がすくみ上がるっていうふうなドラマ。『オールドミス』って言葉が流行ったんだよ。だから、田宮も何となく影響受けたんじゃないの。それにしても、今思えば酷いドラマだなあ。プロデューサーは絶対、男だよね。脚本家も」

「いや、そんなことはないな。女が女をそういうふうに描くこともある」

みさ緒が妙にきっぱりした口ぶりで言った。彼女は潤子をまっすぐに見ていた。そして、

「気づかないうちに少しずつ、あたしたちは価値観を植えつけられてきたんだね」と言った。

もしかして、主婦にならないと地位がないと言ってしまったことを暗に指摘されているのか、と思い、潤子はきまり悪くなりながらも、みさ緒の執念深さにげんなりした。この頑《かたく》なさのせいで結婚できないことに、みさ緒は気づいていないのだろうか。定職につかない森は最低だったけれど、みさ緒のことだから、森を精神的に追い詰めて捨てたのではないかという気もしてくる。

「あたしね、森と付き合っていた頃からずっと思ってたことがあって」と、みさ緒は続ける。

「あたしたちが籍を入れないでいることについて、あたしの我儘《わがまま》だって決めつけるか、結婚してもらえなくてあたしが可哀そうだって勝手に同情してくるか、そのどっちかの反応がすごく多かった。そういう発想になる前提には、結婚こそが女の幸せっていう思い込みがあるんだろうね」

「うん。それ、分かる」

礼香が素直に相槌を打っている。

「三十過ぎたくらいから、同期の使えない男たちが、『そろそろ考えないの？』とか『子どもはどうするの？』とか、やたら訊いてくるようになったり。自分が若い子と結婚したことでふわふわしちゃって、『一度結婚してみな、世界が変わるから』って上から目線で言ってきたりしてさ」

一度してみな発言は、たしかに潤子も覚えがある。会社の飲み会だったか、親戚の集まる場だったかは覚えていないが、人間がするべき当然の経験として、結婚、出産、を語られた。みさ緒ほど反発心を持たなかったけれど、やっぱり、自分の何かを「足りない」と指摘されている気にはさせられた。

「上司は会社で教育されてるから、いちおう未婚の部下に気を遣ってるつもりでいるみたいだけど、そもそもうちの会社のエラい人たち、時代の最先端にいるっていう意識のくせに、根は昭和だからね。結局おためごかしに結婚の利点を説いてくる。結婚して子どもを産んでも、ちゃんと働ける態勢にしておくから、会社や仕事に遠慮することはないよって、先月やんわり言われたばかり」

「それって、みさ緒の将来を考えているからじゃない？」

潤子は言った。

「あたしの将来？　そんなのあなたに関係ないじゃないって言いたい。部下が独身のままだったらどうしようって、上司に勝手に責任を感じられるのが腹立つわけ」

いい上司だと思うけどな……。

潤子は内心でみさ緒の上司のおじさんに同情する。みさ緒みたいな部下だと、やりにくいだろうな、と思う。

「その上司、女なんだ。自分はちゃんと子どもがいて、出世もして、うまく両立してるの。しかも子どもは小学校受験に成功したみたい。完璧だよね。でも、彼女がそうやって完璧なワーママやれて出世してるのは、実家のすぐそばに家を建てて、出版社勤務の旦那が毎朝ごはん作って保育園に送ってくれて、保育園のお迎えやお受験塾の送迎は実母がやってるからなんだよ。そんな恵まれまくってる人が、『子どもは産んでおいたほうがいいよ』って、三十四歳のあたしに、森と別れたばっかりのあたしに、理解者ぶって言ってくるとさ、なんだか泣きたくなるわけ。昭和引きずってるおじさんより、ごりごり男尊女卑の同僚より、あなたみたいにすべて持ってるワーキングマザーにこそ、言われたくないんです」

潤子は久良木のことを思い出した。久良木はみさ緒の上司とはちょっと違う。実家が遠方にあるからだ。

一度、保育園から会社にかかってきた電話を潤子が受けて、取り次いだことがあった。どうやら子どもが熱を出したので迎えに来てほしいという連絡だったようだ。その電話を切るなり久良木は、あちこちに電話をかけ、夫かベビーシッターか分からないけど、てきぱきと複数の指示を出していた。そしてその日も、いつものように夜遅くまで残業した。

久良木が家庭の話や子どもの話を職場で一切しないのは、独身の真知子や潤子たちに気を遣っているというより、自分の状態を必ずしも他人にお勧めしたいと思えないからかもしれない。人生の中で何を是《ぜ》とするかなんて、誰にも決められない。

「でも別にその上司の人は、何もみさ緒に押しつけていないじゃない。配慮してくれてるだけで」

「配慮って、もっと慎ましくやるものじゃない？　一度してみな発言をする人たちって、みんな慈善活動家みたいな顔をしてるんだよ。そのアドバイスは、する人の気分を良くさせるものなんだよね。すればするほど、自分の人生を肯定できるから」

いつもながらみさ緒の言葉はきりっと鋭く、潤子はつい笑ってしまう。

「『こっちが幸せ』『こっちが正しい』っていう傲慢が見え隠れするんだよ。結婚していない人が幸せなわけがないって思いたいんだろうね。だからあたし、一度結婚してみることにした」

「うん」

自然に相槌を打った後で、え、と思った。

今、あまりにもさらっと、奇妙なことを言わなかったか。

潤子と礼香、同時に目を合わせた。

「一度結婚すれば、それを続行するにしても、やめるにしても、勝手に貼られる『結婚できなかった人』っていうレッテルはなくなる。他人の価値観に踊らされてるみたいで馬鹿らしいけど、あたしも経験を積むことにはなるし、普通の病院だと、独身女性の卵子凍結ってあまりしてくれないから、既婚のほうがそういうこともやっておきやすいし」

「ちょっと待って。だって……」

別れたって言ってたじゃない。

みさ緒はにやりと笑って、

「森じゃないよ」

と言った。

「実はね、この間、マンション買うのをやめた日、結婚相談所に申し込みをしたの」

「どこの⁉」

潤子が訊くと、みさ緒はあっさり教えてくれた。

「『マキノ』ってところ。興味ある？　あたしの紹介だと、入会料が安くなるよ。今度、一緒に行ってカウンセリングだけでも受けてみる？」

潤子は赤くなって、

「いい、いい」

と断った。

まさかフローラルだったりして、と確認したかったのだが、焦って訊いたせいで、みさ緒に、紹介してもらいたがっていると思われてしまった。しかも、強く断ったことで、かえって優しい同情心さえ芽生えさせてしまったようで、

「あたしも最初は抵抗があったけど、一回真剣に向きあってみると、三十代以降の婚活の実態が分かって面白いよ」

などと言っている。

マキノなら、知っていた。有名なところだ。正式名称は「良縁のマキノ協会」だったと思う。わりと古くからある、名門ともいうべき結婚相談所で、入会金の高さでも知られている。女性だと、入会が無料の相談所もたくさんあるのに、最初からそんなところに行くなんて、必死なのか世間知らずなのか。おそらく後者に違いない。

「このあいだ潤子に、結婚していないと地位がない世の中だって言われて考えさせられた」

「わたし、そこまで言ってないよ」

「言った。あの日、潤子と別れてマンションの内覧して、ファミリーだらけの世界に立ってみて、あんたの言うことも一理あるって心から思えたよ」

「じゃあ、わたしの発言がきっかけだったってこと？」

「そうだね。それであたし、『ライフスタイル相談会』に参加したの。あ、『ライフスタイル相談会』って、マキノの言い方なんだけど、世間で言うところの婚活パーティね。もう、名称からしてギャグでしょ」

潤子は暗い気分になっていった。

みさ緒の結婚相手は、まさかその『ライフスタイル相談会』で知り合ったというのか？

いやだ。

潤子は泣きたくなる。冗談じゃない。みんな、動きすぎだ。礼香に続いて、みさ緒まで結婚してしまったら……。

「婚活って、ほんと、面白いんだよ」

潤子の気持ちなど知るよしもなく、みさ緒はとくとくと喋り出す。

「相談会に出るにあたって、講習を受けるんだけどね、それが本当におかしくて。テキストが、成婚した人のプロフィール例なんだけど、『お料理が好き、きれい好き、仕事を続けても家庭が優先、スポーツが好き、健康、笑顔、安らげる家庭をつくりたいと思います』……つまり、可愛らしくて丈夫な新妻候補の完全キャラ化マニュアルを習うわけ。服装や髪型についても理想のイラストが描いてあってね、セミロング、ワンピース、パンプス。ワンピースの丈は短すぎず、長すぎず。慎ましい、パールのネックレス」

だよね。だよね。

泣きたいくせに、みさ緒がそんな講習をどんな顔で受けたのか想像したら、つい笑いがこみ上げた。

「でも、そのくらいの演技で済むなら単純だなって思った。慎ましげな態度を取っていい男を捕食してやろうって決めて、メイクを控えめにして、パーティ用のワンピース着て、行ってみたわけ。最初に全員とひとりずつ話をして、それからフリートーク。まあ、モテたよね。あたしと話すために行列みたいなのもできて」

「みさちゃんモテるからね」

礼香が小さく笑う。行列かあ……と内心いぶかしく思いながら、潤子も頷く。そういえば、三人の中で男性との付き合いを絶やしたことがないのもみさ緒だった。大学時代も一緒に飲み会に参加すると、男の子たちはみさ緒に話しかけたがった。

「ところがその行列が、どこからどう集めてきたのかってほどイケてない面々のみだよ。ものすごかった。半分どうでもいいような気分になってきて、後半ほとんど市場調査だよね。キミここ来る直前まで地下アイドルのコンサートでピンクのサイリウムを振って踊ってたよねっていう汗だくの中年オタクに、男性はどんな講習をお受けになったんですか? って上目遣いで訊いてみたら、『女性に住所や最寄り駅を訊かない』『女性の体に触らない』、あと、『温泉やプールといった、女性の体の露出につながるデートには誘わない』とか、結構細かいこと言われてるらしくて笑った。極めつけは、『前日は風呂に入って、当日は歯を磨きましょう』って言われたって。小学生かっ」

みさ緒の話し方がうまくて、つい笑ってしまう。

そうか、コミュニケーション能力だ、と潤子は感じる。

みさ緒は男子との会話が昔からうまかった。何か言われると、面白おかしくまぜっかえしたり、からかったりして、男の子の心をうまく操るのだ。それに、男になったつもりの目で、アイラインを控えめにして口紅の色を落としたみさ緒を想像すれば、礼香ほど華やかな美人ではないものの、意外なくらい童顔で優しい表情が現れることに気づく。

「それでさ、あたしのところに来た男たちを分析したら、まともな同世代に相手にされない二十代、もしくはバツイチかオタクの四十代、五十代だった。三十代が、まさかのゼロ。これにはびっくりした」

そうだったのか。

今さらながら潤子は、フローラルの三十代限定パーティが、かなり筋の良いものだったように思えた。

「参加している女の人って、自分で言うのもナンだけど、全体的に綺麗というか、身ぎれいにしている人がほとんどなんだよ。普通にモテそうな子や、すごくきれいな人も結構いたし、少なくとも、百パーセント、全員前日に髪は洗っている。ところが男性陣はね、いったい何が起きたのか、イケメンゼロ、それはいたしかたない。でも、まともな人がふたりだったよ、二十数人中、ふたり。あとは仕事以外では話すことはないだろうという感じの。禿とか肥満とか肉体的なハンデじゃなくて、髪洗ってないだろ、歯磨いてないだろっていうレベルの。茶髪で変なネックレスしてて『若く見えるでしょ』って自分で言ってくる五十代とかもいた。それであたしが何を思い出したか。男子校の文化祭だよ。あの時も分析したよねえ。この学校、ひとクラス四十人だとしたら、キスしていいのふたりだねって。あと八人は性格よければ付き合ってもいいかなってレベルで、残り三十人は何がどうなろうと無理」

「わたしは行ってないと思う、その文化祭」

礼香が冷静に否定する。たしかに礼香は男子校の文化祭に及び腰だった。露骨に面倒くさそうな態度をとるので、途中から誘わなくなった。

潤子はよく行った。塾で男友達を多く作っているみさ緒からの誘いが多く、中学二年生から高校三年生までの五年間で、のべ二十校は行っただろうか。みじめな思いをした記憶もいくつかあるが、そういうことはもう語らない。今みたいな分析を滔々《とうとう》としていた女子高生のみさ緒の、いきがった横顔をよく覚えている。

「H高とかK高とか、酷かった。たまにかっこいい子がいても、女子と話せないか、ナンパ師か、両極端だったね」

潤子も大きく頷く。いろいろなことを思い出す。男子生徒に点数をつけたこと。暗号のようなあだ名。決めておいた仕草でする合図。そうして、帰りのマクドナルドで反省会。お気楽で、邪気だらけで、自分たちが常に選ぶ側だと信じていられた頃。

「あの頃は婚活とか考えてなかったから、純粋な雌の目で男たちを見てたんだよね。もともと四十人の男がいたら、その真ん中レベルはすでにあたしたちの許容範囲ではなかったってことを思い出した」

いったいどれだけ上から目線なのか。みさ緒の言いっぷりは、いっそすがすがしい。

「女子は、クラスの真ん中辺や下のほうだった子だって、大人になって痩せてお洒落すれば、かなり可愛くなるじゃん。でも、男は化粧できないし、服や髪型のバリエーションも少ないから、容姿を繕うのが女よりずっと難しい。だから、大人になった女子と男子の容姿偏差値は、そもそも違う。女子の50は『まあまあ』なのに、男子の50はすでに『無理め』。だから『まあまあ』の女子が婚活をすると、ほぼ『無理め』の男子とカップルになる」

言いたいことが分かりすぎて潤子は笑ってしまったが、礼香は納得のいかない顔で、

「みさちゃんは可愛いよ。偏差値60はあるよ」

と、素っ頓狂な発言をしている。

「だったら礼香は70、潤子は65ってところかな」

「わたしが65？　うそうそ」

「潤子は色が白いし、目がきれい」

そう言われ、

「この褒め合い、いる？」

呆れたように言いながらも、65とか、目がきれいとか、にやけてしまう。

「ワタシ、みさちゃんと潤子ちゃんが好きなんですよ」

唐突に、礼香が言った。

「は？」「どうしたの？」

「『友だち婚』ってどうだろう」

真面目な顔で礼香が言う。

「何それ。わたしたちで結婚するの？」

潤子は苦笑し、

「最高だけど、ダメでしょ」

みさ緒が笑うが、礼香は笑わない。

「そういう種類の婚姻形態を作って、気の合う人どうしで家族になって助け合えれば、ひとりで暮らすよりずっと心強いよ。社会的にも便利な面がたくさんあると思うんだよねえ。だって、異性で結婚するシステムの意義って何？　考えたら考えるほど、ワタシ分かんなくなってきちゃったよ」

「もうじき結婚する人が何を言う」

と、みさ緒はばっさり遮った。そして、

「あの文化祭で、うちらがキスできると思ったふたりや、付き合ってもいいと思った八人は、賭けてもいいけど、すでに既婚者だよ。で、残り三十人のうち、仕事や収入でステイタスポイントを上げた人は婚活しなくて済む層に参入してる。結果、残っているのは、文化祭の底辺×仕事や収入でステイタスポイントを上げられなかった人のみ。そこにバツイチや親がおかしい的特殊案件を抱えた人たちが入ってきて、あたしが参加したような婚活パーティに来てる」

礼香の友だち婚発言を宙ぶらりんにしたまま、

「やめて。もう聞きたくない」

潤子も苦笑いをして、耳をおさえてみせる。

見合いでバツイチと結婚することになっている礼香は、目の前で親友にかなり失礼なことを言われているのに何も言わない。潤子も十代、二十代、と、受験や仕事や恋愛に関するみさ緒の分析に笑い転げながら「聞きたくなーい」とやってきたが、三十代になってもこんなことが続くとは思わなかった。

「女子はどうかっていうと、礼香の件からも明らかだけど、あたしたちが男に望む以上に、男はあたしたちに容姿を望むよね。年収や社会的地位は男子ほどステイタスポイントにならない。たぶん、性格や趣味も、そこまで深くは問われない。可愛い子が明るくにこにこ相槌打ってれば、だいたいのところは許される。けど、鉄壁の財産と思われた『容姿』にも、唯一侵食してくるのが……」

「年齢」

「そう。礼香が言ってた通りだよ。婚活は、条件のみで入るから、年齢は資産なんだよ。たぶん二十二歳が年収一億くらいの価値で、それが年々目減りしてくイメージ。だから、男の不潔度やキモ度に苛ついたら、それが自分の年齢分のマイナスかどうかを冷静に見極めなきゃいけない。マキノの婚活パーティでその現状をしっかり学んだおかげで、あたし、結婚を決断することができた」

「ええ？　まさか婚活で出会ったアイドルオタクと？」

「違う違う」

みさ緒が笑いながら、

「今度紹介するけど、仕事仲間。昨日、『結婚しよう』ってあたしから言って、『了解』って返事だった。それで、ひとまず入籍だけすることにした」

「聞いてないよ、そんな人のこと」

「話してないもん」

「どうして」

「どうしてって、まさかこうなるとは思ってなかったし、ずっと森がいたから、付き合ってたわけでもないし。ただ、婚活してみて、自分の市場価値がはっきり分かったら、あたしにとっては上出来の相手だって思えたんだよね。背も収入もあたしより低いんだけど、性格がいいし、不潔じゃないし」

「どうしてそんな相手がいるのよ！」

叫ぶように、潤子は言っていた。

「分かんない。モテるってこと？」

「茶化さないでよ。ひどい」

「ひどくないよ。結婚してみるだけだよ。どうせすぐ別れる」

「そんなの嘘！」

「嘘って……」

　みさ緒は苦笑している。

　潤子は納得がいかない。

　森ならまだいい。でも、知らない人間を出してくるのは反則だ。まるで、後出しジャンケンじゃないか。狡い。そんな相手がいると知っていたら、あんな地位発言はしなかった。結婚を諦めているはずのみさ緒にだから言ったのだ。みさ緒は森とだらだらずるずる、ずっとそうやって生きてゆくと信じていた。森と別れても、マンションを買って、悠々自適にひとりを楽しむのだと思っていた。急に、知らないところから新しい人間をぽんと出されて結婚しますなんて言われても、対応できない。友達なのに、何も聞かされていなかった。狡い。

自然と涙が出てきた。

「やだ、泣いてるし、潤子」

みさ緒が笑いながら言う。

自分もひそかに婚活をしていて、後出しジャンケンする気満々だったくせに、涙は止まらない。みさ緒だけが、よりどころだった気がしていたのだ。

「あのね、おふたりさん」

と、割り入るように、礼香が言った。

「何」

苛立ちを隠し切れず、低い声で潤子は応じる。

言いたくないけれど、さっき礼香が「友だち婚」を唱えた時、ちょっといいなと、心のどこかで思ったのだ。

今すぐというわけにはいかないが、もしいつか、自分が本当の本当に一生独身なんだと悟る日がきたら、みさ緒と結婚する。もちろん肉体関係はないし、養子を育てられる気もしないけど、でも、セックスレスで子どものいない夫婦が、たくさんいるのだから、みさ緒と自分がそうなっても同じじゃないか。世間が受け入れてくれるなら何ら支障はない。そう、世間だ。単に、ハードルは世間の目、それだけじゃないか。ぱっと目の前が開けた気がした。でも、もう無理だ。みさ緒は、後出しジャンケンの、卑怯な結婚をしてしまう。それに、冷静になってみれば、友だち婚？　バカバカしい。礼香ときたら、先生のくせに、何を言い出すのだろう。わたしたちはもう、中学生じゃないんだ。

「実はワタシの結婚、取りやめになりまして」

あまりにも軽やかに、礼香は言った。

苛立っていた潤子の時間が、一瞬止まる。

「どういうこと⁉」

みさ緒がびっくりしている。

礼香は体を揺らしながらエヘラエヘラと、

「白紙撤回しました」

と言う。

「本気？」

「本気本気。明日あたり、パーティとりやめのお手紙が届くよ」

「……そっかー」

声が明るくならないように気をつけながら、潤子は頷く。なんて性格が悪いんだわたしは。しかし、ほっとするのを止められないのだ。みさ緒と礼香に同時に結婚されたら死にたくなると本気で思った。親友ふたりの同時結婚を、素直に喜べるわけがなかった。

一方で、みさ緒は真剣に心配している。

「礼香、大丈夫？　どうしてそんなことになっちゃったの」

「どうしてっていうか……」

礼香は呟いて、つかのま、空《くう》を見るように目線を上げた。そして、

「いやあ、ワタシが母の看病やもろもろで、ちょっと準備がままならないからどうしようってムードを醸し出したのだが、やっぱり向こうは不満だったんだろうね……」

と、不明瞭な口ぶりでぶつぶつ言う。

そんなことで別れるのか……と潤子は思った。自分なら、何としてもしがみついてしまいそうだ。

「ま、もともと、向こうのご家族はワタシの年齢に難色を示していたしさ。何代か前から代々医者をやっているっていう家だから、ぜひ孫を医者にっていうのが最初からあって、嫁は孫を産む人としか見られてなかったんだろうね」

「産める、産めるよ。まだまだ全然」

みさ緒が励ますように言う。

「いやあ、それだけじゃなくて、ワタシ仕事を辞めないっていうことだけは最初から伝えていたんだよ。先方もワタシの仕事には理解があるようだし、国貞先生のつながりもあるから、辞める発想はそもそもなかったんだが、最近になって母の病気の話をしたら、仕事を辞めるべきだって向こうにいきなり言われておったまげ」

「なんでそうなるの」

「母の看病で、不妊治療に使える時間が減るからってことだろうね」

「えっ。だって、不妊とか、なんでいきなり。まだ分からないでしょ。結婚前だし」

「なんかねえ、医療系には強い人たちだから、知識だけはすごいんですよ。母の病気についても、遺伝しやすい婦人科系の病気だからあなたも検査しましょうって、職場にまで電話をかけてきて言われたよ」

「それは酷いね」

若干絶句しつつも、甘いと思ってしまう。一つ一つのエピソードは、それぞれ相当むかつくものではあるが、もともと結婚を反対されていたのだ。そのくらいのことは覚悟していたはずではないか。

潤子には、礼香が核心に触れずに話をしているように思えてならない。そもそも礼香は繊細そうな見た目とはうらはらに、肝が据わっていて、人の言動にあまり心をいじくられないタイプなのだ。そんな礼香が、招待状まで出した結婚パーティに至る、すべてを無しにしようと決めたのだ。何か、もっと決定的な事情、絶対的に受け入れられない何か、があったに違いない。

「……それでも、戸越さんはいい人そうだったから、まあ、なんとか頑張ろうと思っていたんだけど、やっぱりいろいろと親の言いなりだなあっていうのが分かってきまして……」

と、そこで礼香は言葉を止めた。

急に黙り込んだ礼香の顔が、みるみる青くなっている。

「何」「どうしたの」

ただならぬものを感じ、潤子とみさ緒は身を乗り出した。

「虫を食わされたん」

礼香がぼそっと呟いた。

その目にみるみる涙の膜が盛り上がる。

「礼香っ」

「しっかりして。大丈夫だから」

潤子もみさ緒もおろおろし、ふたりで礼香の肩や背に手をやって、寄り添った。

礼香が、まばたきをこらえるように顎を上げ、二週間くらい前に彼のお母さんの誕生日会があったのだと話し始める。

「夕食の途中でお義父《とう》さんが東南アジアで買ってきたっていう、ムカデみたいな、足がいっぱいついてる虫の……」

そこまで喋って、ウッと、礼香が口に手をあてた。

「まさか」それを食べさせられた？

「佃煮《つくだに》的な、そういうやつを」呻《うめ》くように、礼香が言う。「滋養があって妊娠しやすいと向こうで評判のスナックだって、お義父さんが勧めてきてさ。笑ってごまかしていたら、『食べなさい』『体にいいんだから』ってお義母《かあ》さんがかなり真剣な感じで言ってきましてね。

ワタシ『いやですよ～』ってやんわり断ったんだけど、そしたら『こうちゃんが食べさせてやりなさい』って言う、お義母さんの目が全然笑ってなくて」

「ホラーだ」

「『こうちゃん』にも引くわ」

「そうしたら戸越さんが箸でそれをつまんでね、『はい、あーん』って、ワタシに。でも、ムカデだよ。足、いっぱいついてるんだよ。いや嘘だろって思いながらもワタシ、みんなに見られているし、体が硬直してしまって、口を開ければ楽になるって思って、つい」

礼香の顔が真っ青だ。

みさ緒がとっさに近くにあったバスタオルを渡すと、その中に礼香は顔をうずめた。


息を整えて落ち着いた礼香と、改めてスパに戻って湯に浸かり、それから三人で早めの夕食をとって別れた。

食事の間じゅう、みさ緒はずっと怒っていた。ありえない、異常だ、別れて正解。言葉の限り、礼香の婚約者とその両親を罵《のの》り続けた。

虫を食べた夜、礼香は喉が無性に痒《かゆ》くなって、がりがりかきむしりながら家で嘔吐したそうだ。精神的なショックだから、体は何ら冒《おか》されていないと頭では分かっていても、胃の奥からせりあがってくるものを止められなかったらしい。事情を聞いた礼香の母がひと言、「礼香。一生、うちにいていいわよ」と。

「母公認です」

とおどけてみせる礼香の、奇妙に明るい口ぶりに胸が痛んだ。けど、トラウマよりはギャグにしてしまいたいというたくましさがあるのも礼香だ。

「胃も心もすっきり」

最後にはそう言って笑った。

広告業界の片隅ＯＬ（婚活終了）@somawi0701……　9月20日
友達が婚約破棄した。

大事な友達の、大きな決断に、言葉をなくす。

結婚って、家族をまきこむ大きなことなのだと改めて実感した。友達の婚約者の家族サイテー。頭きた。ありえないよ。ほんと別れて正解。


私は本当に結婚するんだろうか。


アパートに帰るみちみち、潤子は、結婚のむずかしさと複雑さに溜息をついた。

当たり前のことだけれど、結婚したら、相手の親きょうだいと、丸ごと家族になるのだ。

どうしてこれまで、このことを深く考えなかったのだろう。

結婚が家族どうしのつながりだという意識が薄かったのは、潤子の育ちがあまりに平穏、平凡だったからかもしれない。家族のありようにも個性がある。礼香は昔、チラッとだけど、お父さんに浮気癖があるとか言っていた。みさ緒の両親は熟年離婚に至った。自分の親友ふたりが、そこそこハードな家庭環境だったかもしれないことに、今になって潤子は思いをはせる。

比べて潤子の両親は、犬も食わないと言われる夫婦喧嘩でさえほとんどしない。潤子はふたりが声を荒らげる姿を見たことがない。もう築四十年は超えているかもしれない郊外のマンションに、潤子が出て行ったあとも夫婦でひっそり住み続けている。地元の図書館に勤めている母親は仕事を通じた交友関係を大事にしており——そのグループの中でも、たぶん静かなキャラなのだろう——、電機メーカーに勤めている父親は母と家事を分け合うことを苦にしない——皿洗いも風呂の準備も昔からごく当たり前に父親がしていた——。ふたりともそろそろ退職する年齢だと思うのだが、引退するという話は聞かない。潤子にはそういう話をしない。年明けに帰省した時も、ふたりはいつも通り淡々としていたし、潤子もなんとなく無口に過ごして、一緒にテレビを見て、泊まりもせずに帰宅した。

この歳で独身でいることについて、礼香はずっと親に心配されていたというし、みさ緒もたびたび母親から嫌味を言われると言っていた。潤子はそういうことを言われた記憶がほとんどない。以前はそれとなく訊ねられたこともあったが、ここ数年は気を遣われているのか興味を失くされたのか、何も訊かれなくなった。
二十代後半で、少し給料が上がったのを機に実家を出て、会社から三十分圏内の今のアパートでひとり暮らしを始めた。以来、自由気ままに生きている。
この歳で、奇天烈《きてれつ》な家族の中にいきなり飛び込むのは、無理がある。相手の家族をそれとなく窺いながら婚活をしなくては、と潤子は思った。

広告業界の片隅ＯＬ（婚活終了）🔒@somawi0701…… 9月21日
これからこの垢《アカ》を鍵付きにする。いつの間にかフォロワーが増えていて、書きにくくなってきた。鍵付きにして、自分のためのメモ帳代わりにする。

あれからずっと家族について考えている。

結婚。相手はロイヤル。就職活動していた時の仲間で、十五年の付き合いになる同業他社の同期。就活仲間での飲み会でロイヤルミルクティーを注文していたせいで、そんなあだ名をつけられてしまった可哀そうなやつ。

身近な青い鳥に気づいたパターンのようだけど、実はそんなキレイな話ではない。

ロイヤルは、私にとって、最適な相手だった。最後にはロイヤルがいると思っていた私は、完全にロイヤルを利用している。

彼は本当に私を選んでいいのだろうか。

こんな私との結婚を幸せだというロイヤルが羨ましい。私がロイヤルになりたいくらいだよ。

友達にも宣言してしまったし、引き返せない。来月最初の大安の日に、私たちは入籍する。

第九章　プライドを処分できたら

九月の最終週に入っても、真知子は忙しそうだった。引き継ぎの挨拶まわりでだいたい外出している。社内にいる時も資料作りやファイルの整理、あとは電話に出たり、メールを送ったり、常に手か口を動かしている印象だ。とても、業務外のことを話しかけられる雰囲気ではない。

もう一度、ゆっくり話したい。

何を話したいのかはよく分からないけど、このまま去られてしまうのは、なんだか納得がいかないのだ。十月の途中から有給休暇に入ってしまう真知子をつかまえたくて、潤子はたびたび彼女の様子を窺う。でも、話しかけようかなと思ったタイミングで、電話がかかってきたり、別の部署の誰かが入ってきて真知子に声をかけたりしている。

夕刻に、真知子の送別会の案内メールが回ってきた。事務の女性社員二名が幹事を務めている。

出席、と返事をしたけれど、送別会ではなく、できればふたりきりで話したかった。ツイッターの「Mayumi.」の画面に、何度も何度もアクセスしてしまう。きわどいものは消されてしまったし、新しい投稿もないけれど、少しは残っている投稿もあって、それを何度も覗いている。

——毎週金曜の夜中に、絶対負けないからな、って思ってしまうの。

言葉を覚えてしまうくらいに、見つめてしまう。

数日後、潤子は『なつかしの味』関連プロジェクトのリーダーに任命された。任命といっても、正式な役職ではなく、昇給もなく、久良木から口頭で告げられただけだが、名刺代わりにもなる業務を担当できることは、とても嬉しい。動画のPVが順調で、朝のワイドショーで取り上げられたことに幹部が喜び、この勢いに乗って『なつかしの味』の企画第二弾を出すよう言われたのだ。予算も思いがけず取ってもらえそうなので、潤子はさっそくプロジェクトのコアメンバーに召集をかける。制作会社の担当者、デザイナー、江里菜、河北、の四人。直接のメンバーではなかった河北に声をかけようと思ったのは、エリアごとの小売り担当者たちとのパイプ役を頼みたかったからだ。今回、目玉プロジェクトとして、大型スーパーの商品棚に「ミニレシピのおみくじ箱」を設置する企画を考案している。それには小売店とのつながりが必要だった。

初回の打ち合わせに、河北は来なかった。営業部の仕事が忙しいようだ。

河北以外のメンバーで話し合いをしたが、ひとつ意見が割れたのは、おみくじの内容だった。

「ほとんど『大吉』で、あとは『中吉』『小吉』。それを、十のレシピと組み合わせて、裏表で、あんまりパターンを増やしすぎずにできるだけ安く作りたいのだけど、いくらくらいかかりそうかしら」

と制作会社に訊ねる潤子に割って入り、

「『凶』とか、入れないんですか」

と江里菜が訊いてきた。

「そんなの入れないわよ」

「なんですか」

「え、だって、お客さんが厭な気分になるじゃない」

潤子が言い、制作会社の担当者も当然とばかりに頷く。

しかし江里菜は納得していない様子だ。聞いてみると、

「単なるおみくじだと、スルーされちゃうんじゃないでしょうか」

と言ってくる。

「やっぱり皆さん買い物中で忙しいですし、おみくじの形にされてしまうと、作りたい料理のレシピを選べないっていうデメリットも出てきてしまうから、何か大きな引きがないと」

潤子は内心で苛立った。さっきまで自信があったのに、そう言われてみれば江里菜の言うことはもっともだという気がしてきたからだ。

「そうねえ……」

自分が作った企画書をもう一度眺めていると、打ち合わせブースのテーブルを大きな影が覆った。

「葛西さん！」

江里菜が高い声をあげた。呼応するように、

「よっ」

と葛西は江里菜に親しげな笑みを向ける。クリアファイルを小脇に抱えているので、ちょうど通りかかったところなのだろう。テーブルを見下ろすように立ち、

「新しい企画、どう？　いいの、出そう？」

と、フランクな口ぶりで潤子に訊く。

「はい、今、議論しているところです」

いろいろと葛西についてはよい印象を抱いていない潤子だったが、声をかけられるとつい気に入られようと頑張ってしまいそうになる自分もいる。葛西には決定権がある。それが、惹きつける雰囲気というか、強いオーラのようなものになり、対面していると、こちらを高揚させるし緊張もさせる。

「へえ、おみくじね。面白そうだな」

潤子が手にしている企画書を見て、笑いかけてきた。明るい目をしていた。真知子と付き合っている姿にうまくつながらない。会社では、甘い部分をまるきり伏せられるのか。というより、そんな部分を覆いかぶすようにスーツを着ているのかもしれない。

「でも、それって、店頭販売が前提？」

葛西に訊かれて、

「いえ、このくらいのサイズのおみくじ箱を商品棚につけてもらって、商品をカゴに入れたお客さんに引いてもらおうと思っています。中からレシピ付きのおみくじが出てくるっていう企画なんですが」

企画書に描いた八角形のおみくじボックスを見せながら、仕組みを説明していると、葛西が遮って、

「客任せかあ。それじゃ、ひとり何本も引けちゃうね。あるいは、引いてもらえないかもね。むしろ商品をそのままおみくじにしちゃえばどう？」

と言った。

「商品をおみくじに？」

「前にパッケージの中に季節のレシピメモを挟んだじゃない。あの時みたいにパッケージにおみくじつければいいじゃないの」

「はあ……」

旗艦《きかん》店だけの展開の予定でしたが、パッケージすべてにってなると全店展開を求められます……そんな予算は出るのでしょうか。

と、葛西の思いつきに言い返そうか迷っていると、

「それいいですね！」

隣の江里菜がすぐさま応じた。

「だったら、いっそ、『容赦のないおみくじ』っていうことで、話題を作るのはどうでしょうか」

と言う。

「容赦のないおみくじ？」

「ほとんど大凶にするんです」

「そんなおみくじ、誰が引くの。大凶なんて、厭な気持ちにさせちゃうじゃない」

潤子が言うと、江里菜はうきうきした表情で、

「だからこそ話題にはなりますよ。ていうか、全部大凶にしちゃうとか。『大凶』を吹き飛ばすラッキーレシピっていうことで、レシピの提案につなげるんです」

「逆転の発想だね」

葛西が面白そうに頷く。

「でも、あれだ。大林さんが言うように、お客の中には『大凶はもう厭だ』って人もいるだろうね。インパクトだけじゃあない、何かがないと、商品自体避けられるな。そのあたりをもう少し考えたほうがいい。ほら、たとえば、客の気持ちを重要視するならば、『大凶』の内容を、すごくささいなことにするとかどうよ。突然の雨で洗濯物が濡れるとか、子どもが鼻血を出すとかさ。そういう『大凶』。ターゲットは主婦なんだから、その人たちの家事や育児関連の悩みをね。それだって、十分に『大凶』だろ。みんなが『大凶』なら、客もいちいちショックを受けないだろうしさ、その中に大吉とか、吉とか、いいのもちょっとだけ交ぜておくの。そしたら大吉の価値が上がって、インパクト大で、阿部ちゃん得意のああいうネットに上げてくれる客が増えてくるでしょ、インスタグラムとか。あ、もう行かないと。会議会議会議。じゃあ、大林さん、そのあたりをうまくまとめて次の重役会議で提案してよ」

「え、わたしがですか」

いつも久良木が出ている会議だ。

「あなたをリーダーにしたって久良木さんが言ってたよ。来週お願いね。それじゃ」

と言い残して、葛西は急ぎ足で去って行った。

「アイデアマンですね」

デザイナーが感心したように葛西の後ろ姿を見送っている。

次の重役会議で提案する。そのことに、潤子はポーッと頭が熱くなるのを感じた。重役会議は社長以下取締役から各部署の部長職までが全員揃う、月に二度の大きなミーティングだ。大きなプロジェクトのリーダーが呼ばれることもあると聞いていたが、自分がその役目を担う日が来るとは。

小さく息を吐いた。

単純に嬉しいわけでも、野心に火がついたわけでもなく、なんだかじわじわと緊張してくる。

そんな潤子の気持ちに頓着《とんちゃく》せず、

「たとえば、社員がおみくじを引いて、『大凶』がばんばん出てショック受けてる動画をネットで流せば、シェアしやすいですよね」

江里菜がさらに提案を重ねる。

「それいいわね。インフルエンサーの人たちに宣伝してもらえそう?」

内心の高揚を押し隠して、潤子は訊ねる。

「そうですね……。でも、彼らにもメリットがないと」

「メリット？」

「彼らにも何か還元しないと、いい感じには取り上げてもらえないと思いますよ」

「ギャラを払えってこと？」

「うーん。それだけじゃなく、たとえば、カリスマ主婦のブロガーさんにレシピを提案してもらうとか、おみくじを引いてもらって、出てきたラッキーレシピを彼女たちに社のキッチンで作ってもらう動画を流すとか、お互い楽しくやれるように、うまく連携できたらいいかと」

「それはどうかな。重役会議で提案してみてもいいけど、あんまり外部の人に入り込まれるのは、抵抗ある人も多いと思うから」

「そうですか……。でも、彼らに何かをしてもらってギャラを払うだけの関係だと、うまくいかないと思いますし、葛西さんなら、そういう人たちもどんどん巻き込もうって言ってくださると思いますよ」

葛西の名前を出されて、潤子は黙った。

たしかに葛西なら面白がるだろう。葛西だけではない。SNSという、重役たちが知らない世界での展開について話すことは、若手のリーダーとして求められていることだと思った。その場で、とくとくと提案している自分が思い浮かぶ。江里菜の発案だし、江里菜が独自のツテを頼って動いてくれて実現するものだが、あたかも自分の手柄のように話すだろう。プロジェクトのメンバーと責任者の関係だから当然のことだが、そんな自分が目に浮かぶと気持ちがかさついた。

打ち合わせを終えて、社外のふたりが離れてから、

「あの……、大林さん」

江里菜が小声で潤子を呼び止めてきたので、話の続きかと思ったら、

「河北さんも、このプロジェクトに加わるんですか」

と、まったく関係ないことを、真剣な表情で訊いてくる。

「そうよ。小売り店のエリア担当者たちを河北にまとめてもらおうと思ってるから」

「……そうですか」

江里菜が煮え切らない表情を浮かべる。

「どうして？」

潤子が訊ねると、

「わたしのこと、聞いてません？」

と、なにか言いたげだ。

「何、ふたり、付き合ってるとか？」

冗談で、潤子は訊きかえした。冗談だが、訊いてみてから、もしかしたらという気がしてきた。河北は江里菜の話をするたびデレデレしていた。

「まさか！　ないない、それは。でも、少し前なんですけど、結婚を前提に付き合ってほしいって言われて」

「ええっ」

「知らなかったんですか」

「知らないわよ」

「河北さんて、大林さんに何でも話す人かと思ってました」

江里菜のその言い方に、かすかな侮蔑を嗅ぎ取った。一拍遅れて、さっきの「まさか！」に不快感をおぼえる。河北と自分が付き合うわけがないとでも言いたいのだろうか。

「わたし、ちょっとまだ結婚とか考えられなくて。でもそれで気まずくなっちゃったんで、葛西さんにはそれとなく話して、このあいだから営業でも河北さんとは違うチームにしてもらってるんですよ」

「え、そうなの」

「だから、この件も、できれば……」

「でも、基本的に阿部さんには企画全般と、インフルエンサーさん達とのパイプ役をお願いしたいし、河北には別の仕事を任せるつもりだから、ふたりが一緒に動くことって実際ないよ。そんなに構えなくていいよ」

潤子が言うと、江里菜は、そうですか……と不安げに首をかしげた。

まだ何か言いたげだった江里菜をかわして潤子は広報部に戻った。潤子は、なぜか分からないが、自分がいらいらしているのを感じた。その気持ちをおさえきれず、さっそく河北にメールをしてしまう。今日の報告と、改めておみくじプロジェクトの手伝いを依頼したいので時間をとってほしいと書いた。

外回りをしていた河北が社に戻ってきたのは夕刻だったので、夕食をかねてふたりで会社近くのビストロに行く。ひと通り、おみくじプロジェクトについて報告した後で、

「ところで河北、阿部さんに告白した？」

ストレートに訊ねると、河北はウッとむせた。

そのさまがおかしくて、潤子はふき出した。

「阿部さんから、一緒に動くのは気まずい的なこと言われちゃったよー」

軽やかに言うと、顔を上げた河北の目が傷ついていた。

「え。まじなやつだったの？」

驚いて潤子が訊くと、河北はまっすぐにこちらを見ていた。

「……まじじゃないと思ったんですか」

と言う。

「えー」

潤子はまぬけな声を出していた。なぜか江里菜の誤解ではないかと思い込んでいたのだ。異性の甘い冗談を――半分は本気だったのかもしれないが――、自分が求められた「実績」にするために大げさにとらえるような、そういう女性特有の傲慢を、江里菜の中に見て取った気がしていた。

「そうかー。まじかー」

こわばった声で、それでも笑い飛ばしてみようとすると、

「先輩て……」

と言いかけた河北は、そのまま黙った。

「何よ。わたしが何だって言うのよ」

「いえ、何でもないです。悪いんですが、その企画、僕、引き受けなくてもいいですか」

真顔で言われて潤子は焦った。

「ちょっと待ってよ。阿部さんと河北には、全然違う仕事を振る予定だよ。河北には小売りとの折衝《せっしょう》をお願いしたいの。もしおみくじ付きの商品を出すことになったら、出だしで棚を広めに取ってもらいたいから。そういうの得意でしょ」

「いえ、物理的にもう無理なんです。葛西さんからも別の仕事をたくさん振られていますし」

と言う河北の表情は硬い。

「葛西さんにも、久良木さんから頼んでもらうつもりだよ」

「まだ葛西さんに話してないんですよね。順番、逆じゃないですか」

「それは……」

河北だから、気安く頼めたのだ。そういう関係だったはずだ。

「僕的には、葛西さんに命じられたらやらざるを得ませんが、葛西さんからも広報の仕事は適当に断るように言われてますので」

「何それ。そんなこと言われてるの」

「とにかく、すみませんが」

河北は頭を下げ、もう行きます、と立ち上がった。まだ仕事が残っていると言う。このまま直帰してしまおうとバッグを椅子の背に置いている潤子と違って、そういえば彼は財布しか持ってきていなかった。

その財布を出そうとする河北を押しとどめ、潤子が支払いをした。河北はこくりと頭を下げ、素直に奢られると、そのまま一度も振りかえらず、まだ煌々《こうこう》と電気がついている社に戻って行った。


テレビをつけて、同時にパソコンを立ち上げる。メーラーに、金子茂樹からのメールと、フローラルからのメールが届いていた。

金子からは、デートの具体的な提案だった。日にちの候補が記され、だまし絵展のチケットがあるので観に行きませんか、と書いてある。

八月のあいだ、潤子は金子からの誘いを、体調不良や先約を理由に二度断っていて、この誘いは三度目だった。一度目は本当に体調不良で、二度目は本当に先約があったのだ。

それでも、婚活パーティで知り合った女性に二度も連続で断られたら、普通は脈無しと見て、諦めそうなものなのに。空気が読めない人なのか、それとも本当に自分を好いてくれているのか。潤子としても、もしどうしても会いたい相手なら、栄養ドリンクを飲んででも向かっただろうし、休日に参加を頼まれていた食品関連のセミナーだって、河北に頼み込んで代わってもらったかもしれない。正直に理由を話し、「また誘ってください」と添えておいたら、金子はまた誘ってくれたのだ。

行きます、と返事を書き、挙げられていた候補日の中の、最後の日を選んで金子に送る。

実をいえば、金子に会う前に、いくつかのデートをこなさなければならなかった。こなす、のである。フローラルから送られてきたマッチング候補者と予定を決めて一時間ずつ会ってゆく作業は、回数を重ねるごと、デートというよりは個人面談の様相を帯びてきていた。

先週も、新しい候補者情報が三名分送られてきた。丸顔に太い眉の「イシクラトシヒコ44歳」、実直そうな細い目の「オイカワタケル40歳」、もうひとりの「ワタナベアッシ35歳」だけ、写真を公開していなかった。

彼らはマイページを通じて潤子を誘ってくる。定型文を少しアレンジした程度の挨拶で、よろしければ一度会いませんか、と同じように結ばれているから、数打っているだけなのかもしれないとうっすら思う。このあいだのパーティと合わせて、フローラルからはすでに二十名近い男性を紹介してもらえたことになる。高い入会料を払ったかいはあったと思う。その一方で、一時間弱の面会を、流れ作業のように感じることもあった。

それでも、次こそ何か起こるかもしれないと思うから、フローラルのマイページをチェックする。

近々会うことになっているイシクラトシヒコの情報が現れた。

イシクラトシヒコは潤子が相手の希望年齢の上限に設定した四十四歳だ。顔写真はバストアップだったけれど、ふくよかな丸顔からはメタボ具合が見て取れる。「メーカー勤務」とのことだが、記入されている年収は、十歳年下の潤子より低い。

正直、「見せられない」と潤子は思った。礼香やみさ緒に、この人と結婚しますと言えないと傲慢なことを思ったのだ。

ワタナベアツシについても苛立った。

「なんで顔写真を出さないわけ?」

こちらが顔を出してやっているのに、向こうは顔だけ後出しにするのは、卑怯じゃないか。会ってがっくりし、無駄な時間になるのはたまらない、見込みがあるのはオイカワタケルくらいだろうか。

と、そこまで思った時、鉛のような羞恥心が潤子の腹に差しこんだ。

「……ああ、やだ」

唸るような、太い声が漏れた。

ベッドにばたんと倒れる。

急に恥ずかしくなったのだ。

「顔を出してやっている」とか「見込み」とか、そんな考え方をする自分が、恥ずかしい。婚活って、どうしてこんなにわたしの自意識をあぶりだすのだろう。プライドがにょっきり顔を出すたび、慄《おのの》き、苦しみ、気持ちを操《あやつ》られる。でも、損はしたくないと思ってしまう。傷つけられるのも、まっぴらで。

立ち上がり、洗面所に行く。

鏡の前に立った。

一日働いてぐったり疲れ、化粧を落とした後の、今日最後の素の顔を、まじまじと見つめる。

そう大きくない目はくぼみ、鼻にはぷつぷつ脂が浮き、口角のまわりには認めたくないけどほうれい線らしきものがうっすら出ている。一日で、いちばんブスなわたしをよく見よう。三十四歳のわたしの顔。

キュートな礼香の横顔や、みさ緒のまっすぐなまなざしを思い出し、残業のために社に戻ってゆく河北の後ろ姿を思い出した。しょんぼりとして、小さく見えた。

からかうような言い方をしてしまったことが悔やまれる。婚活がどれほど厳しいプライドとのせめぎあいか、分かっていないわけがないのに。弟分だと思っていた河北に、いつの間にかわたしは甘えていた。相手を見て軽んじたり言動を変えたりするようじゃ、羽賀と変わらない。河北はきっと、わたしを見損なっただろう。

潤子はスマホを手にし、つるりとしたトップ画面をしばらく眺める。夜十時半だった。彼はまだ会社にいるのだろうか。

多忙を案ずるふりで、電話してみよう。

そう思って指先を動かす。

発信の、すんでのところまで動いた指を、止めた。

何を話しても、自己満足に終わる気がした。こうして好き勝手なタイミングで電話をかけること自体、彼を下に見て、甘えている証拠だ。

潤子は河北のアドレスを閉じた。手持無沙汰な指先は、自然と、登録してある「Mayumi.」のツイッターをひらく。

すると、

〈そのアカウントは存在しません〉

という文字が、表示された。

潤子は言葉もなく、ただぼんやりと、その文字を見つめた。

昨日見たばかりだった。ついにアカウントごと消してしまったのだな。小石を飲み込んだような痛みで胸がざらついた。

これまでももちろんそうだと思ってはいたけれど、「Mayumi.」=真知子だと、今はっきり確信できた気がした。

翌朝、出勤した潤子がエレベーターで上がって広報部へと続く廊下を歩いていたら、河北が立っていた。

潤子は一瞬緊張したが、すぐに笑顔をつくる。

「おはよう」

何も気にしていないふりで手をあげると、河北が、

「昨日はすみませんでした」

と、いきなり謝ってきた。河北は潤子を待っていたようだった。

「潤子先輩、昨日話してくださった販促の企画、やっぱり僕にも携わらせてください。どこまでできるか分かりませんが、コネのあるスーパーには広めに棚を取ってもらえると思います」

一気にそこまで話してから、河北は唾を飲み込むように首をこくりと動かし、まばたきをした。それから、

「なんか、昨日はちょっと疲れていて。失礼しました」

と謝った。

「次回の打ち合わせから参加させてください。日程はもう決まっていますか」

「河北、ちょっと待って」

潤子は戸惑った。河北の顔をじっと見る。なんだか心がざわついた。河北の顔は明らかに疲れている。目の下にクマがあり、頰のあたりに吹き出物ができている。目だけがギラギラしていた。

「昨日、何時に帰ったの」

訊ねると、河北は、何を訊かれたのか意味が分からないという顔で、小さくまばたきをした。やっぱり眠っていないようだ。

「今日、お昼一緒に食べない？」

潤子が誘うと、彼は目をぎゅっとつぶるようなまばたきをもう一度してから、

「すみません、今日はこのあと得意先を回らなくてはならなくて、戻りが夕方になります。あ、でも、夜も接待が入ってて……」

「接待のあとも戻って仕事なんでしょ。最近、毎日そんな感じじゃないの。ちょっと無理がありすぎるんじゃないかな、今の仕事」

「そんなことないですよ」

「葛西さんが振ってくるの？　断れないの？」

「だから、そういうんじゃないです。たまたま今立て込んでしまって」

「おみくじ企画を手伝うのも、葛西さんに頼まれたから？」

「いえ、違いますよ。そのくらいは、僕の裁量でできることだし、営業のついでにおみくじ企画への協力を取り付けることくらい、馴染みの店ならなんてことない仕事なのに、どうしてもったいぶって断ったのかって、昨日ずっと後悔していました」

忘れていた。河北はこういう奴だった。不器用で愚直で真面目なのだ。だから仕事を振られやすい。

彼は今、葛西の下で、彼の手足となって働いている。さすがに鞄まで持ってはいないが、

葛西の後ろについて外出してゆく姿や、葛西のためにタクシーを呼び止める姿を、何度か見かけていた。

「広報に異動願いを出したら？」

そんな言葉が口をついて出ていた。

「ええ？」

河北は強張った笑顔のまま、意味を推し量っているようなので、潤子は慌てて具体的な話をした。橋田真知子の仕事は当面は潤子や契約社員たち数名で継ぐことになっていて、今、引き継ぎの最中だが、いずれ久良木が他部署から誰かを引き抜いてくる。その候補に河北を推薦する。久良木にならば話しやすいし、彼女も自分の意見を聞いてくれるだろう。

潤子の提案を聞いた河北は、つかのま口を薄く開けたけれど、すぐに首を振った。

「無理です」

「無理？」

「まだ、営業で何の成果も出してないし、葛西さんが許すわけない。……でも潤子先輩の気持ち、嬉しいです。そっか、橋田さん辞めるんですよねえ」

潤子はあたりを見回して、人がいないのを確認してから、

「あのアカウントのこと、誰にも言ってないよね」

と河北に確認した。

「……僕は、言ってませんよ」

と答える河北の目がわずかに泳いだ。

エレベーターが開いて、朝のミーティングを終えた宣伝部の社員たちがわらわらと溢れ出てきた。

潤子は、「それじゃ、その件は完全に終了ということで」とわざとらしく大きな声を出して河北に目配せした。「はい」と、河北も応じ、開いたエレベーターには乗らず、横の防火扉を開けて非常階段を上がっていった。

広報部に、真知子の姿はなかった。

ホワイトボードの真知子の欄に、「昼過ぎに出社」と記されている。午前中はあいさつ回りをしているのだろうか。最近の真知子の勤務形態は謎に包まれているが、退社が目前なので誰も気に留めていないふうだ。

潤子は真知子にメールを送った。

〈有休に入る前に、もう一度担々麵を食べにいきませんか。

私ひとりじゃ、彩華に入れないです。いつでも声をかけてください。〉

と、シンプルな文章で、深刻な感じにも押しつけがましくもならないように気をつけつつ、ひとつだけ絵文字をつけて茶目っ気も添えた。送信する時、恋する相手に送るみたいに、指先がふるえた。

その後の二度の週末で、潤子は計四名の男性とデートをした。フローラルから紹介された三人と、金子である。

最後のデートが金子だった。

小さな美術館のだまし絵展に行き、どう見ても立体に見えるふしぎな平面図や、果物の集合体で作った人間の顔や、右から見るのと左から見るのとでまったく印象が変わる自画像などを見て回った。

ちいさな驚きに満ちた多くの芸術品は潤子を饒舌にした。『なつかしの味』に関する仕事の話を金子にするのは楽しかった。相槌や表情のすべてに、心から興味を持ってくれていると感じさせる温かみがあった。あとでネットで見ておきますと金子は言った。その場でスマホを出してネットを見てもよさそうなのに、そうしなかった。

話が途切れたタイミングで、

「大林さんは、入会してどのくらいになるんですか」

と金子は訊いた。

「わたしはこの前のパーティが初めてでした。金子さんは、もう長いんですか」

と訊いてから、少し失礼な質問だったかなと思った。フローラル経由で知り合った男たちの多くが、なぜか自分は婚活初心者であると強調したがったのを思い出す。「始めたばかりでよく分からないんですよ」「慣れてないんですよ」と言いたがる男たちは、婚活に精を出すことを恥じているかのようで、それはそのまま潤子自身を気恥ずかしくさせた。

しかし金子は屈託なく、

「そうですね。かれこれ、五年くらいやってますねえ」

と言う。正直すぎて、若干引いた。五年も実ってないって、モテないと言ってるようなものじゃないか。と思ったら、

「モテないって言ってるようなものですね」

と、潤子が考えていたことを金子がそっくりそのまま言ったので、つい笑ってしまった。

潤子は金子の、ぎこちないブローチの褒め方を思い出して、

「このあいだのパーティで会った時は、金子さん、けっこう緊張しているようだったので、そんなに慣れている人には思えませんでした」

と言った。

「いや、あれは、だって……」

金子は慌てたように言い淀む。

「女性の身に着けているものを、何でも褒めるようにっていう指導があったんですか？　なんか、あの後も数人から、ブローチを褒められたんで」

潤子が言うと、金子は照れ笑いをしながら、

「いやあ、恥ずかしいなあ、たしかに『会話に困った時は、小物を褒めなさい』ってアドバイザーの人に言われていたんです。ばかですね、男って」

「いえいえ、女性にもそういう指導がありましたよ。『へ〜すごい』だとか『初めてです

〜』とか、とにかく語尾を上げとけって」

「それ、知ってます。K・H・Aでしょう」

笑いながら金子が言う。

「ええ〜、なんで知ってるんですか！」

潤子も笑ってしまう。

そこからはひとしきり、ふたりでフローラルのビデオ研修の面白さを話して笑い合った。

「そういえば大林さんは、フローラルから指名紹介してもらっていますか」

話の流れの中で、金子が潤子に訊いた。

「はい。今月はじめて三人紹介していただいて、とりあえず三人とも会ってみました」

「えっ」

金子は驚いた顔をし、

「もう会ったんですね。それで……その三人とのデートは、どうだったんですか」

と、おずおずと訊いてくる。

「面白かったですよ、どの人も」

潤子は、三人と会った時間を思い返す。

最初に会ったのは石倉俊彦（四十四歳）だった。先週の土曜日に、彼が予約していたロシア料理の店でランチを食べた。

翌日曜日には渡辺厚（三十五歳）と会った。最初は仕事帰りに会う提案をされたが、仕事が立て込んでいることもあって、日曜の昼間にしてもらった。都心の店をあまり知らないというので、ターミナル駅に付設した複合ビルの一角にあるコーヒーチェーンで待ち合わせ、結局その店で二時間話した。

後から連絡を寄越した及川尊（四十歳）と会ったのは、昨日、土曜日だ。都心の外資系ホテルのティールームを指定してきたので、そこで一時間ほど話した。

いい天気の週末が続いた。

そのせいか、どの時間を思い出しても、明るい光につつまれていたような印象がある。

石倉と話すのは、とても楽しかった。石倉はたしかにメタボだったが、意義のあるメタボだった。ピロシキを食べながら片手でｉＰａｄを取り出し、「☆食べるためなら死んでもいい☆」というグルメサイトを見せてくれたのだ。開いたとたんトップページに「第一位　肉質等級を知り尽くそう」とタイトルが躍り出てきて、「これ、書いたのわたしです」と自慢された。グルメライターたちが自由に記事を投稿しているサイトで、アクセス数によってギャラが決まるシステムらしく、石倉の記事はなかなかの人気を誇っているというのだ。副業なんで会社には秘密なんですよ、と口の前で指を立てる石倉に、潤子がお決まりの「へえ～、すごいですね～」を繰り出すと、そこから先、肉質に関する説明が長かった。長かったけれど、面白かった。「黒毛のつや」だとか「霜降りと赤身のバランス」「きめこまかい脂身」といった言い回しに、潤子は我知らずうっとりし、急に肉が食べたくなってきた。そのタイミングで、「今度うまい肉食べにいきましょう、五千円コースオンリーの肉の店があるんですよ。予約がなかなか取れないんですけど、わたし、店主の友達なんで」と、漫画みたいなウインクをされたので、笑いながら、「ぜひ」と潤子は応じていた。

しかし、気になったことがあった。石倉がそれとなく潤子の会社での勤務形態や、ざっくりとした年収を訊きたがったところだ。

大学生の頃から食べ歩きが趣味だという石倉は、美味しいもののためには万単位の交通費を払うのも気にならないと言っていた。人に御馳走するのも大好き。学生時代はアルバイトのほとんどを美食に費やし、これまで外出も旅行もすべて食べ物によって決めてきたのだ、などと自慢げに語った。愉快な人だと思ったが、ストレートに「子どもは欲しいですか?」と訊ねると、「いつかは、ですね」という回答が返ってきて、話が終わってしまう。いつかは、と言っても、石倉はもう四十五歳だ。友達としてなら、グルメの知識も、明るい性格も大歓迎だけれど、結婚となると躊躇われる。一生、美味しいものを食べて楽しく過ごしたいのか。楽しい暮らしの資金源として、稼ぐ妻が欲しいのだろうか。ロシア料理は当たり前のように支払ってくれたし、肉の店でも御馳走してくれそうだけど、婚活相手全員に奢っているのかと、心配になってしまう。

次の渡辺厚は、四人の中でもっとも見栄えが良かった。背が高く、男性なのにピンクのストライプが細かく入ったシャツを着ていて、それが品よく似あっていた。一緒にいると少し背筋をのばしたくなるような気分にさせる、そんな男性だった。

職種に「サービス業」と書いてあったが、具体的にはカラオケチェーンの地域統括マネージャーということだった。「カラオケって、合コンや飲み会の二次会のイメージがあるでしょう?」と楽しそうに訊いてくる。渡辺の担当エリアは郊外で、今は子連れグループや中高年の客も多くて、禁煙室のリクエストが多いそうだ。歌の一曲も入れずに、ただおしゃべりして帰る主婦のグループも多いから、料理や飲み物の工夫のほうが求められている。遊具室や畳ルームもあるんですよ。そんな話をしてくれてから、

──こんなに自分の仕事の話をしたのは初めてだな。同じ学年だから、話しやすいのかな。

朗らかな口ぶりで渡辺は言った。

店を出ると自然に手をつないできた。そこで初めて危険信号が点滅した。

いや、正確には、隣に座る潤子にそっと手を伸ばして、カットソーについていた髪の毛をつまみ捨ててくれた時から、若干怪しいと思っていたのだ。あの時、一瞬身を引きかけた潤子に、顔の距離を近づけてきて、余裕のこもった笑みを向けてきた。このパターンは羽賀だ。自分のシナリオを、自信を持って進めてくるタイプである。思えば渡辺だけが初回から夜の逢瀬を求めてきたのだ。結婚相談所を利用して、セフレを探す男がいると、このあいだみさ緒も言っていた。

──この後、何します?

と訊いてくる顔が近すぎて、その瞳があまりにきれいで、いいにおいまでしてきて、潤子は軽いめまいを感じた。

「帰ります」と、腹話術師になったつもりで自分に言わせたが、迷いかけていた。その後、

渡辺と別れてひとりになって、「あぶない、あぶない」と、息をついた。もし渡辺に自宅に誘われたら、何も考えていないふりをして、ついていっちゃいそうだった。羽賀と違って独身なのだし、そういう始まり方も悪くはないじゃないかと思いそうだった。しかし、よくよく考えてみれば、渡辺が顔写真を出していないのも、ほうぼうでやらかしているからかもしれない。結論として、渡辺は結婚しても浮気をするだろう。

及川尊は、三人の中で最も年収が高かった。勤務先は有名な不動産会社で、都市開発の部門を担当しているという。物腰もスマートで、店員へのオーダーの仕方も的確で丁寧だった。しかし彼は途中で決定的に不愉快な言葉を発した。潤子の出身中高について、

――うちの姉の滑り止めでしたよ。

と言ったのだ。

――へえ、そうだったんですか。

潤子は笑顔で応じたが、内心むっとした。この歳になっても、自分の母校を誰かの滑り止めだったと言われるとむっとする、そのことにも驚く。自分だけでなく、礼香やみさ緒のことまで貶められた気がするからだろうか。

そこからしばらく口数が少なくなった潤子の様子に気づかず、及川は、いま自分が携わっている街の再開発について、それがどんなに大きな仕事で影響力を持つものか、自慢げに話し続けた。何を聞かされても、フンと潤子は鼻白んでしまった。初対面の相手の出身校を「滑り止め」などと言ってしまうような想像力のない人間は底が知れている。たとえば取引

先の相手にそんなことを言ったら、一発アウトではないか。会話の流れがもうそれを許さないけれど、さっきひとこと「失礼ですね」と言ってやればよかった。

そんなことを思ってもやもやしていると、及川は唐突に自分が大学受験に失敗して二浪したのだと打ち明けた。

——一浪はよくあるけど、文系で二浪は珍しいですよね。現役の頃は受かった大学に一浪目で全部落ちてしまって。あの時はきつかったなあ。いや〜、姉貴の受かった大学を、どっか一校でも分けてもらいたかった。

朗らかにそんなことを言う。

——僕はね、昔っから本当に勉強ができなくて。姉が優秀だったぶん、学校でも塾でも「あの優秀なお姉ちゃんの弟なのに」っていつも不思議がられていたんですよね〜。姉は今、市役所で働いているんですよ。もっと上を目指せるような人間だったんですけどね、なんだかんだで手堅い人なんですよ。

潤子は及川への見方を変えなくてはならなくなってきた。

彼は極度のシスコンである。潤子の学校についての発言も、大好きなお姉ちゃんが受けた学校なんだという褒め言葉だったのではないか。

そう思うと、最初の悪い印象は薄れ、可愛らしい弟くんにしか見えなくなってくる。しかし異性として魅力的に映るかどうかといえば、それは別問題なのだった。

というわけで、三者三様でそれなりに面白い時間を過ごせたが、結婚相手として見ると、どの人もぴんとこないというのが、正直なところだった。

潤子は昨日のうちにフローラルに、三人とのこの次の約束には応じない旨を連絡した。そうするとマイページから彼らの情報は消え、メッセージのやりとりもできなくなる。もちろん男性側が、潤子の情報をぱたっと消すこともできるのだ。そう思うと怖いくらいにドライなシステムだが、後腐れなく次に向かえるという点ではお互いにありがたい。永遠に青春をしてはいられない。少し前までは、相手から自分を消されたくないと思ったけれど、そんなプライドは、この世界では無用の長物だ。

「どの人とのデートも、それなりに楽しかったんですよ。でも、結婚相手として見ると、わたしがこんなふうに言うのはおこがましいんですけど、ちょっとぴんとこなくて」

と潤子は言った。

楽しかった、は言いすぎではないと思った。

まだ三人だけだったけれど、それぞれ別の人生を歩んでいる初対面の男性三人に順番に会って、話してみて、婚活が、相手を「好き」「嫌い」という二択ではないことがうっすら分かった。石倉にも渡辺にも及川にも惹かれる面はあった。惹かれる面と、受け入れられない面とがあって、自分の尺度でしか、天秤にはかけられない。潤子が惹かれた面に、潤子以上に強く惹かれて大好きになる女性がいるはずだ。

潤子は金子に訊いてみる。

「今はまだ、わたし、こうやって人に会うのも新鮮なので楽しめてるんですけど、金子さんはどうですか。五年もやっていたら、飽きてきたり、女性に幻滅することってなかったですか」

「うーん」

金子が答えにくそうに首をかしげる。この角度で見ると、けっこう男前だなあ、などと潤子は思った。首が太くて全体的にがっしりとした筋肉質だ。体を鍛えているのかもしれない。あとでその話を訊いてみようと思いながら、

「金子さん、五年もやってるって、婚活のプロですよね。参考までにいろいろ教えてくださいよ」

潤子はさらに言う。週末会った三人とは、お互いに何となく「婚活」という言葉を避けていた。でも今、舌にのせたとたん、必死に鎧《よろ》っていたプライドが、やわらかくほどけていく感じがする。会って、まだ二度目なのに、あけすけにものを訊けるし、取り繕ったり、よく見せようとしないで済むこの感じは、もう、恋にはつながらなそうだけど、だからこそ爽快で楽しい。

「僕は、五年になると言いましたけど、実際は仕事の繁忙期は避けていてタイミングの合う時だけ出向いているんです。チャンスを逃す可能性もありますが、そういうのも含めて縁だと思うので。そうやって断続的に顔を出していると、自分が婚活しているのか、人に会いた

いだけなのか、よく分からなくなってくるんですよ」

と、照れたように金子が笑う。

「婚活って、考えてみたらすごい活動だと思うんですね。初めて会う人といきなり対面で話して、人生を見せ合うっていうか、仕事の関係者にも話さないような情報まで初日に交換しあったりするわけですよね。こんな機会がなかったら一生知り合えなかったはずの人の、家族や、仕事や、ものの見方や考え方の一端を覗かせてもらえる。僕は基本、人が好きで、よっぽど感じ悪い人じゃない限り、話を聞くことがすごく面白いと思えるんです。それに僕の場合、職業柄、この人にはこういうお酒を勧めたいなとか、この人にはこういうお酒が合うなとか、いつも考えてしまいます。だから女性向けのお酒選びやお酒の割り方や飲み方なんかを考案するきっかけにもなった。そうやって話しているうちに、仲良くなって飲み友達になったり、店のお客さんになったり、別の人との婚活が成就して結婚してから、夫婦でうちの店に遊びにきてくれる人なんかもいるんですよ」

「へえ、いいですね。そんなふうにつながるの」

「フローラルのK・H・Aの話とかも、そうやって飲み仲間になった人から、聞きましたよ。ビデオ講師が初雁さんなんでしょう」

「そうそう！　わあ、でも、やだなあ、そんなふうに婚活中の女性側の舞台裏も、金子さん全部知っちゃってるんですねえ」

潤子は笑いながら言った。金子の店の、素敵なホームページを思い出した。今日会う前にも見てきたから、彼が定期的に利き酒教室や食べ歩きサークルを主催していることも知っている。彼の楽しそうな交友関係に自分も加えてもらえたら、世界が広がるんじゃないかと期待してしまう。

「まあ、僕にとっての婚活は、見聞を広めさせてもらっている、そういう活動になってしまっていて、それというのも僕が自分からは何も動かずにきたからっていうのもあったんですけど」

「結果的にお店にとってのリサーチみたいになっちゃったんですね」

「まあ、正直なところ、そんな節も……」

困ったように、金子が笑う。

「わたし、そんなに飲まないですけど、お酒は好きなんで、少しはリサーチ対象になりますかねえ」

「待ってください」

楽しくなってきた潤子に、ブレーキをかけるように金子が、少し大きな声を発した。

「……大林さんのことは、リサーチではないですよ」

「はい？」

「リサーチなんて、そんな。ええとですね、あの時のパーティのブースで初めてお目にかかった時に、驚いてしまって。その、とても、なんていいますか、おきれいな方だったので」

「ちょっと。やめてくださいよう」

潤子は笑いながら、顔の前で手を振った。

「というか、どんぴしゃで、タイプです。初対面で名刺を出したのは、五年間で大林さんが初めてでした」

金子は真顔でそう言った。

「本当に？」

潤子は困惑した。

気まずい沈黙が流れた。

潤子の戸惑いに気づいたのか、

「失敗したか……」

と金子が呟いた。

失敗ですよ。

心の中で、潤子は言った。わたしは友達になりたかったんです。

金子の、アルコールを飲んでいないのに赤くなっている顔の、額から頬へと、汗がしたたりおちた。さっきまでの饒舌さがなりをひそめ、婚活パーティのブースに入ってきた時と、まったく同じ、硬い表情だった。嘘をついているようには見えなかった。

「そんなこと言って、パーティのあとの選択では『付き合いたい』じゃなくて、『また会いたい』にしてましたよね」

言いながら、潤子の中に少しずつ不満が湧いてきた。そうだった、最初の選択ではこの人わたしを選ばなかったのだ。

「タブレットで選択するとき、最初『とても良い』にしたんです。でも、重いだろうな、引かれるだろうなって思い直して、一個ランクを下げて選択した。そのことを後悔してもやもやしていたら、大林さんも『良い』にしてくれたと分かって、家でガッツポーズしました。こんなふうに気を回して選んだの、五年間で二回だけですから」

「二回？」

「一回めは、最初のほうで会った人でした。タイプだったし、話も合ったんで、すぐ告白して、すぐ振られましたよ。ああ、あんなに楽しく話せても、断られてしまうのかって学んで、それからはもう、よっぽど好きになった人じゃなければ自分から告白っていうか、気持ちを伝えるのはやめようと思っていたら、今日までかかっちゃいました」

「そんな……」

「次につなげるためには、楽しい話だけして、笑ってもらって、気持ちよく別れればいいって分かってましたけど、大林さんにだけはリサーチで会ってるなんて思われたくない。リサーチで会うには、タイプすぎますから」

プライドをとっぱらった、まっすぐなまなざしで、「もし、こういう奴はもう無理って思ったら、普通にマイページから消してくれていいです。けど、もしまた会ってくれるなら、その時は、こっちはあなたを飲み友達にしたいわけではない、結婚を前提にした交際を希望しているって思ってください」

汗をだらだらかきながら、金子は言った。

「嬉しいですけど、ちょっと無理っていうか」

言ってしまってから、マズいと思った。明らかに、金子の顔色が変わったからだ。

「そりゃ、まあ、そうですよ。そうですよね」

急にへらへらと、彼はおどけた。他にも言い方があったのにと悔やむ一方で、はっきり言っておいたほうが誤解されずに済むからこれで良かったのではないかという考えも湧いて、潤子は俯く。裏表もなく、計算もなく、ストレートに球を投げてくれる金子には遊びがない。裏表や計算ありありの羽賀や渡辺らのほうが、こちらも狡さで身を守れる。イエスかノーを求められると、答えの出し方次第で失くしたくないものまで手放さなくてはいけなくなる。

潤子がそのまま黙っていると、ぐっとひと息つく気配があって、それから金子が、

「お酒もなしに、するような話じゃなかったなあ」

と、陽気な声で言った。

「そうですよ！」

潤子は顔を上げ、慌ててその言葉を引き取った。

「金子さん、お酒のプロなんだから、今度は美味しい日本酒とか、教えてくださいよ」

ふたりは、美術館併設のティールームにいた。だまし絵展で愉快な気分になって、雑談も絶えることがなく、気が合うと思えたばかりだった。ちょっと休みましょうと入ったこの清潔な店で、きれいな色の飲み物を、まるで女子どうしのように、楽しく飲んでいた。

本当に、女子どうしのように、ずっと話していたかった。金子は今日、店番のアルバイトの子が五時までのシフトなので、その時間には店に戻らないといけないと言っていた。ということは、あと一時間足らずだ。もっと話したいと思う一方で、夜までの約束ではないことも救いに感じた。楽しいのに、気まずい。割れそうな氷の上をそっと歩くように話の内容を選ぶ。そのことに少しずつ疲れてくる。それでも気を付けて仕事の話をしているのに、

「さっきの話、たしかに急すぎたかもしれないけど」

金子が汗をふきふき、また蒸し返してしまう。

「結婚相談所を通じて『この人は』と思える人に出会った以上は、白黒はっきりさせておきたい。大林さんに結婚への意思があるかないか、今はないとしても、そういう気持ちになってくれる可能性はあるのかどうか、知っておきたいんです。そして、できればきちんとお付き合いしたい。そうしないと大林さんは、これからもフローラルが挙げてくる男の人たちとどんどん会っちゃうでしょ」

冗談めかして、でも目だけは真剣なまま、金子は言う。

潤子は返答に詰まる。

金子の言いたいことは分かる。分かるけど……。

なんだか狡いと思ってしまう。断続的とはいえ金子は五年間フローラルで婚活し続けてきたけれど、自分は始めたばかりだ。わたしの婚活を早々にやめさせて、自分一本に決めろというのはどうなんだろう。

何よりはっきり分かったのは、自分は金子に恋をしていないということだ。

金子の持っているもの、面白い経験や豊かな人脈や仕事上の知恵に惹かれた。でも、どっちが先にフローラルに登録したかで、長いとか狭いとか、そんなことを考えてしまう時点でアウト。ときめいてはいない。

「金子さんは、わたしにフローラルをやめてほしいんですか」

だから潤子はずばり訊くことができる。

「え」

思ってもみなかったことを言われたとばかりに金子は目をぱちぱちした。それから少し考えて、

「ああ、そうかなあ……」

と言った。「もしお付き合いさせてもらえるなら、やっぱり、できればフローラルはやめてほしいです。契約金で損する分が出てきたら、僕が持ちますよ」

急にそんなことを言われて潤子は引く。もしかしたらすごく束縛する男なのかもしれない。

「わたしが他の男の人と知り合っても、金子さんを選ぶかもしれないじゃないですか。その可能性に賭けてみようと思わないんですか」

言いながら、潤子は自分に少し呆れる。まるで自信満々な悪女みたいじゃないか。そうでなければやり手のネゴシエーターだ。でも、こんなことを言わせるのは金子なのだ。

「いやぁ、自信がないんですよ」

急に大きな声で金子が言った。赤い顔をして、頭を掻いている。漫画みたいなその姿は、微笑ましいような、哀れなような。

「情けないけど、正直なところ、そうなんです」

金子の素直さに悲しい気分になった。なんて真っすぐなんだろう。目の前の善良な社会人にこんな惨めなことを言わせてしまう婚活って何なんだろう。きつすぎる。女にも男にも、こんなの残酷だ。

「わたし、フローラルで半年先まで契約しているんです。年齢のことや、友達が婚約したことなどもあって……」まあその友達は婚約破棄しちゃったんですけど、今度は別の友達が結婚するとか言い出してますし、と心の中で呟きつつ、「三十四歳の後半に、しっかり婚活してみようって決めました。そのおかげで金子さんに出会いましたし、金子さんのことはいいなって思ってます。お付き合い……したい、かもしれない。でも、正直、まだスタートしたばかりなので、決めきれないです。ご家族のこと、仕事のこと、子どもをどうするかとか、将来のプランや、一緒になるためにはいろいろ決めていかなくてはならないこともあると思うんです。まだ知り合ったばかりで何も話していないですよね。それで、今すぐ決めろって言われても、まだ二回しか会ってないのに、ちょっと……」

「いいですいいです」

金子は両手を前に出し、潤子を制した。

「もういいです。それ以上言わなくて大丈夫です。そりゃそうですよね、分かります」

金子は元気よく言ったが、その後、何を話したらいいのか迷っているようで、言葉を続けない。言いたいことを言ったのに、潤子の気持ちも沈んだ。ティーカップの中で、紅茶はとうに冷めている。

何となく、このあいだの『なつかしの味』の打ち合わせを思い出した。まるで仕事みたいだと思った。意見を通すために、それらしく根拠を提示し、相手を納得させる。

だけど、わたしが婚活し続けることを、どうしてこの人に納得してもらわないといけないのか。

もし金子にときめいていたなら、「ご家族のこと、仕事のこと、子どもをどうするかとか、将来のプラン」などと諸々の条件をわたしは彼に訊ねただろうか。

ないわ。ない。頭の中で声がする。だったら、すぱっとここで終わりにする。そのほうが楽だと思いながらも、トキメキなんて、結婚するうえでそう大事なことでもないような気もして迷う。家族を作りたいのなら、こんなふうに裏表のない人のほうがいいのかもしれない。

沈黙の数秒間、潤子の頭の中を多くの計算が巡った。

「では、こうしましょう」

唐突に金子が大きな声で言った。潤子は周りを気にした。

「半年間、大林さんはフローラルでいろいろな人に会ってみてください。そのうえで、半年後にここで、また僕と会いましょう」

もう少し小声で話してもらいたいと思いながら、

「ここで？」

と潤子は訊き返す。

「ええ、ここで。どうでしょう。こんなディープな話をしたんですからこの場所、僕らにとってはすでに忘れがたい場所になっていますよね。この店は夜になるとフレンチ・ビストロになって、いいお酒を出すんです。半年後、がちょうどいい。半年後、潤子さんの婚活が難航していたら、ぜひ夕食を付き合ってください。もし、僕よりいい人に出会えて、順調だったとしても……、友達として話を聞かせてもらえたら」

まっさきに思ったのは、ドラマの見すぎじゃないか、ということである。

半年という期間を区切るあたり、どうも気障だ。そういうことを考えなさそうな人に思えたのに、意外にロマンティックなのだなと思ったが、何しろ今日でまだ会うのは二回目なのだ。

「猶予期間ってことですか」

つい嫌味を言いたくなる。

「いや、そんな言い方はアレですけど」

「お互い、婚活をやってみて、売れ残ったらくっつこうっていうことですよね」

「僕はもう、婚活はやめます」

きっぱりと、金子は言った。

「え、やめるんですか」

潤子は眉を寄せた。まさか、わたしのために？

「すみません、正直言うと、こっちの事情もあります。ちょうど年末から年明けに向けて、新しい仕事を手掛けることになっていて、僕にとっても勝負を懸ける時なので」

そう言う金子の額から、いつの間にか汗がひいていた。どこか吹っ切れたような、爽やかな目をしている。その目を見ていたら、なぜか潤子の中に、置いていかれたような感覚が芽生える。勝手にぶつかってきて、勝手に吹っ切れられた。

「新しい仕事って、どんな？」

「年初に二号店を出すんです」

と、金子がその予定地を言った。劇場や古着屋の多い、文化的な街だ。

「ピットバーって知ってます？」

「ピットバー？」

「カーレースのピットインにかけた言葉で、業界紙じゃ『ピット飲食』なんて言われているんですけど、時間をかけてディナーを食べるっていうのだけじゃなく、遅めの昼や夕方にちょこっと寄って、軽く食べてからどこかに行くっていうスタイルの店です」

仕事の話になると、がぜん金子は饒舌になった。

「それ、いいかもしれませんね。食事の回数を増やして、ちょっとずつついばむように断続的に食べているほうが健康的だし、ダイエットになる気がします」

「そうそう。それに、働き方も変わってきていて、ノートパソコンを持って社外で仕事をする人も増えてきているし、早朝からの勤務で早めに帰宅する会社員も増えている。そういう人たちのために、少量の惣菜と、一杯の美味しいお酒を提供したい。いろいろ選べて、少量で試せるような、カジュアルだけど、味は本気っていう店を」

「それ、すごい。行ってみたい……」

本音だった。

「ぜひ来てください。あ、でも、婚活に使わないでくださいね、なんて」

「えー、そんな素敵なお店を出して、いろいろ楽しく過ごしているうち、金子さんのほうがいい人を見つけたりして」

冗談めかして言ってみる。

「そうなったら、そうなった時ですよ」

金子はあっけらかんとした様子で笑い、その表情にいくらか失望している自分に潤子は気づいた。

「そろそろ出ましょうか」

金子が立ち上がる。

甘いものと飲み物のセットだけで、会計は三千円近くいった。さらりと金子は現金で支払い、特に領収書も取らない。財布を出したが、

「いいです、いいです、行きましょう」

さっさと先に歩き出していた。

外はきりっと冷えていた。夏はすっかり去ったようだ。時間が経つのは思うより早い。半年後は……。

「四月ですね」

金子がふりむいて言う。

「四月の、第三日曜日にしましょうか。どんな結果になっていても」

「どんな結果に……って？」

「大林さんからの結婚報告を聞くことになるかもしれない」

金子が言った。もう半分諦めているかのような、乾いた口ぶりだった。

「じゃあ、このまま、半年間会えないんですか？」

急に媚びた声を出している自分は、いったい何なんだろう。

「もちろん、お茶したりしましょう。店がオープンしたらご招待しますよ。ぜひお友達を連れてきてください」

そう答える金子はすっきりした顔をしているが、お茶と言われたことが気になった。婚活をし続ける潤子とは、ふたりきりで酒は飲まないという宣言なのだろうか。

地下鉄の改札まで送ると、金子は、「それじゃ、僕はJRですので」とあっさり潤子を放した。まったく名残惜しさを見せずに体の向きを変えた金子に、一抹の寂しさを覚える。汗をだらだらかきながらの熱い告白を、「無理」と突き返したのだ。この身勝手な寂しさを、きちんと受けとめなければいけないことくらい、大人なんだから分かっている。

地下鉄に乗った潤子は、スマホのスケジュール帳のアプリをタップした。数か月前まで紙の手帳を使っていたが、江里菜がスマホで予定を管理しているのを見て、自分もそうすることにした。四月第三日曜日に金子の名前を入れた。これで忘れることはない。

半年先までに、潤子は三十五歳の誕生日を迎える。

直視したくなかったことがある。それは、フローラルでの相手への希望の区分だ。「三十歳から三十四歳まで」と「三十五歳から三十九歳」とチェックポイントが分かれていた。男性にチェックを付けながら、翻《ひるがえ》って、自分たちもこうしてチェックされているのだと思ってぞっとした。今は三十歳の子と同じ扱いを受けている。誕生日をさかいに、「アラサー」から「アラフォー」へ、ラベリングが変わる。

帰宅したら、すぐに初雁にメールを書こうと思った。いいパーティを紹介してもらおう。たくさんの人に会おう。半年間しっかり頑張ろうと思ったら、少し元気になった。

その勢いのまま、「Mayumi.」のツイッターを検索してみたら、やはりもう存在していないのだった。

本当に存在していたのだろうか。

不意にそんなことを思った。ずっと幻を見ていたのではないか、と。

いちばん分からないものは、人の心。

顔を上げると、地下鉄の黒い窓に映る顔は、婚活中のアラサーというより、心細げな子どもみたいだった。

潤子は小さく首を振る。ひとりぼっちの部屋に帰ることには慣れている。

広告業界の片隅ＯＬ（結婚準備中）🔒@somawi0701……　11月1日

ロイヤルの両親に会う。

郊外の古い公営団地の一室。台所以外に、部屋が二つしかなくて、エレベーターもついてなくて、四階まで階段。

玄関に靴が入りきらない。壁に靴掛けがあってずらりと靴がくっついていたのはなかなか壮観。

小学校で一番勉強ができたけど私立中学を受験させてあげられなかったと、おかあさんが私の前で涙ぐむ……

サッカーボールを買ってもらえなくて、学校のドッジボールの古いやつでサッカーしたらバウンド激しすぎて全然練習にならなかったとか、クリスマスツリー買えなくて折り紙で作ったとか、いつの時代のエピソードかと。

高校も私立はダメだから滑り止めを受けられなかったって、笑い話になってるけど、当時はきつかっただろう。がんばったんだな。アルバムを一緒に見る。

彼のこと、全然知らなかった。

広告業界の片隅ＯＬ（結婚準備中）🔒@somawi0701…… 11月2日

「あっという間」と感じるのは、過ぎた時間を振り返るときだけだ。

真っ只中にいる時は、そう感じない。

『なつかしの味』ＷＥＢ番組から派生した一連のプロジェクトのリーダーとして、潤子は忙しく働く。

地方出張も増え、土日が絡むこともある。みさ緒と礼香と朝活をすることもままならない。橋田真知子が抜けた分も、仕事はどんどん降ってくる。くたびれ果てて帰宅する途中、スマホを開くとフローラルからはマッチング候補者たちが送られている。「面会」を「こなしてゆく」。時に、こなしきれずに、直前でキャンセルし、日程を変えてもらうこともある。日程を変えると、新しい候補者とのアポイントに差し支える。予定がひたすらふくらんでゆく。めかしこんで、パーティに足を運ぶこともあった。ひとりずつ面会するより、数をこなせて効率的だと思うけれど、ゆっくり話すことはできない。比較する目に焙《あぶ》られる痛みを、感じぬふりはなかなかできない。ちょっといいなと思う人がいて、『とても良い』を選んでも、同じようには選んでもらえなかったり、その逆もまたおこる。『とても良い』と思った人と、うまくいって、ふたりきりで会ってみたら、印象が変わることもある。いい方向に変わることはあまりなくて、落胆し、時に傷つく。そのたび、半年後に待つ人のことを思い浮かべる。金子が待っていてくれることを、なぜか潤子は疑わない。

たった二度会っただけの、そのうち一度は五分足らずという、時間にしてみれば、合計百二十分に届いていない、その時間の金子の印象が淡い光のように残っているのはなぜなのだろう。「勝負を懸ける」と言っていた目を、いいな、とは思った。

そう思いながらも、まさか、と笑いそうになるのだ。

まさか金子と結ばれることはないだろう、と。

一度、金子が出した二号店について、悪く書かれているブログを見た。年が明けて、間もない頃である。その時、思いがけず自分の心が揺さぶられたことに、潤子は動揺していた。傷ついてほしくないという気持ちは、恋ではないと思うのだけど、少しだけそれに似ている気もした。

金子には、結局会いに行かないままだ。忙しいというのが大きな理由で、忙しさを何とかしてまで駆けつけようとしない自分を顧みれば、やはり「恋はしていない」と潤子は思った。

仕事と婚活で予定がいっぱいのまま、時間は過ぎてゆく。

先月、メダカの棲むビオトープ鉢を室内に移してあげようとしたけれど、あまりに重たくて持ち上げられなかった。

やがて水面に氷が張り、もうダメだと潤子は諦めた。あんなに元気に泳いで、たくさんの卵を産んでいた健やかな親メダカたちが、ぜんぶ凍死。そう思ったら、しょっちゅうこまめに面倒を見てあげていたわけでもないくせに、ひどく悲しい気分になった。

それが先日の朝、水中にちらりと動くちいさな影を見つけたのだった。

「あ……」

つい声が漏れた。

まさかと思って鉢を覗くと、一匹や二匹ではなかった。長い冬を、この子たちは凍った水面の底で身を縮めるようにして寒さを堪えていたのだろうか。

そうしていつしか朝に氷が張らなくなり、水が温かく光る季節になっていた。餌を水面に、はらはらと落とすと、冬の眠りから覚めて間もないメダカたちが、健気に集まってくる。

室内の水槽では、以前潤子が取り分けた卵から孵った子メダカたちが、成長し、泳いでいる。爪の先ほどの小ささで、水槽の中でしょっちゅう行方不明になっていた稚魚が、きちんとメダカだと分かる形に育っていた。餌を食べる口の動きまで分かるようになった。数が多くてきちんと数えてみたことはないが、二十四以上はいるだろう。外のビオトープの水は春先の光を受けて少しずつ温《ぬく》みを持ち、一年を経て、メダカたちはまた卵を産み始めた。

季節は巡ってゆく。

今朝、潤子はこの春はじめて、卵を採った。

水草についた卵をそっと摘まんで、透明なコップに移す。指先の透明なつぶは、ぷちっと弾けてしまいそうなのに、少し強く摘まんでみると、跳ね返す力はたくましい。取り分けてあげなければ、この卵たちはほとんど親メダカに食べられてしまう。

ホテイアオイについた卵をすべてコップに移し取って、新しい命を、潤子は守った。

第十章　人生のピース

洗面所で手を洗い、ついでに部屋着をすべて脱いで裸になった。勢いで、朝から熱いシャワーを浴びた。

ボディクリームを塗ってから、この間一目惚れして買ったカクテルドレスを着る。

礼香と一緒に選んだものだった。きらびやかなパーティドレスが並ぶ店内をふたりで歩いた。触るだけで幸せにひたれるようなてろりと柔らかいドレスや、つやつやとして冷たい感触の高級なドレスを見てまわるのは、とても楽しい時間だった。

見た瞬間にときめいたのはウエストの右側に大きなリボンのついたシャンパンゴールドのカクテルドレスだった。光沢の入ったつややかな生地に繊細な刺繡がほどこされており、周りまでぱあっと光らせるように艶《つや》めいていた。けれど、リボンの存在感に、ちょっと若いかなど躊躇いが生まれた。「わたしをどうぞ♡」みたいな演出にも見えて、笑われてしまわないだろうか。いつも穿いているスカートより丈も短めだ。隣で礼香も、背中が大きく開いた深いブルーのドレスを眺めながら、「派手かなあ」とぶつぶつ言って悩んでいる。

「やっぱり黒かグレーにしておいたほうが無難かなあ」

潤子が言うと、

「そうだよね。普段も使えそうだしね」

礼香も頷いた。

黒いドレスも、素敵なのだった。柔らかいビロードや重厚なタフタの風合いで、可愛らしくも色っぽくもなる。グレーのドレスも、胸元に楚々《そそ》としたラメが入っているものや、パールがあしらわれたものなどいろいろあって、ちょっといい店での接待などに使えそうで、素敵だと思った。

でも、なんだか気が乗らなかった。

「あのさ」潤子は言った。「新婦の女友達は多少若い色を選んだほうがいい気もしない？少しでも華やぐっていうか」

「そうだね。いちばん可愛いと思ったドレスにしようか」

礼香が頷いた。

ふたりはもとのドレスへ戻り、並びの個室で試着した。

リボンは自分のためだけの演出だ。

今、年齢の縛りで臆したら、十年後、二十年後の自分はもっと弱くなる。サイズに問題はなかった。膝小僧を出すのも、たまには可愛いんじゃないか、と思うことにした。

四月の風はまだ冷たく、肩を出すには少し早い。けれども二の腕をひどく冷やすほどではなく、ボレロを羽織れば、それほど寒いとは感じなかった。きらきら光るパーティバッグで行きたかったけれど、帰りが遅くなることを考えると、念のためストールを持っていきたい。ひとまわり大きめのレザーバッグを持った。

礼香との待ち合わせは、潤子が予約したヘアサロンだった。

先に来ていた礼香は、中で待っていればいいのに、入口に立っていた。その姿に、潤子は溜息がもれた。

「やだ礼香、すっごくきれい……」

礼香は頬を染め、

「いやあ、でもなんかこの服、背中あたりがむずむずするし、大丈夫かなあ、ワタシ。生徒に見られたらホント終わりって感じだよ」

照れ隠しにぶつぶつ言っている。

礼香に虫を食わせた男に、この姿を見せてやりたいと思った。こんなにきれいな礼香をもう少しで手に入れられるところだったのに、惜しいことをした。

「ていうか潤子ちゃんも、どうしたのさ。女優さんみたいじゃない。ドレスの色がものすごーく似合うよ」

「ありがとう。褒め合うのはここまでにしとこう。どんなに褒めてもきりがないんだから」

「そうだね。それに今日はみさちゃんが主役だしね」

ふたりは連れ立って中に入り、事前にオーダーしていたとおり、髪形をパーティ用に整えてもらい、フルメイクまでお願いした。

ここまで時間をかけて完璧な自分を作り上げたのは久しぶりだった。

鏡に映る姿は我ながら息をのむほど美しい。若い子たちが自撮りをしたがる気持ちがめちゃくちゃよく分かると思った。高校生の頃はわたしたちもよくプリクラを撮ったと思い出す。礼香はいちいち変顔をした。みさ緒は、変顔はしないかわりに、笑顔も見せなかった。ふたりとも、自意識が低いんだか過剰なんだかよく分からないが、容姿で真っ向勝負をするのを恥じるようなところが昔からあって、少しでも可愛く見られようという欲をしのばせた笑顔を作るのは、いつも潤子ひとりだった。当時はプリクラを貼るための手帳があって、三人で撮ったプリクラをそこに貼っていた。プリクラにはひと言ふた言、載せることができた。「三人が最強！」「最高の親友！」「Best Friends!」なんていうふうに。

タクシーに乗って、みさ緒の式場へ向かった。

友達と乗るタクシーは、どこか特別な感じがした。

「みさちゃん、本当に結婚するんだねえ」

礼香が言った。

「信じられないよねえ」

潤子も言った。

「ワタシ、いよいよシスターになる日は、みさちゃんを誘おうと思っていたんだけどなあ」

礼香が言う。

かたちのよい礼香の鼻先を、街が流れてゆく。

三人の母校は脇にこぢんまりとした修道院が併設されていて、シスターたちがひっそりと暮らしていた。ある程度の年齢――というのが五十歳なのか七十歳なのか具体的には誰も知らなかったが――になっても独身でいると、母校から「シスターになりませんか」と誘いのお手紙が来るらしいという噂があった。

「わたしもね……内心で、この三人の中で誰かがシスターになるとしたら、みさ緒だろうと思っていたよ」

「だってみさちゃん、結婚しないって言ってたしね」

「中学生の頃から言ってたよね」

「騙されたね」

「うん。騙された」

たとえ結婚することになったとしても、式を挙げたり披露宴をしたりといった、ありきたりなことだけはしないと思っていた。

だけど、ふたを開けてみたら、結婚情報誌に毎号必ず掲載されていそうな老舗の式場で、大安にオーソドックスな宴《うたげ》を企画していたから驚いた。さぞやきまり悪そうに言い訳するのだろうと思っていたら、仕事と式場準備が重なって急に忙しくなったとLINEが来て、朝の集まりさえ延期に延期を重ねている。

しっとりとした指ざわりのクリーム色の厚紙に金色のラインの入った美しい封筒の中には、式と披露宴への招待状が入っていた。そこには、何のウィットも感じられない、ごく当たり前の文章がつづられていて、ああこれが結婚することなのかと潤子は悟った気分になった。出会った頃から万年反抗期のようだったみさ緒。お仕着せの制度やルールに反感を抱かずにいられない性格で、斜に構えた結婚観を隠さなかったみさ緒。こうやって、人は社会に適応していくのだな。これからも変わらぬご指導ご鞭撻《べんたつ》を賜りたく、ささやかながら披露を兼ねて小宴を催します、なんて言って、わたしたちを、式場の敷地内に造られたガラス張りのチャペルに招待しようとしている。

笑って突っ込みたい気分を超える「寂しさ」に、鼻の奥がつんとした。

寂しさの理由は、もしかしたら、みさ緒の結婚がちゃんとしたものだと分かってしまったからかもしれない。

今年の年明けに、礼香と一緒に、みさ緒の婚約者に会わせてもらった。

みさ緒のライバル会社にあたる広告代理店に勤めているという。就職活動のために通ったメディア研究の塾で知り合ったというから、みさ緒レベルの意識高い系を想像していたが、朴訥《ぼくとつ》とした感じの好青年だった。そして、「朴訥」や「好青年」という括りは、みさ緒の好みとは遠いはずだった。髪質が硬いのか、後頭部の髪がつんつん立っているのが寝ぐせの中学生ふうだし、眼鏡をかけた目は細く、鼻は丸くて、ずんぐりとした体形。おまけに下戸《げこ》で、ビール一杯でも倒れてしまうという。

尖ったムードを漂わそうとしている人が多い印象の広告業界で、もともと統計学をやっていて、調査部門の仕事を希望していたのだという彼は、うまいことを言ったり、場を盛り上げたりというのは苦手そうで、ぽつりぽつりと言葉を選んで話す。その声も小さい。でも、細い目をさらに細めて、みさ緒を穏やかに見つめているのがいい。何より、これまでのみさ緒の男たちとの大きな違いは、きれいな礼香を前にしても動じなかったことだ。森をはじめ、たいていの男は、現れた礼香の姿にちょっとそわそわし、あわよくばという視線をちらつかせたものだが――礼香の喋りを聞くと、たいていそのそわそわはおさまった――、みさ緒の婚約者にはまったくその様子がなかった。

「みさちゃんのどこを好きになったんですか」

単刀直入に礼香に訊かれて、彼はにこにこしながら「ぜんぶ、です」と即答した。恥ずかしそうにみさ緒が、

「頭おかしいでしょ、この人」

と、言うと、

「また、そういう口の利き方をする」

彼はマイルドな口ぶりでみさ緒をたしなめた。

そのやりとりがすでに夫婦っぽかった。

「残り者どうし一回やってみるかっていうノリだから。ほんと、来年はどうなっているか分からない。ねえ」

親友ふたりの前で悪ぶりたいのだろうけど、優しそうな彼の前でずばずば言うみさ緒に、潤子と礼香はハラハラするほどだった。

来年はどうなっているか分からない、などと言いながら、立派な招待状を送ってきたみさ緒である。礼香と連絡をとりあい、みさ緒の晴れの舞台にふさわしい正装で行こうと決めた。

髪をアップにしあげ、ところどころにパールの髪留めを散らした。礼香はゆるく巻き髪にし、細いゴールドのカチューシャをつけている。アラフォーにしては若すぎる格好かもしれないが、鏡で見た姿に、まったく違和感はなかった。タクシーを降りて、緑の多い式場で、陽射しをいっぱいに浴びた。

礼香の肌は真珠のように艶めいているし、自分も今、最高にきれいなはずだ。主役のみさ緒がいちばんきれいでないと困るけど、仕事のできる彼女のことだから、時間とお金をかけて今日に備えているはずだ。親友の美しさを引き立てつつ、三十五歳、若く輝いている姿を皆に見せたいと思った。


広告業界の片隅ＯＬ（結婚準備中）🔒@somawi0701……　４月21日

ついにこの日が……

幸せなはずなのに、とりかえしのつかないことをしてしまう気分になるのはなぜだろう。

とりかえしのつく時代なのに。

その日のみさ緒の美しさといったらなかった。

お父さんと一緒にヴァージンロードを歩いてきた彼女は、半年かけて伸ばした髪を太めに編み込んで、女神のようなスタイルにしていた。首まわりをレースで覆った、露出の少ない上品なドレスだと思ったら、ヴェールの下の背中が大きくあいていて、さすがみさ緒、と潤子は感嘆のため息をついた。いつもブラウン系のきっちりとした化粧だったが、今日はうす桃色のチークがほんのりとのり、照れ隠しか口角が上がり続けている。

その姿を見た瞬間から、潤子は泣いていた。なんで涙が出てくるのか分からなかった。みさ緒は「一回やってみるだけ」と言っていたのだ。世にもライトな結婚のはずである。

それなのに、ウエディングドレスの純白な輝きのせいだろうか、胸がぐっと締めつけられた。

なぜだろう、中学生のみさ緒を思い出した。

ずっと忘れていたけれど、みさ緒には、仲の良かった子たちと揉めて、ひとりぼっちになった時期があったのだ。中学校に入って間もなかった頃だと思う。休み時間になると、隣のクラスだった潤子の席に来て、時間を潰すようになった。潤子の机に座ったり、横の椅子に座ったりして、やたらハイテンションで話しかけてくるのだ。同じ塾に通っていたみさ緒とは、行き帰りが一緒だったこともあって、クラスは違えど仲は良かった。だけど、潤子としては、今のクラスの中に新しい友達を作りたかった。そのうち潤子は、みさ緒が教室に現れても、一緒にいる友達の輪の中でおしゃべりに夢中で、みさ緒に気づいていないふりをした。教室のドアから潤子を見つめるみさ緒。話しかけにくるみさ緒。「ちょっと待って」と言ったきり、同じクラスの友達と話し続けた潤子。

涙は後から後から出てきた。

あのあと、結局どうなったのだったか……。記憶を辿るけれど、ぼやけていた。少なくとも喧嘩をした覚えはない。行き帰りの待ち合わせもやめなかった。だから、みさ緒は、自分が邪険にされたことに、気づかなかった。そうであってほしい。祈るような気持ちで、目の前のみさ緒を見つめている。彼女が自分のクラスに居場所を取り戻すまでに、それほど長くはかからなかったはずだ。いじめなんて聞いたこともない平和な女子校だったから、六年間超絶楽しかったとお互い言い合っていたし、実際に楽しかったのだけど、少女の心を呼び戻せば、いくらかの齟齬《そご》はあった。友達への複雑な思いや劣等感や罪悪感が皆無だったわけではない。そして、そんなの全部、どうでもよくなるほどに、目の前にいるのは真っ白なドレスに包まれた美しいみさ緒だった。

あの日々から遥か遠くに来たことに気づいたら、申し訳なさでも悲しさでもなく、もっと澄んだ、水みたいに健やかな懐かしさに心が満たされ、まばたきをすればするほど、視界が滲んでゆく。

手足が棒のように細くて、正論ばかり言いながらも、大きな目で少し自信なさげにあたりを窺っていたみさ緒が、新しい家族を作る。

横を見ると、礼香もせっかくの化粧をぐちゃぐちゃにして泣いていた。その礼香を見て、また泣けた。真っ赤な目と目を見合わせて、笑った。友達の自分でもこんなに心揺さぶられるのだから、ましてやご両親はどんな思いなのだろう。潤子の場所からはみさ緒の両親の表情は見えない。娘を新郎に引き渡したお父さんはいちばん前の席で微動だにせず、立っている。みさ緒の両親は熟年離婚をしているので、ふたりが顔を合わせるというのも、久しぶりだろう。良かったね、みさ緒のお父さん。良かったね、みさ緒のお母さん。心の中で呟いた。式を終え、フラワーシャワーを浴びてさらに光り輝くみさ緒と写真を撮るために、列に並んだ。

ようやく順番が回ってきて、

「ちょっとぉ。何ふたりとも泣いてんのよ」

みさ緒がげらげらと笑う。

その姿さえ、わざと豪快にふるまっているように見えて、またちょっと涙が出てくる。

「みさちゃん、すっごくきれい！」

感極まったように礼香が声を震わすと、

「何言ってんの。どんなにお世辞を言っても、ご祝儀返さないからね」

と下手な冗談を言う。新郎が、「いや、本当にきれいだよ」と真顔で言葉を挟んでくるので、その生真面目さがおかしかった。

「あ、そうだ。このあとバタバタするから今のうちに言っとくけど、ブーケトス、端折《はしょ》ったから。小さな花束ふたつに分けて、ふたりに特別に用意してもらう予定だからね」

「ええー、嘘。嬉しい」

「ありがとう。楽しみ」

新郎新婦と写真を撮りたい人たちが行列を作っていたので長くは話せなかった。何となく、みさ緒がたくさんの人に取られてしまうような変な寂しさを感じるのも、結婚式ならではだ。会社の同期や、同級生の結婚式に参加するたび、あこの人にはこんなにたくさんの人たちとの関わりがあるのだなと思って、自分がその一部にしか過ぎないことが分かる。みんな、人生のあちこちを分け合いながら、勉強したり遊んだり、仕事をしたりして、大人になった。

披露宴が始まるまで、少し時間があったので、礼香と庭園を散歩した。

庭園には二つチャペルがあるから、同時に別のカップルも写真撮影をしていた。赤の他人なのに、見ていてなんだか感動してしまう。裾が大きく広がる作りの華やかなウエディングドレスで、あちこちにきれいな花がついていた。おそらく二十代半ばの、若いカップルだ。女の子はいかにも子どもっぽい顔立ちで、唇がぽってり赤いのがなんだか健気にも見えて、

「いいなあ……」

自然に言葉がこぼれた。嫉妬でぎらぎらした感じの口調になってなくてほっとした。

実際、嫉妬心はなかった。

ただ、「結婚」というものに、今日初めて圧倒された気はしていた。

みさ緒の中学時代を思い出したからかもしれない。結婚式って、家族や親戚や友達をこうして一つの場に集めてつなぎ合わせる儀式なのだなと、改めてそう思う。生まれたての赤ちゃんが大きくなって家族を選ぶまでの何十年という日々まるごとを、お互いに預け合う宣言。これまでの友人や知人の結婚式では、ここまで神聖な気分にはならなかった。やっぱり親友の結婚式は違う。

「潤子ちゃん、結婚したいの？」

不思議そうに礼香に訊かれ、

「したいよ！」

潤子は即答した。

「したい、したい、したい」

「へえ」

「だって、幸せそうだったじゃん、みさ緒。すごくきれいで」

それに、「既婚者」っていうステージに行ってしまった。

「じゃあ、なんでしないの」

「あのねえ……」むっとした潤子は溜息をついてみせ、「礼香はどうなの。そろそろ次の人見つけてもよくない？」虫の男と別れて以来禁句だった結婚ネタを、ついに礼香に振った。

「見つけなくてもいいかなと」

　礼香が言う。

「老後とか考えると、いつか誰かと暮らしてはみたい気もするけど、見知らぬ殿方とまた一から関係を築いていくのがワタシにはもう……ご遠慮しますです」

「まあね。あんな思いしたらね」

　潤子は苦笑し、

「それにしても今日みさ緒がブーケトスなくしてくれたみたいで良かったよね。あれはもう、この歳になると見せしめだからね」

　と言った。

「そうか？」と、礼香が真顔で潤子を見て、「見せしめなんて、こっちが思うからそうなるだけだよ」と言う。

「ワタシ、この半年間けっこう考えたんだよねえ。それでさ、結婚とか出産とかで差がついてく感じにしない方法があるんじゃないかと思ったら、別にLGBTとかじゃなくても、誰でも、気が合えば女どうしとか男どうしとかで一緒に住んで、養子を育てるとか、人工授精で赤ちゃん作るとか、そういうの法律的にアリにすればいいのにって思った。日本にとってもそのほうがいいよ」

「前にも礼香、そんなこと言ってたよね」

「恋愛感情とか肉体関係って、そろそろ結婚の条件じゃなくなるよ。ワタシは恋愛対象は異性寄りだけど、結婚するなら同性がいいな。一緒に住みたい。別々の部屋で。その相手は、できればみさちゃんと潤子ちゃんが良かった」

ストレートに告白された気がして、潤子は頰を赤くした。

「なんか、嬉しい」

「いっそ、ワタシたち結婚しちゃう？」

「え」

ちょっとどぎまぎして礼香を見ると、礼香はかたちのよい鼻にきゅっと皺を寄せるようにして笑い、

「きっとそのうち、そういう世の中になるよ。子孫に遺伝情報を伝えるためだけなら、科学が何とかしてくれるでしょ。もう異性愛にこだわる必要ないよ」

と、清らかな声で言う。

「そうかな」

礼香はゆっくりまばたきをして、

「うちの学校の子たちも、女の子どうしひっついて、くすくす愉しそうにしてる。ワタシらも、そうだったよね。あのままでいいじゃん。なんで結婚とかしなきゃいけないのかなあ。

ワタシ、みさちゃんや潤子ちゃんが子どもを産んでくれたら育ててあげるよ。三人で一緒に住んで養子を育てるとか最高。もっと早く思いつけばよかったな」

その表情は明るく、口ぶりもさばさばしているので、個人的な体験とはまた別のところで生まれた考えなのかもしれなかった。そう思うと、礼香の言っていることも、ものすごく変てこりんなアイデアでもない気はした。

「中高、楽しかったなあ……」

夢見るように、礼香が目を細めた。

ああ、それだよね。潤子は思った。かき乱されたんだよね、礼香も。みさ緒の姿を見て。

「さっき、教会にみさ緒が入ってきた時、中学の頃のこととか思い出しちゃって、泣いちゃったよ」

潤子が言うと、礼香がこきざみに何度も頷きながら涙ぐむ。

「分かる、分かる、ワタシも思い出した。あの頃は、みんな処女で、誰にも彼氏とかいなかったね」

礼香が唐突に「処女」なんて言うので、潤子は内心でぎくっとする。

そういえばずいぶん前に、礼香は高齢処女じゃないかとみさ緒と話した。本人に聞いたことはない。もうみさ緒ともそんな話はしないだろう。礼香は礼香だ。

「いや、みさ緒にはたびたびいたっぽいよ」

潤子が言うと、

「え、ホント？　いつから」

礼香が驚く。

「中三か高一か……何人か紹介してもらったことがある。そこまで深い付き合いじゃなかったかもしれないけど」

「へぇえ～」

間の抜けた声を礼香が出す。そういえば、礼香とはあまり恋バナをしたことがなかった。なぜか、そういう雰囲気の話を礼香とはしないことになっていた。それでも三人は仲が良かった。

披露宴の時間が近づいてきたので、会場に向かって歩き出す。

「ねえ、潤子ちゃん」と生真面目に名前を呼び、

「ワタシと結婚しないなら、ワタシのことは気にせず結婚してね。ワタシも潤子ちゃんのことは気にせず、シスターになるから」

礼香が真剣な顔で言った。

潤子はつい笑ってしまって、

「何言ってんのかよく分かんないけど大好きだよ」

と、ハグした。

礼香に、自分が奮闘してきた婚活について、まるごと話したい衝動にかられた。たぶん、少し先の未来に、語り合うだろう。今日のところはシャンパンで乾杯し、それからフランス

料理のフルコースが待っている。合間に、潤子と礼香は友人代表のスピーチをすることになっている。文化祭での活躍ぶりや、意外に刺繍が得意なことや、英語スピーチコンテストで優勝したことなど、中高時代のみさ緒について、ネタはいくらでも出せる。

夕方から始まる二次会も、きっと盛り上がる。みさ緒が部活の友達も二次会に招いていると言っていたから、高校を卒業してからずっと会っていなかった子たちにも再会できそうだ。もし三次会や四次会なんかがあるのなら、本当は最後まで出たかった。けれど、今日の潤子には行くべき場所がある。二次会で切り上げれば間に合う。落ち着いた頃に、三人で朝活か、いっそ旅行でもしたいな、と思った。

披露宴がもうすぐ始まる。

タクシーを降りると、窓ガラス越しに見ていた夜の煌《きら》めきがいっそう強くなった。思いがけず夜風が暖かくて、ほっとした。ストールは必要なかったかもしれない。ボレロのリボンを結びなおして、潤子は歩き出す。

引き出物の入った紙袋の口から、みさ緒が潤子と礼香に作ってくれた小さなブーケが覗いている。白い花とグリーンが中心の清楚なブーケは、いかにもウエディングドレス姿にぴったりだった。幸せがここにあるような気がして、少し口角を上げる。

店の前に、金子が立っていた。光沢のある紺のスーツ姿にネクタイという正装だった。潤子の今日の姿を見て、目を瞠り、ため息をつくように、「きれいですね……」と言った。ちょっと演技が入っている気もしたが、それでも潤子は十分嬉しく、幸せな気持ちになった。

ウエイターに案内され、奥の席に向き合って座る。

ムーディな雰囲気を演出することもなく、明るい店内だった。遅めの時間に入店したので、すでにあちらこちらのテーブルでカップルや家族連れが賑わっていて、皆楽しそうに談笑している。

「素敵なお店なのに、残念。今日の午後いっぱい食べてきたんで、軽めのコースにしますね」

潤子は言った。すでにメールで、友達の結婚式の後に行くということは伝えていた。

「やっぱりお店の変更をしたほうが良かったかな」

金子が言った。

「いえ、ここがよかった。約束していた場所ですし」

潤子はメニューを広げた。

金子がウエイターにシャンパンとワインの注文をしている。どんなお酒が出てくるのか、楽しみだ。

新店舗の経営もあり、金子はとても忙しいはずだった。一月のオープン時に郵送されてきたショップカードには、いつでもいらしてください、と書いてあったが、結局まだ一度も行けていない。でも、ホームページは何度も見たし、金子が綴っているブログも読んでいた。

「新時代のカフェ&バー」とか「習い事の前に軽く一杯、美味しいデリと」とか、雑誌の中にそんな見出しで店が掲載されているのも見つけた。インタビューに答える金子の笑顔が写っているものもあった。

「それで、どうですか、調子は」

と、金子が訊いた。

来たな、と潤子は身構える。

どう話そうかと思った時、金子の目に、怯えが滲んでいるのを見た。

「婚活、ちゃんとしましたよ」潤子は告げた。「結構、がんばったほうだと思います。パーティにも何度も参加しました」

通算四回、パーティに足を運んだ。最初のうちは他の女性と顔を合わせなくて済むパーティだけを選んで参加していたが、そのうち、男女で大きな円を作って三分ごとに男性が円の中を回っていく回転寿司形式(と呼ぶらしい)パーティや、時には男女入り乱れて交流する地獄のようにオープンなパーティにまで足を運ぶようになった。時には女性との会話が盛り上がることもあって、それはそれで楽しかった。話した相手の数は、優に百人を超える。

「短い期間でたくさんの人に会ったから、人の熱にひりひり当てられて、帰り道はいつも疲れてしまっていました」

「そうですよね。疲れますよね。それで、いい出会いはありましたか」

金子は明るく訊いてくるが、まばたきの回数が多くなった。

「ありましたよ。話していて楽しい人はいましたよ。でも」

「でも?」

「厭な目にも遭いました。回転形式のパーティで、わたしの前では無表情でほぼ無言だった人が、隣の若い子には身を乗り出して相槌を打っているのを見てしまったり、初めて外で会った時、財布を忘れたって言われて全部払わされたこともありました」

それを聞くと金子は自分が傷つけられたように黙った。

「あるパーティで、ずっと婚活しているっていう年上の女の人と長く話せたんですけど、『休み休みやらないと鬱になるよ』ってアドバイスされたんですよ。中には、ものすごく非常識な人もいるから気を付けてって。考えてみたら、数分間とはいえ完全に無視されたり、デートで全額払わされて、後で返すって言われたのに連絡取れなくなるとかも、お金以上に、結構な痛手じゃないですか。そういう時って心が忙《せわ》しなく動くから、表面的には相手に対しての怒りでいっぱいなんですけど、ひとりになってようやく、傷ついていることに気づくんですよね。以前のわたしだったら、一回そういう目に遭っただけで、婚活やめていたと思います。けど、この半年間は、それほど引きずることなく、次の人に会いに行くことができた。なんでわたしはいろいろ厭な目に遭ってもめげずに婚活できてるのかなって思ったら、金子さんの存在が大きかったなって」

「ああ、まあ、私が保険のようなものでしたか……」

自分を茶化すように金子は言った。

「そういうことじゃないんですよ」

慌てて潤子は否定する。

「わたしの婚活の最初が金子さんだったことです。あの時、金子さんはすごくわたしを大事にしてくれた。短い時間の中で、わたしを楽しませようと、すごく一生懸命お話ししてくださいましたよね。金子さんはそういうお人柄で、みんなにそうやってお話しされてるのかもしれませんが、それでもわたしは楽しかったし、すごく嬉しかったんです。最初が金子さんだったから、婚活すること自体が面白くて明るいことだっていうイメージを持つことができたんだなあって、それで、簡単にはめげずにいられたんだなって、どんどん気づいていきました。あの、クサい言い方しますけど、金子さんはわたしにとって、婚活のトウダイみたいな感じでした」

「いや、僕はそんな優等生じゃないですよ。これまでも、うまくいきませんでしたし」

トウダイを、東大と聞き間違えたらしい金子が謙遜する。その勘違いに潤子は笑い、

「海を照らす灯台です」

と伝えると、目の前の顔が赤らんだ。

「心の中に金子さんがいてくれなかったら、わたし、低く見られるたびにまともに傷ついて、男の人に会うの厭になっていたかもしれない。新しい人と初めての話をしながら、お互いを伝えあって、そうやって自分に合う人を探していくのが婚活なんだって、結婚する相手を探すことの意味を、ポジティブにとらえることができたのは、金子さんがいたからです」

「おお。いいこと言ってくれますね」

金子は嬉しそうに頬をゆるませたあと、小さく咳ばらいをし、

「で、ええと、それで、成果はあったんですか」

意を決したように訊いてきた。

潤子は笑った。

「ありました」

「……ああ、そうですよね」

金子が微笑む。誤解をさせないように、潤子は小さく首を振って、すぐ続けた。

「成果って言っても、具体的に何か進展があったわけじゃなくて、自分について外側から見ることができるようになったっていうことです」

「外側から？」

「これまでの人生で、わたしは大きく踏み外したことがなかった。親からも会社からも、けっこう信頼してもらえているほうだし、親友からも『まとも』って言われてる。でも、それって、単に癖のようなもので、何がしたいかより何がまともかを先に考える、性格の習慣なんだって気づいて。この年齢だから、結婚というまともなことをしなければならないって、それはわたしの中では、もう義務に過ぎなくて……」

「分かります」

金子が頷いた。

周りと同じ目になって外側から自分を見ているうちに、自分の中の自分は迷子になってい

く。どんな生き方がふさわしいか、どんな結婚がまともか、どうするのがいちばんメリットが大きくて、リスクが少ないか、そのためには何をするべきか。

この半年間、恋をしていない相手のせいで心を揺さぶられるということに、抗い続けた自分を見た。好きになるわけがないと思い込んでいて、その前提には、自分で決めた「まとも」や「メリット」が横たわっていた。それでいて、金子が勝負を賭けたピットバーがどうなるのかについて、ひそかに情報を追うのを止められなかった。

ネットの書き込みを見た時、心が潰れそうになった。

「○○店の二番煎じ。行く意味なし」「意識高い系店主が、仲間の雑誌ライターにヨイショさせて、目立たせてる張りぼて店」「がっかりの味。店主は、素材の味を生かし切れていないずぶの素人」……。

その時、潤子が思ったことはただ一つ。これを金子に見せたくない。

絶対に見せたくない。

ネットを使った仕事をして、社会人をやっていれば、そうそうヤワでいるわけにはいかない。ネットの中にこうした心ない書き込みが現れることくらい、潤子は知っていた。

以前、複数の人間から同時に、潤子の会社の工場の衛生管理についてデマを流された。ネズミ、ゴキブリ、猫の死骸……そんな単語と社名を並べて書かれるだけで、イメージはがた落ちだ。信じた人や信じたい人により、噂は拡散され、消費者から取引先から問い合わせが来るに至ったため、プロバイダーに情報開示請求した。

複数の人間に見せかけた書き込み群は、ただひとりの男の仕業だった。

数年前に会社と契約を終えて円満退社したかたちになっていたその男が、何を思ってそんな書き込みをしたのか。

とにかく、こういうことはいくらでもあるんだと思った。

クチコミサイトの悪い書き込みくらいで落ち込むような金子じゃないはず。

そう思うのだが、冷静ではいられない。悲しいとか悔しいとか、そういう単純な感情を超えていた。

金子の心を守りたかった。

しかし、金子のほうが上手《うわて》だった。書き込みを見てからほんの数十分後、なんとなく気になってもう一度確認したら、そうした心ないクチコミのすべてに、「オーナーK」からの返信がついたのだ。

「○○店の二番煎じ。行く意味なし。 BY Cheerymay」

コメントをありがとうございます。敬愛する○○店の運営については、参考にさせてもらった面はたしかにあると思います。けれど、お客様に二番煎じと感じさせてしまったのならば、大切な時間を無駄にしたこととなるのでお詫び致します。そのメニューにどうしてそうしたことを感じたのか、ご意見をくださるとありがたいです。今後、お客様を落胆させないように、出汁の取り方や、地酒との組み合わせなど、○○店とは違う楽しみ方をしていただけるように工夫をこらしていきます。行く意味なし、などと切り捨てず、また足をお運びください。

「意識高い系店主が、仲間の雑誌ライターにヨイショさせて、目立たせてる張りぼて店。By おだまり茸」

おだまり茸さん、コメントをありがとうございます。まず、私のことですが、自分では自分の意識が高いものか低いものか分かりませんが、お客様が少しでも羽を休めてくださるような店づくりを頑張ろうと思っていますので、そのやる気を意識の高さと思っていただけるなら感謝致します。

しかしながら、後半のコメントは訂正させてください。職業柄、雑誌の編集者やライターの方を数人存じてはいますが、私ごときが彼らから仲間とは思われていないと思います。彼らにとって私は「新規店のオーナー」に過ぎず、街特集のたびにネタとして定型の取材をしてくれています。えこひいきをされたことは一度もありません（できれば「ヨイショ」されてみたいものですが。笑）。

「がっかりの味。店主は、素材の味を生かし切れていないずぶの素人。by 匿名」

開店してまだ間もないのに、すでに弊店へ足を運んでいただけたのでしょうか。ありがとうございます。お客様のご意見は、弊社弊店の発展のために何よりの財産だと思っています。匿名さまが、「味を生かし切れていない」と感じられた素材を教えてください。きちんと研究をし、匿名さまのお口にも合いますよう精進したいと思っております。さらに、具体的なご意見を伺いたいのですが、どの料理がお気に召さなかったのでしょうか。どのような料理を期待されますか。

何やっちゃってるの、あの人。

潤子は呆れ、ムカムカした。

こんなクチコミ、放っておけばいいのに。だいたい、このペースで悪口すべてに応じていたら、心がやつれるばかりか、本業もおろそかになってしまう。

潤子は泣きたくなった。金子がバカすぎて、本当にいらいらした。だから、クチコミサイトの中に偽の名前でＩＤを取り、急いでコメントを書いた。

Cheerymayさんやおだまり茸さんは本当に一般のお客さんなのでしょうか。開店したばかりのお店のことを、決めつけるように悪く書くなんてどこかおかしいです。私はとても素敵なお店だと思いました。何を食べても美味しかったし、お酒のセレクトも最高でした。私の友達もみんなまた行きたい、何度も行きたいって言っています。

書き込みをアップしてから数秒、ぼうっと画面を見ていた。

何やっちゃってるんだ、わたしも。

まだ行ったことのない店について「何を食べても美味しかった」なんて、嘘を書いた。ルール違反にも程がある。

「ばかみたい」

潤子は呟く。

ネットの掲示板に嘘の書き込みをするなんて、初めてだった。

もちろん、そんなことをしたと、金子には一生言わない。誰にも言わない。言えるわけがないではないか。今となっては、あんな書き込みをした自分が不思議なだけだ。まともでもなく、ふさわしくもなく、メリットも何もない、ただ突き動かされるようにルール違反をした。

それは、まったく種類は違うけれど、真知子が「Mayumi.」として吐き出したかったものと似ている気がした。あの、うさん臭いマスター曰くの、「いちばん分からないもの」が、わたしの中にもあった。

ウエイターがシャンパンを持ってきた。そこでいったん話が途切れる。細かい泡がグラスの中で跳ねている。

「アミューズです」

と言ってウエイターが差し出したのは、ちいさなスプーンにのった小粒のトリュフチョコレートだった。

「へえ。食前にチョコレートって、めずらしいですね」

舌にのせたら、ひんやりと溶ける。渋い、大人のチョコレートだ。

「シャンパンと合わせると、味わいが変わりますよ」

と、金子に言われて口に含むと、一拍遅れて、ふわっと甘みが広がった。

「美味しい」

「アミューズでチョコを出すのはアイデアだなあ。ちょっと勇気がいるけど、僕の店でも取り入れようかな」

「いいんじゃないですか。アミューズでマカロンを出すお店もありましたよ。食前に血糖値を上げたほうがいいって言いますし」

「実は理にかなってるんですよね。チョコレートに含まれるフェニルエチルアミンっていう成分と、シャンパンに含まれるテストステロンが反応すると、気持ちが高揚するって言われてるんで、デートだと最高のアミューズだなあ」

「へえ。そんな化学反応があるんですか」

食べ物の話になると潤子は楽しくなる。婚活では、レストランやカフェを利用することが多かった。それが目的ではないから忘れがちだが、初めての店で初めての食事や飲み物に接する機会でもあったのだ。

「大林さんは僕のことを、婚活で出会うみんなに親切に話をしているのかもしれないって言ってくださいましたが、僕も、そんなに善良な人間じゃないですよ。誰に対しても同じというわけではなかったと思います。もちろん相手を不快にさせるような言動をしたことはないと信じたいですけど、やっぱり、人によって態度は変わります」

「それは……そうですよね」

金子は、シャンパンをひとくち飲んだ。

「大林さん、あの時、途中で『マリアージュ』って言ったでしょう? あの瞬間に僕は、心を摑まれてしまったんです」

「え。わたし、そんなことを言いましたっけ」

「アルコールと料理のマリアージュの話です。だから、大林さんに他意はない。でも、僕はその直前に店のブログでマリアージュのもともとの意味は『結婚』だっていうのを書いたばかりだったんで」

「そんな記事、あったかなあ」

潤子は、金子が書いている「オーナーKのひとりごと」のすべてに目を通していた。しかし、思い出せなかった。

「あの日、速攻削除しましたから見ていないと思います。えらいセンチメンタルな記事だったんで、大林さんにもし見られたら気味悪がられるんじゃないかと思って」

「ええー、そうだったんですか。大丈夫ですよ。気味悪がったりしませんから、その記事、ぜひ読ませてくださいよ」

潤子が言うと、金子は「まあ、いつか」と照れた。

日ごと、朝の光が濃くなってくる。もうすぐ夏だ。メダカたちも元気に泳いでいる。去年の成魚だけでなく、稚魚たちも成長して、卵を産むようになった。今日もまた卵を指で摘まんで水槽に移している。

窓を開け放して作業をしていたら、部屋のテレビからナレーションが聞こえてきた。

「転機は四十七歳の夏。当時、食品会社に勤務していた橋田真知子さんは……」

はっとして、まばたきを止め、ひとまず今採ったばかりの卵を水槽に丁寧に落としてから、部屋に戻った。

「仕事の広がりにつながるかもしれないと参加した週末農業で知り合った地元の農家の方から、規格外野菜の扱いについて話を聞いた橋田さんは……」

画面に出ていたのは真知子だった。

「わー！」

潤子はつい声をあげた。

アナウンサーにインタビューされた彼女は、

「『規格外の野菜ってたくさんあるんですよね。栄養もあってこんなに可愛いのに勿体《もったい》ないって。それが最初でした』」

と、すました顔で答えている。

片手に小ぶりのにんじんを持ち、「『これ、売り物にならないんですよ。とっても美味しいのに』」と話す真知子の頬は少しふっくらしたようだ。茶色い巻き髪や、水玉のサテンシャツなど、相変わらずの女子力の高さにほっとする。農業関連の仕事には似つかわしくない真知子の容姿が、規格外野菜のお洒落さや美味しさの説得力を増しているようにも見える。

潤子は急いでスマホを手に取った。『なつかしの味』チームで連絡用に作っているグループLINEに、テレビ番組名を書いて送った。

〈すぐ見て！　橋田さんが出てる！〉

すぐさま、河北から返事が来た。

〈本当だ〉

江里菜からも返事が来た。

〈すごい！　びっくり！〉

〈大特集だね〉

〈相変わらずきれいですね〉

途中で気づいたふたりのスタッフも加わり、しばらく真知子について盛り上がった。

潤子の中に、誇らしさがほかほかと温まっていた。出かけるまでにまだ少し時間があるので、ベランダに戻り、床に置きっぱなしにしていたままのホテイアオイを手にとる。そのままビオトープに戻そうと思ったが、なんの気なしに裏返して、もう一度だけ根元を見た。

かくれんぼしていたように、小さな卵がひとつ、見つかった。

潤子は卵を指で摘まみ、そっと水槽に移した。卵は、くっきりと、光るように見えた。寝ぼけたままの朝、たまにかすむこともあるけれど、今日のところは、卵の中のメダカの目玉、卵を摘まみとる指の腹の皺、全部見える。

でもいつか、そう遠くないうちに、ぼやけてしまう日は来る。それは百パーセント訪れる日なのだけど、百パーセントだからこそ、重大な話ではないように思えた。ネットの中で、あるいはどこかの洒落たお店で、真知子が広報部でかけていたような眼鏡を探せばいいだけのこと。

ほかほかとした誇らしさは、勇気になって、潤子の心を灯していた。

真知子が「Mayumi.」だったとして、一時的に心がどこかに持っていかれるようなトンネルの中にいたとして、それでも真知子は真知子だ。わたしに見せてくれた姿が、わたしの真知子だ。それでいい。かけてくれた言葉も、時おり見せる表情も、全部すごく、素敵だった。

彼女が手がけたのは市場に出せない野菜の仕分けと卸売事業だった。いくつもの農家と提携して足場を固め、見てくれは悪いが味はよい野菜を鮮度が落ちないうちに、レストランや、缶詰等の加工業者につなぐ。ネットで直販も始めるそうだ。野菜を「可愛いもの」として、おしゃれなホームページや、洗練されたSNS活動につなげたのが注目を集めた。

退社前の真知子に、また彩華に行きましょうとメールをしたけれど、結局実現しなかった。最後に長めの有給休暇を取っていたから、おそらく南の島かどこかで悠々と楽しんでいるのだろうと思ったが、実際は、すぐ次の仕事に取り掛かっていて忙しかったのだろう。さっきのテレビで、そう話していた。退社後には、最後に教えてもらった個人のメールアドレスにメッセージを送ったが、業務用のようなそっけない返信が来て、内心で潤子は落ち込んでいた。でも、もしかしたら、新しい仕事の立ち上げが、本当に忙しかったのかもしれない。そう思うと、心の中に刺さっていた棘が抜け落ちるようで、顔の筋肉がふわっと持ち上がる。

河北と江里菜にも、真知子の今を知ってもらえてよかったと思った。

先週、ふたりを誘って金子の店に行ってきた。友達の店だ、と伝えた。彼らの反応が心配だったが、店構えからしてとても気に入ってくれたようで、嬉しかった。何枚も写真を撮って、巧みな技術で加工してから自分のSNSにアップしてくれた江里菜のことをたちまち大好きになってしまうほど、潤子は金子の店に肩入れしているし、もっともっと彼の野心がかなうといい、そのために、できることは何だってしたいと思う、その気持ちを金子に少しずつ伝えている。

河北を広報に引き抜く話は、久良木を通じて実現しつつある。おそらく来月には内示が出るはずだ。葛西のことを慕っている人は多く、彼に分かりやすいパワハラやセクハラの噂はないのだけれど、体育会系の働き方が合わない人には、別の部署で別の働き方を探してもらったほうが良い。

江里菜は、会社が立ち上げたSNSを活用したマーケティングの新部署に移ったばかりだ。彼女の能力や活躍ぶりからしたら、当然の異動だと思う。そしてその部署と広報部を、なぜか潤子は兼部することになった。仕事の内容が、広報部ともタッグを組むことが多いので、双方の意思調整をしやすい人を間に立てたいということだ。会社組織の中では、よくある話である。くわえて、なんと潤子は正式に広報部で「課長」の命を受けたのだった。これは驚きである。『なつかしの味』プロジェクトがここまで大きく育った一因が羽賀との出会いであったことを思うと、渋面《じゅうめん》を作ってみたくなるような、首をかしげたくなるような、でも、まあ、ラッキーだったと思うことにする。会社で働くことは、今のところ、とても楽しい。

真知子が始めた会社のホームページはすぐ見つかった。可愛らしい野菜のイラストがアイコンになっている、素敵なホームページだった。

メッセージのアイコンは、くるんとした丸いかたちの茄子《なす》だった。この茄子をタップし、「テレビを見ました。素敵ですね。応援しています。」と送ってみることを考えた。しばらく悩んだが、結局潤子は画面を閉じた。いつか思い出してくれたら、真知子から連絡があるかもしれない。思い出してもらえるように、わたしはわたしの仕事をがんばろう。そう思った。

金子とは今週末に初めて遠出する。

誘われた時、とうとう来たなと思ったけれど、悪い気はしなかった。それどころか、何を着ていこうか、ずっと算段している。この先、彼とどうなるかは分からない。来年、フラワーシャワーを浴びているかもしれないし、またフローラルに通っているかも……いや、それはないと信じたい。

そして、一度は「無理」とまで言った人とのデートを心待ちにする日が来るとは思わなかったから、自分の中で「トキメキ」と感じた瞬間なんて、そんなにあてになるものでもないな、と今は実感している。

そういえば、金子との遠出の翌週には、みさ緒の新居を礼香と訪ねる企画が持ち上がっている。みさ緒はどうやらお腹のなかに新しい家族を授かったらしい。

「一回やってみるだけ」「すぐ別れる」などと言っていたみさ緒を思い出し、潤子と礼香はすっかり呆れた。呆れながら、笑ってしまった。

「ラブラブじゃん」

LINEに書くと、「そういうことじゃないから」と即座に返された。いったい、そういうこと以外の、何があるというのだろう。新居祝いは家電ではなくベビー用品にしよう。お腹に赤ちゃんのいるみさ緒に会うのが今からとても楽しみだ。

スマホの手帳アプリの土日欄が、婚活以外の予定で少しずつ埋まっていくのを見ながら、この繰り返しがわたしの人生なんだろうなと、ふいにそんなことを、潤子は思った。

「人生」なんて、笑える。演歌みたいじゃないか。

だけど潤子は味わっていた。失敗したことも、傷ついたことも、百人を超える異性と会ってみたことも、そして、ひとりの男の人に今少しずつ傾いているこの気持ちも、みんなみんな自分の人生に欠かすことのできないピースだということを。

「行ってきます」

家で留守番をしてくれるメダカたちに声をかけ、今日の空の下を、潤子は歩き出してゆく。

オーナーKのひとりごと

私の好きな言葉、「マリアージュ」。
飲み物と料理の相性の良さをいいますが、
語源は「結婚」だそうです。
相性の良い組み合わせが、その美味しさを、何倍にも高めてくれるように、
自分の善いところを引き出してくれる相手に、私もいつか出会いたい。
あるいは、尊敬すべき先人が結婚を料理にたとえたように、
私は結婚を仕事にたとえよう。
友人にたとえよう。
趣味にたとえよう。
そして、この文章を書いている私と、
読んで下さっているあなたにたとえよう。
人生に素晴らしい「マリアージュ」を！

解説

横山清崇（演出家・脚本家）

※注　ネタバレを含む記述がありますので、
本文の後にお読みになることをお勧めします。

この物語を読み終えた時、こう思う方も多いのではないでしょうか？「そう終わるとは思わなかった」。私自身、率直にそういう感想を抱き、そしてそれ故に、本作に強力な魅力を感じました。新刊として発売される前、『婚活』を題材にした作品」と聞き、筋書きについてさまざまな予想をめぐらせていましたが、作者はそれを見事に裏切ってくれました。ある種の興奮状態にあった私が、朝比奈あすかさんに連絡して伝えた言葉は、「この作品をミュージカルにさせて欲しい」でした。

作者の朝比奈さんと私とは不思議な縁で結ばれていると感じます。彼女とは高校の同窓生。しかも、中学生の時から同じ進学塾に通っていたため、出会いはなんと約三十年前に遡ります。では、長年の友人か？と言えば、そうではないのです。二人の関係は「お互いに知っている程度の仲」といった表現になるのではないでしょうか。私たちの高校生活には携帯電話が存在しませんでした。「互いに知っている」関係の者同士にとって、「卒業」は、ある種「永遠の別れ」に等しかった時代です。では、私たちを結び付けたものは何か？　それは、本作の中でも重要な役割を果たす「SNS」でした。もし世の中にこれが登場しなければ、私たちの人生が再び交わることはなかったと思います。

高校卒業時から約十五年後、朝比奈さんと私は連絡を取るようになったわけですが、その空白の時を経て、一方は小説家に、もう一方は演劇人になっていました。私はこう思いました。「彼女にそんな志があったなんて全然知らなかった」。きっと彼女も同じことを感じていたに違いありません。そして、こうも思ったことでしょう。「人って本当に謎だ」と。

「世の中でいちばん分からないものは、人の心」

これは、物語の軸になる大林潤子が密かに心の師と仰ぐ、橋田真知子に連れていかれた会員制バーにて、そのマスターが語った言葉。このワンシーンにしか登場しない人物の一言に、本作の魅力がギュッと凝縮されているように感じます。そう、「人の心」とはあまりにも奥深く、謎めいています。何が潜んでいるか分からないからこそ、覗いてみたいという欲求を私たちは常に抱いています。朝比奈さんは、本当に秀逸な描き方で「人の心」を提示してくれるので、読みながら何度も唸らされ、いつの間にかすっかりと作品の世界に引き込まれてしまいます。作者には、どうやらこちらの胸の内が見透かされているようです。

本作について私なりの解説を述べるとしたら、「どうしてミュージカル作品にしたいと思ったか」という観点をお話しするのが一番でしょう。ミュージカル作品には、基本的にお芝居の中に「歌」が入ります。ですが、それは「会話中に歌っている」わけではありません。登場人物の感情が高まり、その内なる声を吐露したい衝動に駆られるとき、「歌唱」という方法で表現しているのです。つまり「歌詞」には「本当は口にはできない言葉」が込められています。

本作は、食品会社の広報部に勤務する三十四歳の独身女性、大林潤子の内なる声で溢れています。中学生からの親友でありながら、「結婚」とは程遠い存在だと思っていた水上礼香から婚約報告を受けた時……交際には至っていないものの、好意を抱きいずれは結婚も、と密かに夢みていた羽賀が妻帯者だと分かった時……上司と不倫しているかもしれないという噂が立ち、その真偽を探ろうとして橋田真知子とランチに出かけた時……そのいずれの場面でも、作者は、細やかな言葉遣いで、潤子の心の動きを描きます。例を挙げると「心のささくれ」「もやもや」「小石を飲み込んだような痛み」「淡い格差感」など……いずれも、その場面にふさわしい絶妙な言い回しが選択されています。

また、潤子だけではなく、別の人物たちの胸の内にも迫る瞬間があります。潤子のもう一人の親友、児島みさ緒が時折強烈な毒も含んで呟く言葉……また会社においては、常に隙が無く「完璧な女性」然として振る舞っている、橋田真知子から発せられる弱音や愚痴……それらは潤子のように「インナーモノローグ」ではなく、「ツイッターの文言」という形で描かれています。途中まで、みさ緒の呟きだと気が付かず、潤子の「架空アカウント」のように錯覚させるなど、ニクい演出も織り込まれています。様々な仕掛けで、人物たちの内なる声を表現する手法には心からの称賛を送ります。

さらに注目したいのは、章ごとのタイトル。「友達と同じ人生は歩めない」『それなりの幸せ』が無限に遠い」「友達の人生を、わたしは知らない」など、どれも曲名になるような、まさにキラーフレーズです。このように、朝比奈さんの紡ぐ珠玉の言葉の数々を前にすると、「この言葉たちに音楽を重ねて聴いてみたい」という欲求に強く駆られるのです。

さて、次の観点に移りましょう。ミュージカルがバリエーションに富んだ楽曲で溢れるには、魅力ある個性的な登場人物たちが必要です。本作には「愛すべき」登場人物たちが沢山登場しています。「愛すべき」というのは、「人間として立派だ」という意味とは必ずしも一致しません。むしろ、「どうしようもないな」と思う部分を多分に抱えているからこそ「愛すべき」存在になれる場合もあります。本作の軸である潤子はどんな人物でしょうか？　おそらく読者の皆さんは、何度も潤子に対して苛立ちを覚えたのではないでしょうか？

「むかついているのに、にやけてしまうのを止められない。腹立たしいのに、席を立てない」

これは、羽賀に言い寄られている時の潤子の心の声。「何言ってるんだ！　まったく」と思いつつも、次の瞬間「自分でも同じようにしてしまうかもなぁ」とも考えるのです。潤子には「人間臭さ」を多数の場面で感じます。優秀な後輩社員、阿部江里菜に対して、その能力を認めていながら「好きになれない。理由などない」と言い切ってしまうのも、ある意味、とても人間らしい感情です。思わず、「分かるよ。そうなんだよな」と共感を覚えてしまうのです。潤子、みさ緒、礼香の三人は親友ですが、他の二人には言わない言葉、見せない部分をそれぞれが持っています。このように、潤子の周囲にいる人物たちもすべて、多面体で描かれています。だからこそ、出会った当初は結婚相手としての可能性を微塵も感じさせなかった、金子酒天堂の主人、金子茂樹が次第に潤子にとって重要な人物となっていくのでしょう。ここにも「人の心の分からなさ」の面白さを見ることができるのです。

私が「ミュージカル作品にしたい」と強く願った最後の決め手は、本作を通じて投げかけられる「『価値観』からの解放」というメッセージです。「婚活」を行い、「結婚」と向き合ううちに、潤子は「結婚したいと思っていたのは、世の中の価値観に縛られていたからではないか」と理解するようになります。「結婚すれば幸せ」「結婚しないと不幸せ」という図式をいつの間にか強いられてきたのだと悟り、その思考回路そのものからの脱却を図ろうとしています。この記述を読んだときに、私はハッとしました。私が活動している演劇界も「ジャンル」という表現によってカテゴライズされています。そしてミュージカル作品の場合、「絢爛豪華」「ファンタスティック」「明るく楽しく」であることが自然と求められています。私自身もどこかでそういうものだと思ってきました。潤子たち同様、「価値観」に縛られていたのです。

この「『価値感』からの解放」は物語の終盤で、潤子、みさ緒、礼香たちの行動によって実現していきます。みさ緒は「『結婚できなかった人というレッテルを回避する』ために結婚する」と決め、礼香は「気の合う人どうしで一緒に暮らす『友だち婚』」を本気で提案するようになります。ただ、これはあくまでも「当面の結論」。みさ緒は「すぐ別れる」と平然と言いますし、礼香も「見知らぬ殿方と一から関係を築く」ことを拒絶しているだけのようにも聞こえます。「絶対的な結論」ではないのかもしれません。ですが、間違いないのは、彼女たちが世の価値観から解き放たれたということです。では潤子は？と言えば、意識改革はできたように見えますが、「当面の結論」を与えられていません。これはどういうことなのでしょう？　潤子が辿る道については、読者の想像に委ねます、という作者の意図だと推察します。

もちろん「金子と結婚する」という選択肢は十分に想像できます。しかし、仮に金子を人生の伴侶に認めたとして、潤子は「入籍」にこだわるでしょうか？　「事実婚」という道もあります。また、もし籍を入れたとして、果たして「金子」姓と「大林」姓のどちらを選ぶことになるのでしょう？　もしかしたら礼香との「友だち婚」が実行に移されているかもしれません。みさ緒のお腹に宿った新しい命を、潤子と礼香、そして金子も一緒に育てている……その可能性だってゼロではありません。このように、潤子と金子がどうなるのかを明確にしないまま本作が終わっているのは、朝比奈さんが「未来」を見ているからでしょう。礼香の「きっとそのうち、そういう世の中になるよ」という言葉は、その暗示。時代と共に世の中は変わる。世の中が変われば、価値観や法律も当然変わっていく。その都度、潤子と金子とが築く将来像が違うものになっても良いではないか……そんな作者の声が聞こえてきます。敢えて結末を描かないことによって、本作は永遠にリアルタイムであり続けるのです。

「人生に素晴らしい『マリアージュ』を！」

作者が最後に書き記した、この言葉には爽快な潔さが感じられます。「何をもってハッピーとするかは、皆さんが決めてください」という、朝比奈さんからの人生に対する応援メッセージと私は受け止め、ミュージカルのラストを潤子と金子が乾杯するシーンにしました。二人はまだ「恋人」でも、「婚約者」でも、ましてや「夫婦」でもありません。逆に言えば、何にでもなれるのです。「何に乾杯しましょうか？」と尋ねる金子に対して、潤子は「私たちの人生に」と告げ、ミュージカルの幕は降ろされます。このセリフは、本作には登場しない言葉ですが、作者のメッセージに対する、私なりの返事のつもりで加えさせていただきました。「ミュージカルとはこうあるべきだ」という私の中に固まりつつあった価値観から解放されよう、との想いをこめて。

朝比奈あすかさんの物語は、強く訴えかけています。「生きていくことは困難の連続だ。

しかし、だからこそ尊く、意味があるのだ」と。これからも、彼女が描く「どうしようもなさ」を持った「愛すべき」人々にたくさん出逢いたいと心から願っています。

本作品は二〇一八年十一月、小社より単行本刊行されました。